Peter Jay Black

City Heroes

Findet Nexus!

Peter Jay Black

CITY HEROES

FINDET NEXUS!

Band 2

Aus dem Englischen
von Tanja Ohlsen

cbt

Kinder- und Jugendbuchverlag
in der Verlagsgruppe Random House

MIX
Papier aus verantwortungsvollen Quellen
FSC® C014496

Verlagsgruppe Random House FSC® N001967
Das für dieses Buch verwendete FSC®-zertifizierte Papier
Super Snowbright liefert Hellefoss AS, Hocksund, Norwegen.

1. Auflage 2015

Die Originalausgabe erschien 2015 unter dem Titel
»Urban Outlaws – Blackout« bei Bloomsbury, UK

Aus dem Englischen von Tanja Ohlsen
Lektorat: Christina Riemann
Umschlaggestaltung: Geviert Grafik & Typografie,
unter Verwendung eines Bilds von © shutterstock/Leyn
TP · Herstellung: kw
Satz: Uhl+Massopust, Aalen
Druck und Bindung: GGP Media GmbH, Pößneck
ISBN: 978-3-570-16329-0
Printed in Germany

www.cbt-buecher.de

Für meine Mutter

Die City Heroes

JACK

Hackername: Achilles
Richtiger Name: Jack Fenton
Alter: 15
Besondere Fähigkeit: Hacken
Liebt: Sport
Hasst: Dubstep
Größte Angst: Höhen

CHARLIE

Hackername: Pandora
Richtiger Name: Charlotte Caine
Alter: 15
Besondere Fähigkeit: Bau von elektronischen Geräten
Liebt: Computerspiele
Hasst: Eklige Angewohnheiten
Größte Angst: Feuer

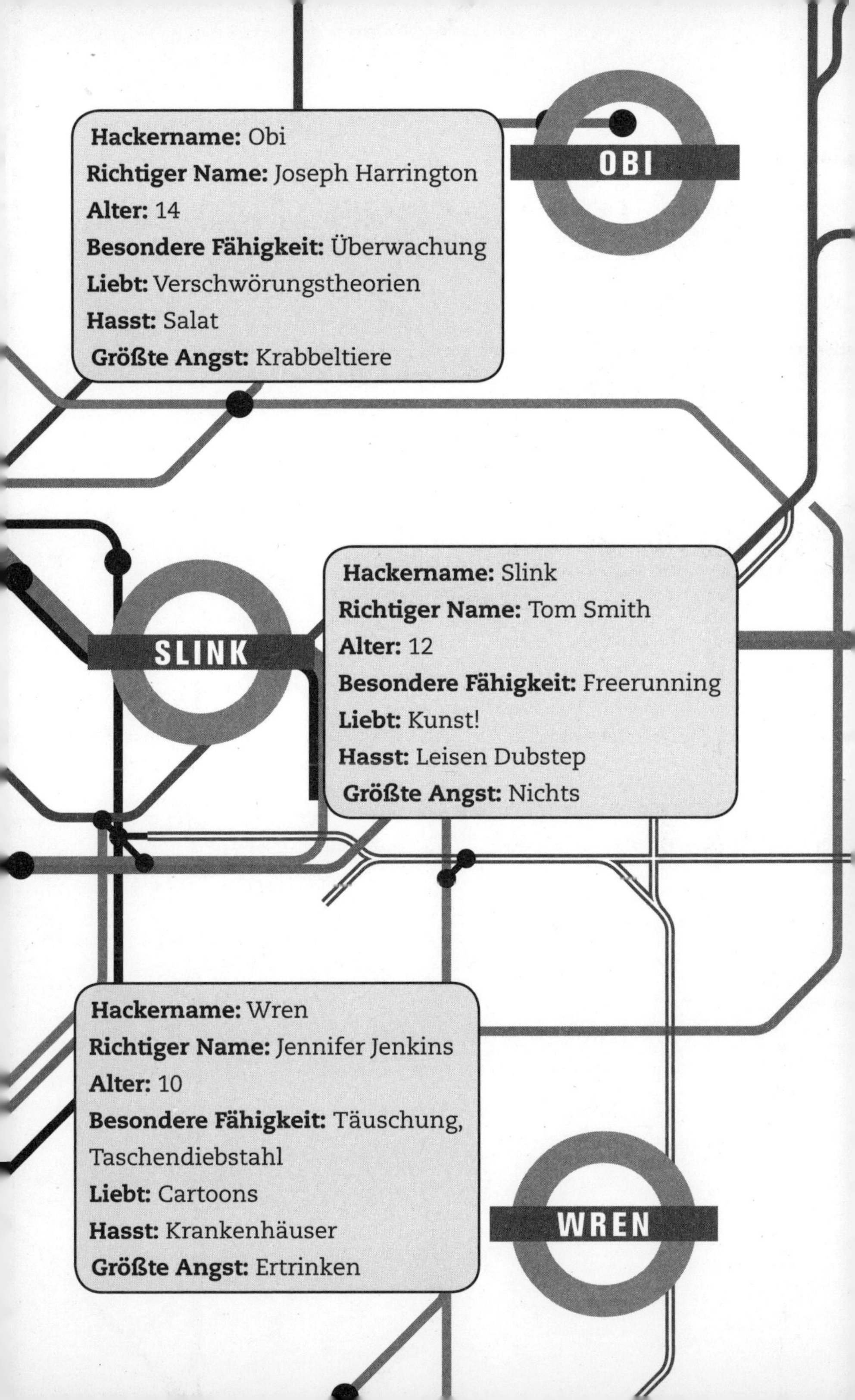

Hackername: Obi
Richtiger Name: Joseph Harrington
Alter: 14
Besondere Fähigkeit: Überwachung
Liebt: Verschwörungstheorien
Hasst: Salat
Größte Angst: Krabbeltiere

Hackername: Slink
Richtiger Name: Tom Smith
Alter: 12
Besondere Fähigkeit: Freerunning
Liebt: Kunst!
Hasst: Leisen Dubstep
Größte Angst: Nichts

Hackername: Wren
Richtiger Name: Jennifer Jenkins
Alter: 10
Besondere Fähigkeit: Täuschung, Taschendiebstahl
Liebt: Cartoons
Hasst: Krankenhäuser
Größte Angst: Ertrinken

Jack Fenton setzte sich neben Charlie auf den Boden und zog sich zitternd eine Decke bis zum Hals.

Sie saßen gegenüber einem Wohnhaus am Hyde Park in London. Im Erdgeschoss konnten sie durch die Glastür einen Pförtner hinter einem Schreibtisch sitzen und eine Zeitschrift lesen sehen. An der Wand über seinem Kopf hing eine Uhr, deren großer Zeiger sich viel zu schnell zu bewegen schien.

»Sie sind eine Stunde zu spät«, flüsterte Jack in sein Mikrofon. »Wenn sie noch später kommen, müssen wir …«

»Entspann dich«, forderte ihn eine Stimme in seinem Ohr auf. »Alles wird gut.«

Obi saß in ihrem Hauptquartier, umgeben von komplizierten Computersystemen, mit denen sie sich in die Überwachungskameras in ganz London einhacken konnten.

»Und wenn sie es gar nicht liefern?«

»Das werden sie.«

Jack seufzte. Es war eine besondere Mission, die sie für Obi durchführten, daher durften sie ihn nicht enttäuschen. Obi hatte früher einmal in diesem Haus gewohnt, deshalb war er genau der Richtige, um sie durch ungefähr die nächste halbe Stunde zu führen, doch Jack war ein wenig unsicher. Er war es gewohnt, die Kontrolle zu haben.

»Und wenn sie es an die falsche Adresse liefern?«, fragte er.

»Werden sie nicht.«

»Woher willst du das wissen?« Jack sah Charlie an. »Moment mal, weißt du eigentlich, dass wir gar nicht …«

Charlies leuchtend grüne Augen weiteten sich und sie deutete auf einen Lieferwagen, der gerade in die Straße einbog.

Jack stieß erleichtert den Atem aus.

»Gott sei Dank!«

»Hab ich dir doch gesagt«, meinte Obi. »Macht euch bereit.«

Der Lieferwagen hielt vor dem Hauseingang und der Fahrer sprang hinaus. Pfeifend ging er zur hinteren Ladetür und riss sie weit auf.

Charlie zog den Reißverschluss ihres Rucksacks

auf und nahm ein Gerät heraus, das aussah wie eine Satellitenschüssel, nur viel kleiner. Es war eines ihrer selbst gebastelten Geräte, ein Richtmikrofon, mit dem man aus hundert Metern Entfernung noch das leiseste Flüstern einfangen konnte. Sie verband es mit ihrem Kopfhörer, damit alle mithören konnten.

Jack setzte ein winziges Fernglas an die Augen.

Unter Ächzen und Stöhnen lud der Fahrer eine Kiste auf eine Sackkarre und rollte sie zur Glastür.

Er drückte auf die Klingel. Der Portier ließ die Zeitschrift sinken. Der Fahrer nickte zur Kiste.

Nach kurzem Zögern gab der Portier einen Code in eine Tastatur auf seinem Schreibtisch ein.

Jack schloss die Augen und lauschte den Tönen bei der Eingabe der Zahlen in die Tastatur. Als er sie wieder öffnete, rollte der Fahrer die Kiste durch das Foyer.

»Hast du es?«, fragte Obi.

»Ja«, flüsterte Jack und richtete seine Aufmerksamkeit weiter auf das Gebäude gegenüber.

Der Portier kam hinter dem Schreibtisch hervor und kratzte sich am Kopf.

»Bisschen spät für eine Lieferung, oder?«

»Die letzte heute Abend«, antwortete der Fahrer.

»Für wen ist das?«

Der Fahrer stellte die Kiste ab und überprüfte die Angaben auf seinem Computer.

»Paul McCartney.«

Er hielt dem Portier den Computer zur Unterschrift hin.

Der zog die Augenbrauen hoch.

»*Der* Paul McCartney?«, fragte er. »Der von den Beatles?«

Der Fahrer zuckte mit den Schultern. »Keine Ahnung.«

Jack sah zu Charlie und verdrehte die Augen, während sie Obi kichern hörten.

Der Portier verschränkte die Arme.

»Hier wohnt niemand, der so heißt. Das müssen Sie wieder mitnehmen.«

»Kann nicht sein«, behauptete der Fahrer. »Die Adresse stimmt. Sehen Sie selbst!«

Der Portier rührte sich nicht.

»Also, Kumpel, unterschreiben Sie einfach. Wenn es in den nächsten Tagen keiner haben will, rufen Sie die Nummer unten auf dem Formular an, und wir holen es wieder ab. Es ist Freitagabend, ich muss nach Hause zu meiner Frau. Wenn ich nicht bis acht zu Hause bin, kriegt sie einen Koller. Letztes Mal …«

»Schon gut, schon gut«, warf der Portier ein. »Geben Sie schon her.«

Der Fahrer hielt ihm den Computer hin.

Der Portier unterschrieb und reichte ihn zurück.

»Danke!«, sagte der Fahrer und zwinkerte ihm zu, als er zur Tür marschierte.

Der Portier verzog sich wieder hinter seinen Schreibtisch und gab den Sicherheitscode in die Tastatur ein. In Jacks Ohren klang es wie Musik. Das Türschloss öffnete sich klickend und der Fahrer verließ das Gebäude.

Jack sah ihn davonfahren und richtete dann seine Aufmerksamkeit wieder auf den Portier, der sich erneut seinem Magazin widmete.

So weit, so gut.

»Okay«, verkündete Obi. »Es ist so weit.«

Ein leises Kratzen ertönte.

Der Portier sah einen Moment lang auf, dann las er weiter.

Wieder scharrte etwas.

Der Portier legte die Zeitschrift weg und lauschte.

Da war es wieder.

Er stand auf und ging um den Schreibtisch herum. Er folgte dem Geräusch, drehte den Kopf nach links und rechts und versuchte herauszufinden, woher es kam. Einen Augenblick lang hielt er inne, dann bückte er sich und legte das Ohr an die Kiste.

Das Kratzen kam aus dem Inneren.

Der Portier lauschte weiter, ohne zu sehen, dass durch ein Loch in der Seite der Kiste ein Röhrchen hervorkam, das direkt auf ihn gerichtet war.

Eine kleine Gaswolke traf ihn mitten ins Gesicht, und er richtete sich überrascht auf, stolperte zur Seite und hielt sich am Schreibtisch fest. Einen Augenblick schwankte er, dann ging er um den Tresen und griff nach dem Telefonhörer.

Er begann zu wählen.

Jacks Magen verkrampfte sich.

Nein, nein, nein!

Doch plötzlich hörte der Portier auf zu wählen und verdrehte die Augen. Er taumelte zurück und fiel auf seinen Stuhl. Das Telefon glitt ihm aus der Hand und schepperte zu Boden. Er zuckte noch einmal und verlor dann das Bewusstsein.

Jack starrte Charlie an.

»Was war denn das für ein Gas?«

»Besser, du weißt es nicht«, grinste sie.

»Das müssen wir noch mal einsetzen«, fand Jack und richtete das Fernglas auf den Karton, aus dem jetzt die Spitze eines Taschenmessers ragte, mit dem jemand aus dem Inneren die Klebestreifen durchtrennte.

Dann verschwand das Messer und ein Kopf mit wilden blonden Locken tauchte auf und sah sich um.

Wren war erst zehn – fünf Jahre jünger als Jack – und die kleinste der City Heroes. Daher war sie die Idealbesetzung für diesen Teil der Mission.

»Gehen wir«, sagte Jack und stand auf.

Charlie stand auf und steckte das Richtmikrofon wieder in ihren Rucksack.

Jack stellte die Kamera auf seiner Schulter ein.

»Ist das Bild gut?«, fragte er Obi.

»Yep. Ich sehe alles.«

Jack blickte die Straße auf und ab.

»Überwachungskameras?«

»Niemand sieht hin.«

Jack und Charlie eilten zur Tür des Wohnblocks.

Wren lächelte und winkte ihnen zu. Charlie winkte zurück.

»Beeilt euch mal, Leute«, verlangte Obi. »Es könnte jemand kommen.«

Wren kletterte aus der Kiste und ging hinter den Schreibtisch.

Jack schloss die Augen und rief sich das genaue Klicken der Tastatur ins Gedächtnis.

»Der Code ist: zwei, sieben, sieben, acht … drei, fünf, fünf.«

Wren gab die Zahlen ein, die Tür summte und das Schloss wurde entriegelt.

Jack stieß die Tür auf und winkte Charlie hindurch.

»Das war gut«, fand sie.

»Ich weiß.«

Charlie zog die Augenbrauen hoch.

»Captain Bescheidenheit in Person.«

Lächelnd marschierten sie durch das Foyer.

»Gute Arbeit«, lobte Charlie Wren.

Wren rieb sich den Nacken. »Ich dachte schon, ich käme niemals da raus.«

Charlie zauste ihr die Haare. »Du warst toll.« Dann wandte sie sich ab und flüsterte in ihr Mikro: »Obi, du hast gesagt, dass der Aufzug in diesem Gang ist, nicht wahr?«

»Yep.«

Charlie sah Jack an. »Wir sehen uns dort.«

Er nickte.

Charlie und Wren verschwanden um die Ecke.

Jack machte die Tür hinter dem Tisch auf, packte den Stuhl an der Lehne und rollte den bewusstlosen Mann hindurch.

Der Raum dahinter war nur ein paar Quadratmeter groß. An der hinteren Wand stand ein kleines Tischchen mit einem Wasserkocher, und links war eine WC-Tür.

Jack legte dem Portier den Kopf in den Nacken und kontrollierte seine Atmung, die glücklicherweise ruhig und gleichmäßig war.

Nachdem er sich davon überzeugt hatte, dass es dem Mann gut ging, schlüpfte Jack wieder durch die Tür und schloss sie hinter sich. Er sah sich im Foyer um, doch es war niemand zu sehen, daher eilte er den Gang entlang und stieg mit Charlie und Wren in den Aufzug.

Charlie hatte das Kontrollpaneel abgeschraubt und das Gewirr von Drähten und Schaltkreisen dahinter freigelegt. An mehrere der Drähte hatte sie ein kleines schwarzes Kästchen mit einer Digitalanzeige angeschlossen, auf der Zahlen auftauchten. Ab und zu drückte Charlie auf einen Knopf an dem Gerät.

Sie sah Jack an. »Das dauert länger, als ich dachte.«

Der Aufzug war durch eine Tastatur gesichert. Wenn man in ein bestimmtes Stockwerk fahren wollte, musste man den Knopf dafür drücken und dann den entsprechenden Code eingeben.

Den Code für das Penthouse kannten sie nicht, denn Obi sagte, dass er jede Woche geändert wurde. Doch Charlies Code-Extraktor würde ihn für sie finden. Das Problem war nur, dass das nach dem Zufallsprinzip geschah, und sie nicht beeinflussen konnte, für welches Stockwerk der nächste Code angezeigt werden würde.

»Welche habt ihr bis jetzt?«

»Sieben, eins, zwei, sechs und neun.« Charlie holte

tief Luft. »Das ist nicht mal in der Nähe des obersten Stockwerks.«

Jack schnürten sich die Eingeweide zusammen. Ohne den Code kamen sie nicht weiter.

»Warum nehmen wir nicht einfach die Treppe?«, fragte Wren.

»Die Kameras im Treppenhaus gehören zu einem eigenen Sicherheitssystem«, erklärte Obi. »Sie sind mit einem Computer im neunten Stock verbunden.«

»Hätten wir sie nicht von der Portiersloge aus abschalten können?«

»Nein. Der Portier überwacht nur die Monitore. Er hat keine Kontrolle über das Hauptsystem.«

Jack und Obi hatten lange Zeit darüber nachgegrübelt, wie sie an den Kameras vorbeikommen konnten. Es gab keine Möglichkeit, an den Computer im neunten Stock zu gelangen und das Sicherheitssystem lahmzulegen. Der einzige andere Weg die Kameras abzuschalten war, die Steuerung dafür in einer der Wohnungen zu übernehmen. Doch dort einzubrechen, war zu riskant. Sie konnten nicht wissen, ob jemand zu Hause war oder nicht.

Wenn Jack, Charlie und Wren die Treppe hinaufgingen, würde die Software die Bewegung wahrnehmen und die Sicherheitsfirma alarmieren. Die würden den Pförtner anrufen, und wenn der nicht antwortete, war fünf Minuten später die Polizei da.

Jack war beeindruckt von dem Sicherheitssystem in dem Gebäude und musste zugeben, dass ihm die Herausforderung, die es an ihn stellte, gefiel. Es war fast, als wolle das System ihn auffordern, es zu überwinden.

»Komm schon«, fluchte Charlie leise. Der Code-Extraktor in ihrer Hand fiepte, und sein Display zeigte eine sechsstellige Zahl. Charlie drückte auf einen Knopf, um sie zu speichern.

Jack sah sie an. »Penthouse?«

»Nein«, antwortete sie kopfschüttelnd, »das war der Code für den dritten Stock.«

Jack hatte das ungute Gefühl, dass das Penthouse die letzte Nummer sein würde, die das Gerät knackte, doch eine Minute später fiepte es erneut.

»Bingo«, freute sich Charlie, griff hinter das Paneel und drückte auf den Knopf für das oberste Stockwerk.

Die Türen schlossen sich und der Lift fuhr nach oben. Plötzlich gingen alle Lichter aus und der Aufzug blieb mit einem Ruck stehen. Wren schrie erschrocken auf.

»Was ist passiert?«, fragte Obi.

»Wir haben ein Problem«, antwortete Charlie. »Der Aufzug hat keinen Strom mehr.«

»Nicht nur der Aufzug«, stellte Obi fest, »überall in London gibt es Stromausfälle.«

Charlie sah Jack mit großen Augen an. »Der Virus?«

Er nickte und bekam ein flaues Gefühl im Magen.

Der Virus war eine komplizierte Software, die jeden Computer lahmlegen konnte. Durch ihre Schuld war er ins Internet entkommen und sabotierte jetzt die Kraftwerke rund um London. Wenn sie ihn nicht bald einfangen konnten ... Jack schauderte bei dem Gedanken daran, wie viel Schaden er anrichten konnte.

Sie mussten diese Mission so schnell wie möglich hinter sich bringen, zum Bunker zurückkehren und sich überlegen, wie sie den Virus aufhalten konnten. Aber zuerst ...

Er leuchtete mit der Taschenlampe an die Decke.

Ein paar Sekunden lang stellte er sich vor, wie er auf das Dach des Aufzugs kletterte.

Das Gebäude war zwölf Stockwerke hoch und sie hatten keine Kletterausrüstung dabei. Außerdem hatte der Aufzugschacht Jacks Wissen nach keine Leiter, und selbst mit einer Leiter wäre es eine gefährliche Kletterei.

Sein Magen verkrampfte sich. Er hasste Höhen.

»Wir hängen zwischen zwei Stockwerken fest«, sagte Charlie, die seine Gedanken zu lesen schien.

Langsam stieß Jack den Atem aus und leuchtete erneut an die Decke.

Es blieb ihnen wohl nichts anderes übrig.

Er sah neun Deckenplatten, und die mittlere hatte einen Riegel. Er blickte Wren an.

»Kannst du das für uns aufmachen?«

Sie sah hoch. »Ja.«

Sie schien erleichtert, dem engen Raum zu entkommen, auch wenn es gefährlich werden würde.

Jack hielt die Hände zu einer Räuberleiter und hob Wren hoch.

»Pass auf die Kamera auf meiner Schulter auf«, warnte er sie und umfasste ihre Beine, um sie ruhig zu halten, während sie sich mit dem Riegel abmühte.

Gleich darauf klickte es, und das mittlere Paneel klappte nach unten auf. Jack hob Wren noch höher, sodass sie sich an den Kanten abstützen und hinaufklettern und auf das Dach des Aufzugs kriechen konnte.

Als Nächstes stieg Charlie durch die Luke, und als ihre Füße verschwanden, kletterte Jack auf das Geländer und sprang hoch, um den Rand der Luke zu fassen zu bekommen.

Slink hätte dieser Move gefallen.

Mit einiger Anstrengung konnte Jack sich zu den anderen auf das Dach hieven.

Er stand auf und leuchtete mit der Taschenlampe nach oben. Der Schacht erstreckte sich unendlich über ihnen und erinnerte ihn an die Tunnel unter der Stadt, nur dass dieser hier geradewegs nach oben führte.

Jack überlegte, ob er abwarten sollte, bis der Strom wieder eingeschaltet wurde, doch das konnte Minuten oder auch Stunden dauern. Der Strahl seiner Taschenlampe traf eine Tür knapp über ihren Köpfen.

Jack setzte den Rucksack ab und holte eine kurze Brechstange hervor, die er in den Türspalt steckte, um die Türen auseinanderzustemmen. Das Brecheisen rutschte ab und er stolperte zurück.

Wieder versuchte er es, konnte aber nicht genügend Druck auf die Türen ausüben. Als er zum dritten Mal versagte, fluchte er laut und wandte sich an Charlie.

»Irgendwelche Vorschläge?«

Sie sah nach oben und sagte nach kurzem Überlegen: »Könntest du mich da hochheben?«

Sie deutete auf einen flachen Kasten auf halber Höhe der Türen zum vierten Stock.

»Ich denke schon« sagte Jack. »Was ist das?«

»Das ist die Steuerung. Wenn der Aufzug auf dieser Höhe ist, öffnen sich die Türen. Sie ist direkt mit dem Motor der Türen verbunden, und vielleicht kann ich sie irgendwie manipulieren.« Sie sah ihn an. »Mit etwas Glück klappt es.«

»Du weißt, was du tust, ja?«

Charlie zuckte mit den Schultern. »Nicht wirklich.«

»Na toll.«

»Natürlich weiß ich das, du Idiot«, grinste Charlie, setzte den Rucksack ab, nahm den Code-Extraktor und klappte die Rückseite auf. Sie entfernte die Batterie und zog ein paar Drähte heraus, die sie zwischen die Zähne klemmte und Jack zunickte.

Jack lehnte sich an die Wand und verschränkte die Hände.

Charlie stellte den Fuß hinein und er hob sie hoch.

»Leute?«, erkundigte sich Obi. »Was ist los?«

»Wir versuchen hier, ein Problem zu lösen«, erklärte Jack und bemühte sich, Charlie so ruhig wie möglich zu halten.

Sie nahm einen Schraubenzieher aus der Tasche, öffnete die Klappe der Steuerung und sah hinein. Dann griff sie hinein und setzte die Batterie ein. Es knallte kurz und die Türen gingen ein paar Millimeter auf. Sie wiederholte den Vorgang, und sie schoben sich um weitere fünf Millimeter auseinander.

»Na gut«, flüsterte sie. »Besser geht es nicht ohne Stromversorgung.«

Jack ließ sie wieder herunter und setzte das Brecheisen noch einmal in den Spalt zwischen den Türen. Dieses Mal fand er besseren Halt und stemmte sie mit einiger Anstrengung so weit auseinander, dass er hindurchklettern konnte.

Jack hielt sich am unteren Rand der Türöffnung fest und zog sich hoch. Er leuchtete mit der Taschenlampe nach rechts und links, um zu sehen, ob jemand im Gang war, dann hievte er sich bis zum Bauch hinauf und landete auf dem Gang.

Er drehte sich um und streckte die Hände aus. Charlie hob Wren zu ihm hoch, und er zog sie durch die Öffnung. Wren sprang auf und lehnte sich mit dem Rücken an die Wand, dann blickte sie nach rechts und links in den dunklen Korridor.

Jack wandte sich um, um Charlie zu helfen, doch die kroch bereits neben ihm heraus, stand auf und klopfte sich den Staub von der Kleidung.

»Treppe?«

Jack leuchtete mit der Taschenlampe nach links und flüsterte: »Da entlang.«

Leise schlichen sie durch den Gang und lauschten auf die kleinsten Geräusche. Am Ende des Flurs zog Jack die Tür zum Treppenhaus auf.

»Wir müssen uns beeilen«, flüsterte er.

Sobald die Kameras wieder funktionierten, steckten sie in der Klemme.

Wie lange würde der Computer der Sicherheitsfirma brauchen, um wieder hochzufahren?

Jack winkte Charlie und Wren durch die Tür, und sie rannten so schnell wie möglich die Treppe hinauf, bis sie vor der Tür des Penthouses standen.

Atemlos fragte Jack sich, wie viel Zeit sie wohl wieder einholen mussten. Was ihn daran erinnerte …

»Obi? Wie lange haben wir bis zum Schichtwechsel? Wann kommt die Ablösung für den Portier?«

»In fünfzehn Minuten.«

»Was?« Jack sah Charlie an. »Wir haben nicht genug Zeit.«

»Doch, haben wir.« Charlie brauchte kaum eine Minute, um das Schloss zu knacken. »Siehst du?«

»Wartet!«, warnte Wren. »Woher wissen wir, dass niemand zu Hause ist?«

»Er ist ausgegangen«, erklärte Obi in ihren Ohrstöpseln. »In die Oper. Der ist noch ein paar Stunden unterwegs.«

Jack sah in den Flur des Penthouses. Ohne Strom mussten sie sich zumindest nicht mit der Alarmanlage auseinandersetzen.

Dann huschten sie alle drei hinein.

Charlie blieb vor dem Kasten mit der Alarmanlage stehen und schnitt die Drähte durch.

»Nur für den Fall, dass der Strom wiederkommt«, flüsterte er.

Jack nickte und folgte Wren durch eine Schiebetür. Das Wohnzimmer war minimalistisch eingerichtet. Die Wände waren blendend weiß und zwei schwarze Ledersofas standen einander gegenüber. Ansonsten gab es keine Möbel. Nicht einmal einen Fernseher.

»Was ist passiert?«, fragte Obi.

»Wie meinst du das?«, wollte Jack wissen, richtete die Schulterkamera aus und leuchtete mit der Taschenlampe in den Raum.

»Was hat mein Onkel mit dieser Wohnung angestellt? Sie war früher richtig gemütlich. Wo ist die Standuhr?«

Dieses Penthouse – und ein oder zwei weitere Häuser – hatte früher Obis Eltern gehört. Als sie starben, hatte sich sein Onkel mit allem aus dem Staub gemacht. Obi und seiner Schwester blieb nicht ein Penny, und genau das wollten die City Heroes mit dieser Mission ändern.

»Wo ist es?«, fragte Jack.

»Die Tür rechts«, antwortete Obi.

Charlie ging mit ihnen durch das Wohnzimmer und durch die Tür.

Dahinter traten sie in einen Raum voller Bücher. Jedes verfügbare Regal war vollgestellt, und auf dem Fußboden lagen Bücherstapel. Mitten in diesem Chaos stand ein Ledersessel mit hoher Lehne. Auf dem kleinen Tisch daneben befand sich eine Lampe aus buntem Glas.

Der Kontrast zur übrigen Wohnung war extrem.

»Das ist schon eher so wie früher«, fand Obi. »Hier ist er offenbar nicht gewesen. Es sieht genauso aus wie immer.«

»Scheint nicht, als würde er je hier hereinkommen.«

Jack sah sich zwischen den Regalen um und suchte nach Kameras, dann leuchtete er mit der Taschenlampe zur hinteren Wand. Dort hing unter einer Messinglampe ein dunkles Ölgemälde. Es war das Portrait eines Mannes in einer alten Militäruniform. Jack zögerte einen Augenblick und betrachtete die Pinselführung. Dann richtete er die Schulterkamera darauf.

»Siehst du das, Obi? Wer ist das?«

»Das ist mein Ururgroßvater«, sagte Obi. »Er war Offizier in der Armee.«

Jack ging ein paar Schritte näher, als es in seinem Kopfhörer knisterte.

»Obi?«, fragte er und ging zur Tür zurück. »Obi?«

Doch er bekam keine Antwort.

Jack sah Charlie an.

»Obi?«, versuchte sie es über ihr Mikrofon. »Kannst du uns hören?«

Sie bekamen immer noch keine Antwort.

»Das muss etwas mit den Stromausfällen zu tun haben«, sagte Charlie.

Jack, Charlie und Wren verschwendeten keine Zeit, sondern liefen zwischen den Bücherstapeln zum Bild hinüber.

Charlie drückte auf einen Knopf neben dem Bilderrahmen, der daraufhin von der Wand wegklappte. Dahinter befand sich ein großer Safe, dessen elektronische Tastatur grünlich beleuchtet war.

»Woher bekommt der denn Strom?«, fragte Jack.

»Der hält monatelang mit seiner eigenen Batterie durch«, erklärte Charlie. Sie nahm einen Schraubenzieher aus der Tasche und schraubte die Tastatur ab.

Wenn sie jetzt einen Fehler machten, würde der Safe sich endgültig verschließen. Charlie sah Jack an.

»Das hier müssen wir zusammen machen«, sagte sie. »Denk daran, gleichmäßigen Druck auszuüben.«

Jack nahm die Taschenlampe in den Mund, und zusammen hoben sie die Unterseite des Paneels an, sodass Wren daruntersehen konnte.

»Und, hatten wir recht?«, fragte Charlie.

»O ja«, antwortete Wren.

»Wie wir gesagt haben?«

»Ja«, nickte Wren.

Mit der freien Hand griff Charlie in ihre Hüfttasche und reichte Wren eine Drahtschere.

Wren setzte sie unter dem Paneel an. »Welcher Draht war es noch mal?«

»Der blaue«, antwortete Charlie.

»Oh.«

»Was ist?«

»Sie sind beide blau.«

»Was?« Charlie sah hinter der Tastatur nach. »Na, das ist ja super.«

Auch Jack sah hinter das Paneel, wobei er aufpasste, dass er es nicht weiter vom Safe entfernte. Er erkannte den Schalter, der verhindern sollte, dass sich jemand an der Tastatur zu schaffen machte. Wenn sie das Paneel noch ein Stück weiter anhoben, würde der Kreislauf unterbrochen werden und der Safe würde sich verschließen. Wren hatte recht. Beide Drähte, die dorthin führten, waren blau. Charlie war fest davon ausgegangen, dass einer der beiden rot war.

Jack richtete sich auf und sah sie an.

»Vorschläge?«

»Keine«, seufzte Charlie.

»Super.«

Das bedeutete, die Chancen, dass Wren den richtigen Draht durchschnitt, standen eins zu eins. Er sah sie an.

»Deine Entscheidung.«

»Im Ernst?«, fragte Wren erschrocken.

»Wir sind jetzt schon so weit gekommen«, meinte Jack und sah sich erneut nach möglichen verborgenen Sicherheitssystemen um, die er übersehen haben könnte. Da er immer noch nichts entdeckte, wandte er sich wieder an Wren und nickte. »Tu es.«

Wren schluckte und griff hinter das Paneel. »Jetzt!«

Jack schloss die Augen und hielt den Atem an.

Er hörte, wie der Draht durchtrennt wurde. Ganze fünf Sekunden rührte sich keiner von ihnen.

»Alles klar«, stellte Wren fest.

Jack machte die Augen wieder auf und sah, dass sie strahlte. Er grinste zurück.

Schnell hob Charlie die Tastatur an. Dann nahm sie einen kleinen Lötkolben aus ihrer Hüfttasche, schaltete ihn ein und begann, an den Schaltkreisen darin zu arbeiten.

Sie verband mehrere Drähte miteinander, entfernte ein paar Komponenten und schweißte einen Mikroschalter an.

Jack fragte sich, wie viel Zeit sie noch hatten, doch Obi reagierte immer noch nicht auf ihre Rufe.

Schließlich schaltete Charlie den Lötkolben aus und überprüfte ihre Arbeit. Sie musste das auf Anhieb richtig machen. Es gab keinen Spielraum. Sie sah Jack an.

»Willst du es machen?«

»Nein danke,« sage er. »Er gehört ganz dir.«

Charlie holte tief Luft und drückte auf den Mikroschalter.

Im Safe machte es Klick.

Alle drei stießen den Atem aus.

»Ausgezeichnet«, fand Jack, machte den Safe auf, leuchtete hinein und starrte einen Moment lang ins Innere.

»Was ist los?«, fragte Charlie.

Jack trat beiseite. »Sieh selbst.«

Charlie riss die Augen auf, als sie in den Safe sah.

»Ich fasse es nicht!«

»Was?«, fragte Wren und stellte sich auf die Zehenspitzen. »Moment mal, wo ist es denn?«

Der Safe war leer.

»Lasst uns hier verschwinden«, stieß Jack hervor.

Als sie aus der Bibliothek ins Wohnzimmer liefen, gingen in den Gebäuden draußen die Lichter wieder an.

Die drei erstarrten.

»Das hat uns gerade noch gefehlt«, meinte Jack.

»Leute!«, vernahmen sie Obi eindringlich in ihren Headsets. »Könnt ihr mich hören?«

»Ja«, antwortete Jack.

»Ich habe versucht, euch zu erreichen.«

»Stromausfälle.«

»Ich weiß«, sagte Obi. »Ich musste das Signal über einen anderen Sendemast leiten. Aber das ist jetzt egal, denn der Nachtportier ist gerade zu seiner Schicht aufgetaucht.«

Jack sah auf die Uhr an der Wand. Durch die vielen Verzögerungen lagen sie weit hinter ihrem Zeitplan. Sie hätten schon längst weg sein sollen.

Sie rannten in den Gang, und Charlie wollte zur Treppe, doch Jack hielt sie zurück.

»Nein«, sagte er. »Die Kameras werden wieder in Betrieb sein.«

»Was sollen wir denn sonst tun?«

Jack wandte sich ab. »Obi, was passiert gerade?«

»Der Nachtportier sucht seinen Kollegen. Er geht in das Hinterzimmer.«

Jack nahm den Türgriff und wartete. Ein paar Sekunden später meldete sich Obi wieder.

»Er hat ihn gefunden. Sieht aus, als würde er die Polizei rufen.«

Ihnen blieb keine andere Wahl. Jack sah die anderen an.

»Bereit zu laufen?«

Die beiden Mädchen nickten.

»Kapuzen!«, befahl er.

Sie zogen sich die Kapuzen über die Köpfe und die Halstücher vor Mund und Nase, sodass ihre Gesichter vor den Kameras verborgen waren. Dann machte Jack die Tür auf und drängte sie hinaus. Sobald sie die Treppe betraten, ging ein Alarm los.

Jack legte eine Hand auf das Ohr, um den Lärm zu mindern.

»Obi?«, rief er. »Können wir ins Erdgeschoss gelangen?«

»Nein«, antwortete Obi. »Da kommt ihr nicht ungesehen durch.«

Charlie sah Jack an. »Plan B?«

»Na toll«, seufzte Jack mit flauem Gefühl im Magen. »Das wird ja immer schöner.« Wieder presste er den Finger aufs Ohr. »Slink, wir schaffen es nicht ins Erdgeschoss. Der Ausgang ist blockiert.« Er sah die Treppe hinauf. »Wir treffen uns dort oben, so schnell du kannst.« Dann bedeutete er Charlie und Wren, sich zu beeilen.

Plan B hatte er noch nie gemocht.

2

Jack, Charlie und Wren schossen aus der Tür zum Dach des Gebäudes. Die kalte Luft stach Jack in die Augen, als sie zur Nordwestecke liefen.

In der Ferne hörten sie das unmissverständliche Heulen von Polizeisirenen und schätzten, dass die Cops in ein paar Minuten da sein würden.

Jack sah das Dach auf der gegenüberliegenden Straßenseite an.

»Wo ist er?«

Plötzlich hämmerte laute Musik auf seine Trommelfelle ein. Es war ein besonders heftiger Dubstep-Track – einer mit extra wummernden Bässen und extra viel Scratching.

Auf dem anderen Gebäude erschien eine Gestalt, die über eine niedrige Mauer sprang, einen Purzelbaum schlug und wieder auf die Füße kam.

Jack drückte einen Finger aufs Ohr.

»Slink?«

Die Musik verstummte.

»Wer denn sonst?«

Jack sah Charlie an.

»Könntest du den durchgeknallten Idioten bitte abknallen?«

»Mit Vergnügen«, gab Charlie zurück und löste einen selbst gebauten Bogen von ihrem Rucksack, klappte ihn auf und zielte auf Slink. Ein paar Sekunden lang rührte sich nichts, dann ließ sie einen Pfeil fliegen.

In einem Bogen flog er an Slinks Kopf vorbei und verfehlte ihn nur um Millimeter. Slink hob ihn auf und band die daran befestigte Angelschnur los. Daran war eine fünfzehn Meter lange Leine geknotet, dann ein Seil und schließlich ein Metallkabel.

Slink zog es herüber, befestigte das Kabel an einer Halterung auf seinem Dach, während Charlie das Gleiche auf der anderen Seite tat. Mit einer Ratsche zog Slink das Kabel straff und verschaffte Jack, Charlie und Wren damit einen Fluchtweg.

Jacks Brust schnürte sich zusammen. Jetzt, wo es so weit war, war er sich nicht sicher, ob er das schaffen würde.

»Ich zuerst«, verlangte Wren, die vor Aufregung auf und ab hüpfte.

Charlie klappte den Bogen zusammen und reichte Wren etwas, was wie ein keiner Fahrradlenker aussah, nur dass sich in der Mitte ein Rad und eine Klemme befanden. Sie hakte den Handgriff an das Kabel, zog die Klemme fest und nickte Wren zu.

Wren steckte die Handgelenke durch die Griffschlaufen.

»Sollten wir nicht Gurte tragen oder so etwas?«, fragte Jack mit einem Blick über den Rand des Gebäudes hinunter auf die Straße.

»Wo bleibt denn dann der Spaß?«, fragte Slink. »Gurte sind für Schwächlinge ohne Abenteuergeist.«

»Nein«, widersprach Jack, richtete sich auf und sah ihn an. »Gurte sind für diejenigen von uns, die am Leben bleiben wollen.«

»Feigling« , warf ihm Slink vor. »Los, Wren. Ich fange dich hier drüben auf.«

Wren lächelte Jack an, packte die Griffe und sprang ohne zu zögern vom Rand des Daches. Jacks Magen machte einen Satz, doch Wren quietschte nur vor Vergnügen, als sie immer schneller das Kabel entlangrutschte und dabei mit den Beinen strampelte, als liefe sie auf einem unsichtbaren Gang.

Schließlich erreichte sie die andere Seite, wo Slink ihr half, ihre Hände aus den Schlaufen zu befreien.

»Lauf«, sagte er.

Charlie zog den Griff mithilfe der daran befestigten Leine schnell zurück zum anderen Ende und bedeutete Jack, sie zu nehmen.

Jack sah auf die Tür zum Dach. Wenn er allein war, konnte er es doch vielleicht schaffen, die Treppe hinunterzukommen, sich irgendwie am Tresen vorbeizuschleichen und zu flüchten, bevor die Polizei da war?

Anstelle einer Antwort hörte er, wie die Polizeisirenen verstummten und die Wagen mit quietschenden Reifen vor dem Haus hielten. Autotüren knallten.

Slink sah nach unten.

»Die Cops gehen in euer Gebäude«, sagte er. »Ihr solltet euch beeilen.«

Jack rührte sich nicht. Wie lange würde es dauern, bis die Polizei merkte, dass sie auf dem Dach waren?

Charlie schüttelte ihn am Arm. »Jack!«

Einen Moment lang sah er erst sie an und dann Slink und Wren auf dem anderen Dach.

»Uns läuft die Zeit davon«, mahnte Obi. »Die Cops sind auf dem Weg nach oben.«

Jack griff in die Tasche und zog eine Münze hervor.

»Kopf: du gehst zuerst, Zahl: ich gehe. Okay.« Bevor Charlie antworten konnte, warf er die Münze in die Luft, fing sie wieder auf und zeigte ihr das Ergebnis. Kopf. Er trat zurück.

»Los!«

Charlie zögerte.

»Wir haben keine Zeit, uns zu streiten!«, mahnte Jack.

Charlie steckte die Hände durch die Schlaufen, packte die Griffe mit beiden Händen und warf sich vom Rand des Gebäudes.

Der Ausweichplan war zwar Jacks Idee gewesen, doch er bereute ihn bereits.

Sehr.

Er überlegte, ob er sich einfach schnappen lassen sollte, doch das wäre extrem dumm. Die anderen hätten nur jede Menge Ärger, um ihn zu befreien. Er sah über London hinweg. Große Teile der Stadt waren vollkommen dunkel.

Nein, dachte Jack. Es gab diesmal keine Entscheidung zu fällen. Er musste zum Bunker zurück und herausfinden, was es mit diesen Stromausfällen auf sich hatte.

Charlie landete auf der anderen Seite des Daches und ließ die Griffe los.

Jack zog sich Kapuze und Bandana zurecht, damit sein Gesicht verborgen blieb, fasste dann nach der Leine und holte den Griff zurück.

Sein Magen schlug Purzelbäume, als er seine Hände durch die Schlaufen steckte. Die Griffe waren noch warm von Charlies und Wrens Händen.

Er schluckte und trat dann mit plötzlicher Entschlossenheit an den Rand des Gebäudes. Er zögerte und tat dann, was er nicht hätte tun sollen: Er sah nach unten. Die Straße unter ihm schien hundert Meilen entfernt zu sein.

»O Gott!«

»Du hast schon gefährlichere Dinge getan«, sagte Slink in seinem Ohr.

Er hatte recht – vor einer Weile war Jack nur mit einem Fallschirm von einem Gebäude gesprungen. Nur dass er damals nicht lange darüber nachgedacht hatte, er war einfach gesprungen. Außerdem tat man verrückte Dinge, wenn einem Kugeln um die Ohren flogen.

»Es ist ganz leicht«, versicherte ihm Wren.

Na klar.

Plötzlich erklang ein Ruf.

Jack sah über den Rand nach unten. Dort standen mehrere Polizeiautos und Cops.

Einer von ihnen hatte die Hände an den Mund gelegt und rief: »Tu es nicht! Bleib, wo du bist!«

Eine kleine Menge von Zuschauern hatte sich versammelt und deutete auf Jack.

Super. Jetzt hatte er auch noch Publikum.

Hinter ihm sprang die Tür auf und ein paar Polizisten kamen auf ihn zugerannt.

Keine Zeit mehr.

Jack holte schnell Luft und sprang, die Augen auf Slink geheftet, vom Dach.

Die Zuschauer unten schrien entsetzt auf.

Die kalte Luft ließ Jack blinzeln, und je schneller er das Kabel entlangrutschte, desto tiefer plumpste sein Magen. Er spürte, wie ihn der Wind nach links stieß und ihn loszureißen versuchte.

Jack schloss die Augen, und nach einer scheinbaren Ewigkeit erreichte er das andere Gebäude. Slink packte ihn, und Jack stand auf wackeligen Füßen, während er die Griffe vom Kabel löste.

Schwer atmend sah Jack Charlie an.

»Siehst du?«, sagte sie. »Hat doch Spaß gemacht, oder?«

»Nein.«

Slink reichte ihr den Griff, den sie in ihren Rucksack steckte.

Jack sah zum anderen Dach hinüber. Die Polizisten standen jetzt am Rand des Gebäudes und starrten mit offenem Mund zu ihnen hinüber.

»Nehmt das Kabel!«, rief ihnen Slink spöttisch zu.

Einer der Beamten hob ein Funkgerät an den Mund.

Jack sah auf die Straße hinunter und bemerkte, wie ein weiteres Polizeiauto an den Straßenrand fuhr, und mehrere Beamte das Gebäude umstellten, auf dem sie sich befanden.

»Zeit zu gehen.«

Sie eilten zu einer Tür und schlüpften hindurch.

Nachdem sie eine Treppenflucht nach unten gelaufen waren, hielt Jack die Hand hoch und bedeutete den andern, stehen zu bleiben. Sie lauschten, wie zehn Stockwerke unter ihnen eine Tür aufgestoßen wurde und mehrere schwere Stiefel die Treppe hinaufrannten.

Slink riss die Tür hinter ihnen auf und sie rannten hindurch. Auf dem Gang blieben Jack, Charlie, Slink und Wren stehen und lauschten. Sie hörten Rufe und das Poltern von Stiefeln im Treppenhaus.

Es schien, als seien sie nur noch ein oder zwei Stockwerke entfernt. Jack sah zum Aufzug. Er war in Betrieb, und die Zahlen auf der Anzeige stiegen immer höher. Es schien, als sei die ganze Metropolitan Police hinter ihnen her. Charlie machte die Tasche auf und reichte ihnen allen Brillen mit dicken Rändern.

»Bist du so weit, Obi?«, flüsterte Jack.

»Yep.«

Sie blieben ganz still und lauschten, wie die Polizisten die Treppe hinaufstürmten.

Jetzt kamen sie an ihrem Stockwerk vorbei.

Jack hob die Hand und bedeutete den anderen, sich an die Wand zurückzuziehen, doch die Sorge war unbegründet. Die Polizisten liefen weiter nach oben, ohne die einzelnen Stockwerke zu überprüfen.

Jack hörte, wie die Tür zum Dach aufging und sich wieder schloss. Er sah den Aufzug an – der fast auf ihrem Stockwerk war. Die Polizisten würden hier aussteigen müssen, denn der einzige Zugang zum Dach führte über die Treppe.

»Okay, Obi. Jetzt!«

Plötzlich fiel im ganzen Gebäude der Strom aus.

Jack setzte seine Brille auf und drückte auf einen Knopf am Bügel. Ein winziges Display tauchte vor ihm auf und zeigte ihm den vor ihm liegenden Gang in grünliches Licht getaucht.

Charlies »Nachtsichtbrille« war ein ultraleichtes Nachtsichtgerät. In jedes Gerät war eine extrem lichtempfindliche Minikamera eingebaut. Über der Kamera befand sich eine spezielle Infrarotleuchte und direkt vor dem rechten Brillenglas ein Bildschirm.

Jack wandte sich an die anderen. Mit den leuchtend grünen Augen unter den Kapuzen sahen sie eigenartig aus, fast wie Aliens.

»Folgt mir!«, flüsterte er.

Sie mussten schnell sein. Die Polizisten im Aufzug

steckten fest, aber die auf dem Dach hatten wahrscheinlich Taschenlampen. Es würde nicht lange dauern, bis sie merkten, dass die City Heroes nicht auf dem Dach waren, und den Rest des Gebäudes durchsuchten.

Jack machte die Tür zum Treppenhaus auf, und sie eilten so schnell und so leise wie möglich nach unten. Auf halbem Weg hörten sie die Tür zum Dach wieder aufschlagen.

»Schneller!«, drängte Jack die anderen, die daraufhin ihr Tempo erhöhten.

Im Erdgeschoss hielten die vier nicht an, sondern liefen weiter in den Keller. Slink stieß die Tür auf und Charlie und Wren rannten hindurch. Jack blieb stehen und sah das Treppenhaus hinauf – er konnte den Strahl der Taschenlampen ihrer Verfolger an den Wänden tanzen sehen.

Sie durften keine Zeit verlieren.

Jack trat durch die Tür und sah sich das elektronische Schloss an.

»Gut Obi, schalt jetzt den Strom wieder ein.«

Es entstand eine Pause, doch nichts geschah.

»Obi?«

Jacks Nachtsichtbrille flackerte – sie hatte nur eine sehr kurze Batteriezeit und würde wahrscheinlich in knapp einer Minute dunkel werden.

»OBI?«

»Es geht nicht«, verkündete Obi. »Ich kann ihn nicht wieder einschalten!«

»Warum nicht?«

»Es hat einen weiteren Stromausfall gegeben. Die ganze Gegend ist schwarz. Ich habe sechs Überwachungskameras verloren und kann nicht einmal mehr die Cops sehen.«

»Der Virus«, flüsterte Charlie Jack zu. »Es wird schlimmer!«

Er nickte.

Die Polizisten klangen jetzt ganz nah – sie waren wohl nur noch ein oder zwei Stockwerke entfernt.

Jack gab den Versuch mit dem elektronischen Schloss auf, und sie liefen einen schmalen Gang entlang, bis sie durch eine weitere Tür kamen. Jetzt befanden sie sich in einem kleinen Raum mit einem Stromkasten. Die Veränderungen, die Charlie tags zuvor daran vorgenommen hatte, waren noch da – oben ragte, teilweise von einer Sprühdose verdeckt, eine Antenne heraus.

Charlie lief zu dem Kasten, machte ihn auf, löste die Drähte am Schalter und versuchte, den Hauptschalter manuell zu betätigen.

Kein Glück.

Jacks Nachtsichtbrille flackerte und ging aus, sodass er vollkommen im Dunkeln stand. Es blieb ihm nichts anderes übrig, als seine Taschenlampe zu verwenden. Er griff an seinen Gürtel und schaltete sie ein.

Sie hörten, wie die Tür am anderen Ende des Ganges aufging und eine Stimme sagte: »Sie müssen hier irgendwo sein. Einen anderen Ausgang gibt es nicht.«

Slink und Charlie schoben eine große Werkzeugkiste beiseite, unter der ein Abflussgitter zum Vorschein kam. Charlie kniete sich hin, machte das Gitter auf und winkte Wren zu sich, die sich an den Rand des Loches setzte und dann eine Leiter hinunterkletterte, dicht gefolgt von Charlie.

Jack nickte Slink zu und flüsterte: »Los!«

In wenigen Sekunden war Slinks Kopf durch das Loch verschwunden.

Jack schaltete die Taschenlampe aus. Während sich seine Augen an die Dunkelheit gewöhnten, konnte er unter der Tür das Licht der Taschenlampen der Polizisten sehen.

»Der Stromkasten«, sagte einer von ihnen. »Ich wette, sie machen sich an der Stromversorgung zu schaffen.«

Jack ließ sich auf alle viere nieder und tastete nach dem Rand der Öffnung. Er fand sie, schwang die Beine hinein und ließ sich hinabgleiten. Dann griff er nach dem Gitter und zog es zu, kurz bevor die Tür aufprallte.

Mit angehaltenem Atem blieb Jack auf der Leiter stehen.

»Was ist das?«, fragte eine Stimme. »Ich habe ja gesagt, dass sich jemand am Stromkasten zu schaffen gemacht hat. Sieht aus, als hätten sie ihn zerstört.«

»Und wo sind sie?«

Wie erstarrt lauschte Jack im Dunkeln.

»Wir finden sie schon, keine Sorge. Das Gebäude ist umstellt. Hier kommen sie nicht raus.«

Jack sah durch das Gitter, wie sich die Taschenlampenstrahlen bewegten. Dann schloss sich die Tür und es wurde wieder dunkel. Erleichtert seufzte er auf und kletterte schnell die Leiter hinunter. Unten schaltete er die Taschenlampe ein und leuchtete umher.

Sie standen auf dem Weg neben einem der Hauptabwasserkanäle. Wren betrachtete missbilligend das schmutzige Wasser, das zu ihren Füßen entlangrauschte, rümpfte die Nase und bedeckte den Mund mit ihrem Ärmel.

Charlie stupste sie an und meinte: »An den Geruch gewöhnst du dich.«

Wren sah aus, als ob ihr gleich schlecht werden würde.

»Das bezweifle ich.«

»Denk einfach nicht daran«, riet ihr Slink und leuchtete mit seiner Taschenlampe eine nicht näher identifizierbare Masse an, die an ihnen vorbeitrieb. »Das da kommt von …«

»Slink!«, fuhr ihn Charlie an.

Slink lachte, hüpfte den Tunnel entlang und sang: »Und sie schrien nach Klopapier, Klopapier …«

Charlie knurrte leise etwas und marschierte ihm nach. Wren folgte ihr.

Noch einmal sah sich Jack nach der Leiter um und ging ihnen dann nach.

Eine Stunde später erreichten Jack, Charlie, Slink und Wren die Station Bradbury, einen stillgelegten U-Bahnhof, genau in dem Moment, als ein Zug durchfuhr und warme Luft durch den Tunnel wirbelte. Auf den schmutzigen Wandfliesen flackerten Lichter, und der Luftzug ließ die alten Plakate tanzen, als seien sie lebendig.

Jack liebte diesen Weg zum Bunker. Es war die Schnittstelle zwischen zwei Welten: der langweiligen Welt der Erwachsenen oben und ihrem geheimen unterirdischen Reich.

Als es nach der Durchfahrt des Zuges wieder sicher war, überquerten sie die Schienen und gingen durch eine rostige Metalltür. Dahinter trafen sie auf einen Versorgungsgang mit einer Falttür am Ende, die den Eingang zum Aufzug darstellte, und betraten ihn.

Wren klammerte sich an Charlies Arm, während Slink die Tür schloss und den Knopf an der Wand drückte. Mit einem lauten Ächzen setzte sich der Aufzug in Bewegung und fuhr nach unten.

Ein paar Minuten später kündigte ein heftiger Plumps das Ende der Fahrt an. Slink zog die Tür auf und sie liefen einen weiteren Gang entlang. Hier schien die Luft irgendwie schwerer und dunkler zu sein, wie ein Mantel, der sie vor der Welt dort oben verbarg.

Die Strahlen ihrer Taschenlampen huschten über die Wände und beleuchteten in der Dunkelheit vor ihnen einen Bogengang, durch den sie in den nächsten Tunnel gelangten. Hier waren die Wände aus grob behauenem Stein und mit dunkelgrünem Schleim bedeckt. In langsamem Rhythmus tropfte Wasser herunter, und von der Decke hingen uralte Lampen, die gelbliche Lichtpfützen auf den Boden warfen.

Schließlich kamen sie an eine Stahltür, die aussah wie die eines Banksafes. Von der Oberfläche blätterte die Farbe ab und man erkannte dunkle Rostflecken auf dem blanken Metall darunter.

Slink öffnete die Tür, durch die sie in eine Luftschleuse gelangten. In der rechten oberen Ecke befand sich eine Kamera und an der Wand neben der Tür ein elektronisches Zahlenschloss mit leuchtenden Ziffern. Jack gab einen Code ein, woraufhin sich die Luftschleusentür zischend öffnete und sie hindurchließ.

Der umgebaute Bunker aus dem Zweiten Weltkrieg bestand aus einem riesigen Raum mit Ziegelwänden und Säulen.

Rechts lag eine Küche mit einer Gefrierkombi, einer Frühstücksbar, einem Herd, einer Spülmaschine und einem Waschbecken.

Gegenüber der Küche befand sich eine Wohnecke mit einem großen Fernseher, einem DVD-Spieler und mehreren Spielekonsolen. Außerdem standen sich zwei bequeme Sofas gegenüber, und auf dem Boden lagen mehrere Sitzsäcke. An der Wand stand mit einer Schablone ihr Name geschrieben: City Heroes.

Neben dem Wohnbereich war eine Spielecke mit einem Flipperautomaten, zwei Spielautomaten, einem Rennsimulator, einem Shooter-Spiel und einer Tanzmatte. Der Transport hier herunter war ziemlich schwierig gewesen.

Hinter der Spielecke lagen eine Toilette, ein Bad und ein Gang zu weiteren Räumen, dem Elektroraum, dem Generatorraum, Charlies Werkstatt und den Zimmern der einzelnen Mitglieder der City Heroes. Darüber hinaus hatten sie noch ein Zimmer übrig, in dem sich alles mögliche Gerümpel sammelte.

Auf der rechten Seite des Hauptbunkers befand sich neben dem Esszimmer die sogenannte »Obi-Zone«. Dort standen jede Menge Bildschirme und Computer, verbunden mit einem Gewirr von Kabeln, mit denen sich Obi in die Überwachungskameras der ganzen Stadt einklinken konnte.

Obi – ein Junge, der so dick war, dass es unglaublich schien, dass er sich überhaupt bewegen konnte – saß auf einem umgebauten Zahnarztstuhl und scrollte sich durch die Überwachungsbilder. Auf den meisten war wegen des Stromausfalls nur schwarz zu sehen.

Dabei aß er eine Familienpackung Chips.

Charlie stürmte auf ihn zu. Sobald Obi sie kommen sah, stopfte er sich schnell noch eine Handvoll Chips in den Mund, bevor sie ihm die Tüte entriss und rief: »Und was ist mit deiner Diät?«

»Er macht doch die Ohbi-Diät«, behauptete Slink,

öffnete den Kühlschrank und nahm ein paar Limonadendosen heraus. »Die Oh-bitte-noch-mehr-Diät.«

Obi wollte protestieren, spuckte aber nur eine Handvoll Krümel hervor, vor denen sich Wren in Sicherheit brachte.

»Echt edel, Obi«, meinte Slink und verteilte die Limonadendosen.

Obi wischte sich den Mund und sah Jack an.

»Habt ihr es?«

Jack schüttelte den Kopf.

»Der Safe war leer.«

Obi riss die Augen auf.

»Nein«, sagte er. »Das kann nicht sein.«

»War er aber«, bestätigte Charlie und legte ihm die Hand auf die Schulter. »Es tut uns wirklich leid. Wir haben es versucht.«

Obi ließ den Kopf hängen. »Ich fasse es nicht!« Er hatte erwartet, dass sich in dem Safe eine Kopie des Testaments seiner Eltern befand.

Obis Eltern hatte eine große Werbefirma gehört, und sie waren sehr reich gewesen. Vor ein paar Jahren waren sie bei einem Flugzeugabsturz ums Leben gekommen. Es war damals ein großes Thema in den Nachrichten gewesen. Obi hatte sogar ein Ringbuch mit Zeitungsausschnitten darüber.

Obis Onkel war Rechtsanwalt und hatte alles geerbt. Ihm zufolge hatten Obis Eltern ihm und seiner Schwester keinen Penny hinterlassen, doch Obi wusste, dass das nicht stimmte.

»Warum bist du so sicher, dass es noch ein Testament gibt?«, fragte Wren Obi und nahm einen Schluck Limonade. Als die City Heroes angefangen hatten, nach dem Testament seiner Eltern zu suchen, hatte sie noch nicht zu ihnen gehört.

Obi seufzte und betrachtete seine Hände.

»Als ich etwa sechs oder sieben war, bin ich nachts aufgewacht und habe Mum und Dad reden gehört.« Er sah die anderen an und fuhr fort: »Sie haben mit meinem Onkel darüber gesprochen, was passieren sollte, falls sie sterben würden. Als sie auf Geld und das Testament zu sprechen kamen, kam es bald zum Streit.« Obi schluckte und hielt den Blick auf seine Hände gerichtet. Nervös spielte er mit seinen Fingern. »Offensichtlich hatten meine Eltern vor, alles mir und Jess zu hinterlassen.«

»Und was ist dann passiert?«, fragte Wren.

»Mein Onkel bekam einen Wutanfall und stürmte aus dem Haus«, antwortete Obi. »Dann bin ich ins Bett gegangen.«

Jack wusste, dass Obi sich wünschte, er wäre aufgeblieben und hätte den Rest des Gespräches seiner Eltern mit angehört.

»Und was hat das mit dem Testament auf sich?«, wollte Wren stirnrunzelnd wissen.

Obi ballte die Fäuste.

»Ich bin sicher, dass mein Dad eine Kopie des Testaments gemacht hat, auch wenn mein Onkel das Original vernichtet hat.«

Daher hatte Obi die Heroes gebeten, ihm bei der Suche zu helfen. Zuerst hatten sie im Büro seines Onkels in Hammersmith danach gesucht, doch dort hatten sie kein Glück gehabt.

Das hatte Jack nicht sehr überrascht – was Obi ihnen erzählt hatte, deutete darauf hin, dass sein Onkel ein ziemlich verschlagener Mensch war. Er war sicher nicht so dumm, eine Kopie des Testaments an einem so offensichtlichen Ort aufzubewahren – wenn überhaupt.

Also mussten die City Heroes eine Kopie finden, von der er nichts wusste. Eine, die Obis Vater vielleicht als Reserve irgendwo verborgen hatte.

Das nächste mögliche Versteck war die Wohnung am Hyde Park gewesen, aber jetzt hatten sie den Safe ebenfalls leer vorgefunden.

Jack fragte sich, ob Obis Onkel eine Ahnung davon hatte, dass sie das Testament suchten.

»Also?«, fragte er. »Was machen wir jetzt?«

»Weiß ich auch nicht«, seufzte Obi.

»Was ist mit Jessica?«, fragte Charlie.

Jessica war Obis vierundzwanzigjährige Schwester.

Obi schüttelte den Kopf.

»Sie glaubt nicht, dass es eine Kopie gibt. Oder, wenn es eine gab, dass mein Onkel sie auch vernichtet hat.«

»Was macht sie denn?«, wollte Wren wissen. »Ich meine, was arbeitet sie?«

»Sie arbeitet in einem Fast-Food-Restaurant«, erwiderte Obi niedergeschlagen.

Charlie drückte seine Hand. »Daran ist doch nichts Schlimmes.«

Doch Obi sah sie trotzig an und meinte: »Sie hat etwas Besseres verdient. Sie ist clever! Wäre mein Onkel nicht gewesen, dann würde sie jetzt die Firma meiner Eltern leiten.«

Er sah weg.

»Wie ist er denn so?«, fragte Slink.

»Wer? Mein Onkel?«

Slink nickte.

Einen Moment lang wirkte Obi abwesend, dann sah er die anderen wieder an.

»Zuerst hat er uns eigentlich ganz gut behandelt, aber dann hat sich plötzlich alles geändert. Eines Tages hat er sich mit meiner Schwester gestritten.

Sie wollte auf die Universität, um einen Abschluss in Jura und Wirtschaft zu machen. Mein Onkel hat sich geweigert, dafür zu bezahlen und gesagt, es sei reine Geldverschwendung, sie solle doch heiraten und jemand anderen finden, den sie ausnehmen könnte.«

Slink zuckte zusammen und fand: »Nicht cool.«

»Nein«, stimmte ihm Obi zu. »Ganz und gar nicht. Meine Schwester wollte sich damit nicht abfinden und ist auf ihn losgegangen.«

»Ich wette, das hat ihm nicht gefallen«, vermutete Slink.

»Er hat sie aus dem Haus gejagt«, erzählte Obi und betrachtete seine Hände. »Ich habe ihn gebeten, sie wieder hereinzulassen, aber das wollte er nicht.«

»Das klingt ja schrecklich«, fand Wren. »Ich hasse ihn! Was hast du getan?«

»Es war ein Albtraum. Mein Onkel hat mich in meinem Zimmer eingeschlossen. Ich bin nicht zur Schule gegangen. Schließlich kam jemand vom Sozialamt, um der Sache auf den Grund zu gehen, und er hat ihnen erzählt, ich sei gewalttätig gegen ihn gewesen.«

»Du?«, wunderte sich Slink. »Gewalttätig?«

»Genau«, bekräftigte Obi. »Ich musste noch sechs weitere Monate im Haus bleiben, bis er schließlich einen Weg gefunden hat, mich loszuwerden. Er hat dem Sozialamt gesagt, er könne sich nicht länger um mich kümmern. Und dann hat er mich gezwungen, in dieses Kinderheim zu gehen.« Obi sah Jack und Charlie an. »Ich weiß, dass er das Testament meiner Eltern gefälscht hat. Ich muss es nur beweisen können.«

»Hey«, sagte Charlie. »Denk daran: wir glauben dir.«

»Danke«, nickte Obi.

»Sprich doch noch einmal mit Jessica«, schlug Charlie vor und lächelte ihn zuversichtlich an. »Vielleicht hat sie eine Idee, wo eine Kopie sein könnte. Es ist auf jeden Fall einen Versuch wert.«

»Ich werde es versuchen«, sagte Obi und atmete hörbar aus.

Jack stellte sich hinter Obis Sessel und sah, wie mehrere der Überwachungsmonitore schwarz wurden.

»Ist das der Virus?«, fragte er.

»Ja«, antwortete Obi. »Bislang hat ihn niemand vernichten können.«

Jack fühlte sich für das, was dort geschah, verantwortlich, da es seine Idee gewesen war, den Virus aus einem Quantencomputer der Regierung zu entfernen. Das Problem war nur, dass der Virus ins Internet entschlüpft war und jetzt die Stromversorgung an allen wichtigen Kraftwerken lahmlegte. Und um es noch schlimmer zu machen, es war kein richtiger Virus – er kopierte sich nicht selbst, sondern bewegte sich auf der Suche nach Prozessorstärke immer weiter durch die Systeme wie ein Vampir auf der Suche nach seinem nächsten Opfer.

Stirnrunzelnd betrachtete Jack die Monitore.

»Was macht er jetzt?«

»Ich kann ihm kaum folgen«, gestand Obi und öffnete ein Fenster, in dem ein langer Code erschien. »Er hat in den letzten vier Stunden die Computersysteme von zwei Kraftwerken lahmgelegt und jetzt ist er wieder weitergezogen.«

Drei weitere Bildschirme wurden schwarz, weil die Überwachungs- und Verkehrskameras keinen Strom mehr hatten.

Jack ballte die Fäuste.

»Hab ihn«, verkündete Obi. »Er ist gerade zum nächsten Kraftwerk gewandert.«

»Welches?«

»North Royal.« Obi öffnete ein Fenster und schrieb ein paar Kommandos. »Da ist er.«

Jack beugte sich über den Monitor. Er erkannte den unverkennbaren Fingerabdruck des Virus. Sein Code bestand aus mehreren Programmiersprachen, die miteinander verwoben und verflochten waren.

Er war froh, dass bis jetzt noch niemand mit diesem Virus fertiggeworden war – er wollte nicht, dass die Regierung oder irgendwelche Kriminellen ihn in die Finger bekamen. Dann wäre das wieder wie mit Proteus – eine Macht, die die Welt verändern konnte, und das nicht zum Besseren. Wozu konnte man ihn benutzen? Um Banken zu infizieren? Die Wirtschaft zu schwächen? Vielleicht konnte jemand damit eine Regierung erpressen.

Aber nicht nur das machte ihm Sorgen. Jacks größte Angst war, dass jemand den Virus nutzen konnte, um das Versteck des Bunkers der City Heroes zu finden.

Sie mussten ihn zerstören. Und zwar schnell.

Er starrte den Code an.

»Wir müssen ihn kriegen, bevor es jemand anderes tut.« Er griff nach der Tastatur, doch in diesem Moment wurde der Hauptmonitor schwarz.

»O nein!«, rief Obi und drückte auf den Trackball.

»Was ist passiert?«, erkundigte sich Charlie.

»Der Virus – er ist wieder weg.«

Alle starrten ihn an.

»Was heißt das, er ist weg?«, fragte Charlie.

Jack zog die Tastatur an sich und überprüfte etwas. Obi hatte recht. Der Virus hatte den Computer des Kraftwerks beschädigt, war wieder ins Internet geschlüpft und verschwunden.

Er seufzte. Es war frustrierend. Jedes Mal, wenn sie glaubten, ihn aufgespürt zu haben, entfloh der Virus wieder.

»Soll das heißen, dass wir gar nichts tun können?«, erkundigte sich Slink.

»Im Augenblick nicht«, gab Jack zu. »Wir müssen warten, bis er wieder auftaucht.«

»Gut«, gähnte Slink. »Ich bin nämlich todmüde.«

»Ich auch«, bestätigte Wren.

Jack sah auf die Uhr am Computer. Es war halb eins morgens.

»Ich schreibe noch ein Programm, das nach der Spur des Virus sucht.«

Wenn sie ihn fangen konnten, dachte er, konnten sie ihn vielleicht auf einer späteren Mission einsetzen. Seine Macht war fast unbegrenzt.

Dann riss er sich zusammen. Seine höchste Priorität war es, den Virus einzufangen und dafür zu sorgen, dass der Bunker verborgen blieb.

Er knackte mit den Fingern und machte sich an die Arbeit.

»Ich gehe ins Bett«, verkündete Slink. »Kommt und weckt mich, wenn sich irgendetwas ergibt.«

Er zauste Wren die Haare und verschwand im Gang.

»Ich muss auch ein bisschen schlafen«, meinte Wren und ging ihm nach.

»Ich habe noch etwas zu erledigen«, behauptete Charlie und verschwand ohne weitere Erklärung hinter Wren.

Jetzt musste auch Jack gähnen. Er war erschöpft, aber er musste das Programm zu Ende schreiben. Entschlossen machte er sich ans Werk und war zwanzig Minuten später fertig. Er überprüfte den Code noch einmal und reichte Obi dann die Tastatur zurück.

»Das sollte reichen.«

»Muss ich hier sitzen bleiben?«, fragte Obi.

»Nein, du kannst auch ins Bett gehen. Das Programm löst einen Alarm aus, wenn es den Virus gefunden hat.«

Obi kletterte aus seinem Sessel und ging in sein Zimmer.

Jack lief den Gang entlang und bemerkte ein Licht an dessen Ende.

Charlies Werkstatt war ein schmaler Raum mit Arbeitstischen auf beiden Seiten, voll mit elektronischem Gerät – Lötkolben, Schweißbrenner, Oszilloskope, eine kleine Bohr- und Fräsmaschine, verschiedenste Werkzeuge und alles, was sie brauchte, um ihre kleinen Wunderdinge zu basteln.

Er sah Charlie an einem Schreibtisch sitzen und in ein Notizbuch schreiben und beugte sich über ihre Schulter. Sie zeichnete irgendein Instrument.

»Was machst du da?«

Charlie fuhr zusammen, drehte sich dann um und boxte ihn.

»Ich hätte fast einen Herzinfarkt gekriegt!«

Jack rieb sich den Arm.

»Bist du dafür nicht ein bisschen zu jung?«, meinte er und nickte zu der Zeichnung. »Willst du mir das erklären?«

Charlie starrte ihn an, als wisse sie nicht, warum er die Zeichnung nicht verstand.

»Das nenne ich eine Schnellwinde«, sagte sie schließlich, als ob das alles erklären würde.

»Und das heißt?«

Charlie hielt das Notizbuch hoch. »Ich muss es aufschreiben, solange ich es noch im Kopf habe.« Auf der Zeichnung sah man einen Motor, der an eine Kabeltrommel angeschlossen war. »Als wir an dem Drahtseil von dem Gebäude flüchten mussten, dachte ich, dass das auch noch besser geht.«

»Was geht noch besser?«, hakte Jack nach. »Dass wir uns fast umbringen?«

»Nicht ganz.« Charlie legte das Notizbuch weg. »Mit dem hier können wir uns kontrolliert an einem Gebäude herunterlassen.«

»Herunterlassen?« Das gefiel Jack ganz und gar nicht.

Charlie ignorierte ihn.

»Und das Beste ist, wenn es sein muss, kann uns die Winde auch ganz schnell wieder nach oben holen.«

Jack schnalzte anerkennend mit der Zunge, als er über die Einsatzmöglichkeiten von Charlies Schnellwinde nachdachte. Sie konnten sich durch ein Oberlicht herablassen, ein wertvolles Stück aus der privaten Sammlung eines Kriminellen stehlen und wieder verschwunden sein, bevor die Wachen sie entdecken konnten.

Oder stammte das aus einem Film, den er einmal gesehen hatte?

Charlie drehte sich auf ihrem Stuhl um und deutete auf einen Motor auf einem der Arbeitstische.

»Den da hat mir Noble gegeben. Er hat gesagt, dass damit die Special Forces und die US Navy Seals ihre Ausrüstung befördern. Angeblich ist es streng geheim.«

Typisch Noble, dass er so etwas in die Finger bekam. Er war einer der wenigen Erwachsenen, dem sie vertrauten, und von Zeit zu Zeit schenkte er ihnen Hightechgeräte, mit denen sie experimentieren konnten.

Noch einmal sah Jack Charlies Zeichnung an.

»Wenn das funktioniert, ist das sehr clever«, meinte er.

»Natürlich funktioniert das«, erwiderte Charlie beleidigt.

»Hey«, verteidigte sich Jack und hob die Hände. »Du bist ein Genie. Das weiß ich. Ich werde also nicht widersprechen.«

»Herzlichen Dank.«

»Wie lange wirst du dafür brauchen?«

Charlie betrachtete ihre Zeichnung.

»Ein paar Stunden. Aber das mache ich nicht jetzt. Ich bin müde.«

»Ich gehe auch ins Bett«, verkündete Jack und ging zur Tür. »Dann bis morgen.«

»Es ist Morgen«, verbesserte ihn Charlie und konzentrierte sich auf ihre Zeichnung.

Damit lag sie richtig.

3

Am nächsten Tag erwachte Jack mit einem Ruck und setzte sich auf. Er hatte einen seiner Albträume gehabt, und es war ein schlimmer Traum gewesen.

Ein ganz schlimmer.

Schweiß lief ihm über das Gesicht und er zitterte am ganzen Körper. Einen Augenblick lang konnte er sich nicht daran erinnern, was passiert war.

Er hatte geträumt, dass der Bunker der City Heroes voller Rauch war und dass er in den Gängen nach den anderen suchte. Der Rauch wurde von Minute zu Minute dichter. Vor ihm tauchte ein Schatten auf, und Jack wollte rufen, brachte jedoch kein Wort hervor. Er wollte darauf zugehen, konnte sich aber nicht rühren. Verzweifelt streckte er die Hand danach aus und gerade, als er ihn berühren wollte, wachte er keuchend auf.

Die Träume waren ganz unterschiedlich, doch

ihnen allen lag eines zugrunde: seine Angst, die einzige Familie zu verlieren, die er hatte – die City Heroes.

Immer noch müde sah Jack auf seine Uhr mit dem Albert-Einstein-Gesicht. Es war neun Uhr. Ächzend schwang er die Beine aus dem Bett.

Es klopfte an der Tür und Charlie steckte den Kopf herein.

»Ich wusste doch, dass ich dich gehört habe. Möchtest du Frühstück? Slink macht was – es gibt Pfannkuchen.«

»Ja, gerne«, antwortete Jack. »Hat das Programm den Virus gefunden?«

Charlie schüttelte den Kopf. »Nein, Obi sagt, es gab noch keine Spur.«

»Na toll«, fand Jack, als Charlie die Tür schloss.

Er setzte sich auf den Bettrand und sah die Wand an. Wo war der Virus jetzt? Was hatte er vor? Er fragte sich, welches System er als Nächstes befallen würde und welchen Schaden er dort anrichtete.

Mühsam stand er auf, ging zur Tür und schlurfte den gewundenen Gang zum Hauptbunker entlang. Dort sah er Obi auf seinem Stuhl sitzen. Er hatte einen Teller mit Pfannkuchen auf dem Schoß, die er großzügig mit Ahornsirup beträufelte.

Slink war in der Küche emsig damit beschäftigt, noch mehr Pfannkuchen zu backen, während sein

Kopf im Takt zu einem Dubstep-Beat wippte, der in seinen Ohren hämmerte.

Jack verdrehte die Augen. Obwohl Slink Kopfhörer trug, konnte er noch jedes Hämmern, Dröhnen und Scratchen hören. Er ging zum Tisch und ließ sich gegenüber von Charlie und Wren nieder.

Wren hatte Bunt- und Filzstifte, Marker und einen Stapel Postkarten vor sich ausgebreitet und zeichnete eine Art Tier.

Jack legte den Kopf schief.

»Ist das eine Katze?«

Wren sah ihn missbilligend an und hielt die Karte hoch.

»Ein Panther.«

Jetzt, wo er es richtig herum sah, konnte Jack die Zeichnung leicht erkennen – die Silhouette eines schwarzen Panthers vor der Londoner Skyline.

»Das ist wirklich gut.«

»Danke.« Sie legte die Postkarte wieder hin und gab ihrem Bild den letzten Schliff.

Jack sah sich die fertigen Postkarten an – jede davon war einzigartig und zeigte ein anderes Tier oder die Silhouette einer Person vor verschiedenen bekannten Orten in London. Der Himmel war jeweils in grellen Farben angemalt und die Wirkung faszinierend.

»Slink wollte Wren heute Morgen bei Mathe helfen.«

Sie versuchten, Wren in unterschiedlichen Fächern zu unterrichten, weil sie nicht mehr zur Schule ging. Aber bei ihrem Lebensstil war das auch nicht ganz einfach.

»Mir war aber nicht nach Mathe«, erklärte Wren. »Ich wollte lieber das hier machen.« Sie hielt weitere Postkarten mit bunten Zeichnungen hoch. »Die sind für Slink.«

Slink stellte einen Teller mit Pfannkuchen vor Jack ab, nahm die Kopfhörer aus den Ohren und setzte sich zu ihnen. Er nahm eine von Wrens Zeichnungen und betrachtete sie.

»Du wirst richtig gut.«

»Danke.« Wren sah Jack an und fragte: »Können wir heute ZANGen gehen?«

Jack zuckte die Schultern und blickte zum Hauptmonitor hinüber – immer noch keine Spur vom Virus.

»Wenn du damit fertig bist, zeige ich dir, wie man eine Brücke taggt«, versprach Slink.

»Slink!«, beschwerte sich Charlie. »Hast du nicht gesagt, dass du so etwas nicht mehr tun willst?«

In seiner Freizeit versah Slink Mauern und Brücken mit dem Emblem der City Heroes. Je höher die

Brücke und je gefährlicher der Ort, desto mehr Spaß hatte er.

Wren strahlte ihn an, nahm die nächste Postkarte und setzte zu einem weiteren Meisterwerk an.

Jack biss in einen Pfannkuchen und warf noch einen Blick auf den Monitor.

»Glaubst du, dass der Virus weg ist?«, fragte Charlie. »Vielleicht hat ihn ja jemand vernichtet.«

Jack musste schlucken.

»Das bezweifle ich.«

Später an diesem Morgen ging Jack ungeduldig vor Obis Stuhl auf und ab. Er sah auf die Uhr – es war 10:48 Uhr, und noch immer hatten sie keine Spur von dem Virus gefunden.

Lächelnd kam Charlie in den Raum.

»Was ist denn mit dir los?«, wollte Jack wissen.

»Ich bin fertig mit der Schnellwinde«, verkündete Charlie stolz.

»Na wenigstens einer von uns hat gute Neuigkeiten«, meinte Jack und sah zum millionsten Mal auf den Bildschirm.

»Ich habe sogar noch bessere Neuigkeiten«, behauptete Slink, der mit Wren vor dem Fernseher saß und sich Cartoons ansah. Er stand auf und winkte mit seinem Telefon.

Charlie sah ihn verwundert an.

»Was denn?«

»Eine unserer anderen Missionen«, grinste Slink. »Die Falle – sie hat etwas geschnappt.« Er betrachtete das Display des Telefons. »Und diesmal offensichtlich das Richtige.«

»Ernsthaft?«, rief Jack. »Das Ding hat tatsächlich funktioniert?«

»Yep«, nickte Slink.

»Vielen Dank für das Vertrauen in mein Gerät«, grollte Charlie.

»Ja, genau«, ergänzte Obi. »Du hast auch nicht geglaubt, dass meine Kamera-Software funktionieren würde, oder?«

»Darum geht es doch gar nicht«, behauptete Jack. »Ich glaube nur, dass es wahrscheinlich Tausende davon gibt, und es ist nicht das erste Mal, dass wir …«

»Lass mich mal sehen«, verlangte Wren, sprang auf und Slink reichte ihr das Telefon.

»Das ist er«, sagte sie. »Das ist er ganz sicher.«

»Es gibt nur einen Weg, das zu beweisen«, fand Slink, nahm seinen Rucksack und ging zum Essbereich.

»Weißt du«, sagte Charlie zu Jack, »dabei könnten

wir auch ZANGen gehen. Das haben wir schon eine ganze Weile nicht mehr gemacht.«

ZANG, das waren Zufällige Akte Netter Gefälligkeiten. So oft sie konnten, machten sie so etwas. Jetzt allerdings war nicht die beste Zeit dafür.

»Ich kann nicht«, erklärte Jack. »Wenn der Virus zurückkommt...«

»Dann sage ich dir Bescheid«, warf Obi ein. »Ich kann darauf aufpassen, wenn du ZANGen gehst.«

Jack seufzte.

»Ich weiß nicht recht. Ich bin echt nicht in Stimmung.«

Slink steckte die Postkarten in seine Tasche.

»Komm schon, Jack, das wird lustig.«

Jack sah Wren an – sie hüpfte vor Aufregung und faltete bittend die Hände. Schließlich seufzte er auf.

»Na gut, gehen wir.«

Wren quiekte vor Freude auf, rannte zur Luftschleuse und nahm ihren Mantel von einem Haken an der Wand.

Mihone Street in East London war berüchtigt als eine der schlimmsten Wohngegenden im Land. Hohe Verbrechensrate, niedriges Einkommen. Alles war schmutzig und heruntergekommen, die meisten Einwohner hatte einfach das Glück verlassen. Sie hatten nicht die Möglichkeiten, sich selbst zu helfen.

Die City Heroes liebten es, in der Mihone Street zu ZANGen – es war schön, ein Lächeln auf die Gesichter der Leute zu zaubern.

Jack, Charlie, Slink und Wren gingen eine Gasse zwischen einer verlassenen Kirche und einem Jugendclub hindurch.

Am Ende der Gasse hob Slink eine Palette an, unter der eine knapp einen Kubikmeter große Blechkiste zum Vorschein kam.

Charlie trat zurück.

»Bitte sehr!«

Wren kniete sich hin und sah in die Kiste. Gleich darauf begann sie breit zu grinsen.

»Nun?«, fragte Slink.

Wren sah auf.

»Er ist es.«

»Dann mach dich bereit.«

Slink drückte auf einen Knopf an seinem Handy, woraufhin sich das Schloss an der Kiste öffnete. Wren hob den Deckel an, griff hinein und nahm vorsichtig einen Kater heraus. Er war schwarz, bis auf einen runden weißen Fleck, der sich über ein Ohr und das halbe Gesicht erstreckte.

Slink hielt sein Telefon mit einem Bild der Katze hoch.

Jack sah zwischen dem Bild und dem Tier hin und her und bestätigte ungläubig: »Sie hat recht!«

Die Falle, die sie gebaut hatten, hatte funktioniert. Charlie ging zu einer Mülltonne und suchte darin, bis sie eine Pappschachtel fand. Sie prüfte, ob sie stabil genug war und ging dann zu Wren.

»Wir können ihn hier hineinsetzen«, sagte sie.

Wren wollte die Katze nur ungern loslassen, doch sie sah ein, dass es so am besten war – sie wollten ja nicht, dass sie wieder fortlief.

Charlie machte die Schachtel zu.

»Bringen wir ihn heim«, sagte sie, und die vier machten sich auf den Weg.

Als sie auf die Hauptstraße kamen, hörten sie Obi fragen: »Und, ist er es?«

»Ja«, erwiderte Slink. »Wir gehen jetzt dorthin.«

»Super.«

Zwei Straßen weiter gelangten die Heroes in eine Sackgasse, an deren Ende ein heruntergekommenes Reihenhaus mit verwildertem Garten stand, das zu beiden Seiten von drei Meter hohen Büschen umgeben war. Vor dem Tor blieben sie stehen.

Slink überprüfte die Adresse auf seinem Telefon und nickte dann.

»Hier ist es.«

Charlie hielt Wren die Schachtel hin.

»Möchtest du das übernehmen?«

Strahlend nahm Wren die Kiste entgegen.

Slink öffnete das Tor und Wren eilte den unebenen Weg entlang. Auf der Türschwelle setzte sie die Schachtel vorsichtig ab. Sie sah sich um, klopfte dann laut und lief schnell zu den anderen zurück.

Gemeinsam verbargen sich die Heroes hinter den Büschen und warteten ab.

Nach etwa einer Minute ging die Tür auf und eine ältere Frau sah hinaus.

»Hallo?«

Aus der Schachtel erklang Kratzen und Miauen, sodass sie nach unten sah. Stirnrunzelnd bückte sich die alte Frau mit einiger Anstrengung und öffnete die Schachtel. Mit einem erschrockenen Ausruf taumelte sie fast nach hinten, als die Katze den Kopf aus der Schachtel steckte.

»*Oscar?*« Eine Weile schien die Frau ihren Augen kaum trauen zu wollen.

Wieder miaute die Katze.

Die alte Dame nahm Oscar aus der Kiste in die Arme.

»Wo warst du denn? Ich habe mir solche Sorgen gemacht!«

Oscar schnurrte völlig unbeteiligt und barg das Gesicht an ihrer Schulter. Die alte Dame hieß Irene Gardener und ihre Katze galt seit über einem Monat als vermisst. Ein paar hilfsbereite Nachbarn hatten Plakate aufgehängt, aber Oscar blieb verschwunden.

Charlie, Obi, Slink und Wren hatten die Idee gehabt, eine Falle aufzustellen. Charlie baute sie aus Blech mit einer Klappe, die zufallen konnte. Eine Schale mit Thunfisch war der Köder, und außerdem hatte die Falle eine drahtlose Kamera.

Alle ein oder zwei Tage meldete die Falle einen Erfolg, und Slink verglich die Fotos. Doch es war immer eine andere Katze gewesen, die sie dann befreien und den Köder erneuern mussten. Sie waren davon überzeugt gewesen, dass Oscar in der näheren Umgebung bleiben würde. Er musste nur die Kiste finden.

»Es ist eine Hauskatze, die es nicht gewohnt ist, draußen zu sein«, hatte Charlie gemeint.

»Genau«, stimmte Wren heftig nickend zu. »Oscar hat sich nur verlaufen.«

Nun, Jack musste zugeben, dass sie recht gehabt hatten.

Irene sah in ihre Richtung, doch sie hielten sich versteckt. Noch einmal sah sie die Straße entlang, dann ging sie, Oscar fest an sich gedrückt, wieder ins Haus und schloss die Tür hinter sich.

»Das war toll«, strahlte Wren.

»Ja, ja«, meinte Slink. »Aber wir können hier nicht den ganzen Tag herumhängen. Wir haben noch einiges zu erledigen.« Er nahm eine Liste aus der Hosentasche. »Die Vorschläge für heute kommen alle von Wren.«

Als sie weitergingen, nahm Charlie ihr Telefon und tippte eine Nachricht ein.

»Wem schreibst du denn?«, fragte Jack.

»Dem Berater. Ich sage ihm, dass wir Oscar gefunden haben.«

Der »Berater« – richtiger Name: James – war ein Freund der Heroes, der ihnen gelegentlich bei ihren Missionen half. Dieses Mal hatte er ihnen die Cat-Cam 9000 gegeben. Im Grunde war es eine winzige Kamera mit Sender, die unbemerkt in das Halsband einer Katze eingesetzt werden konnte. Drei andere Katzen in der Gegend waren damit ausgestattet worden, damit sie Bilder von Oscar einfangen konnten.

Charlies Telefon piepte, sie blickte auf das Display und lächelte.

»Der Berater freut sich, dass wir ihn gefunden haben.«

»Ich auch«, sagte Wren, hüpfte Slink nach und sah auf die Liste in ihrer Hand.

Wie immer vergingen die nächsten paar Stunden wie im Flug.

Slink und Wren hatten auf die Rückseiten ihrer selbst gemachten Postkarten Geld geklebt und teilten sie jetzt an Obdachlose aus, die ihnen über den Weg liefen. Jack und Charlie folgten ihnen, während sie die Straßen auf und ab eilten und unter Brücken und in Gassen nach würdigen Empfängern suchten.

»Hat Obi dir gesagt, dass er einen Plan von einem der anderen Häuser seiner Eltern gefunden hat?«, fragte Charlie.

Jack sah sie an.

»Noch ein Haus? Wie viele hatten sie denn?«

Charlie zuckte mit den Schultern.

»Sie waren reich.«

»Im Ernst?« Jack sah sich um und senkte die Stimme. »Was hat er denn? Einen Grundriss?«

»Ich glaube schon«, nickte Charlie und sah einen Moment lang nachdenklich drein. »Obi ist wirklich entschlossen, zu beweisen, dass sein Onkel das Testament seiner Eltern gefälscht hat.«

»Ja«, sagte Jack. »Nun, wir werden uns das mal ansehen. Man kann nie wissen, vielleicht hat er ja recht. Mit Proteus hatte er ja schließlich auch recht.«

Charlie nickte und grinste ihn an.

»Was?«, fragte Jack.

»Nichts. Du bist einfach nur ein netter Kerl. Habe ich dir das schon mal gesagt?«

Verlegen sah Jack zur Seite.

»Ich bin kein Heiliger.«

Als Slink und Wren die Postkarten ausgingen, blieben sie vor einem Wohnblock stehen. Zuerst verlangte Wren, dass sie die Blumenbeete in Ordnung brachten. Abwechselnd hielten sie Wache und rupften Unkraut, sammelten den Müll ein und machten den Steinplattenweg sauber. Als sie fertig waren, betrachteten sie ihr Werk.

»Und?«, fragte Jack Wren. »Was kommt als Nächstes?«

Wren deutete auf eine Unterführung neben dem Wohnblock. Dort war es fast komplett dunkel, weil das Neonlicht kaputt war und es niemand reparierte. Der Tunnel war wirklich alles andere als sicher, und doch mussten Kinder täglich hier durchgehen.

Sie eilten hinüber, und Wren setzte sich auf Charlies Schultern, schraubte die Glasabdeckung der Lampe ab und nahm die Glühbirne heraus.

»Vorsichtig«, mahnte Charlie und reichte ihr eine Ersatzbirne. »Es ist Strom auf der Leitung.«

Vorsichtig nahm Wren die Glühbirne und drehte sie hinein.

Flackernd ging das Licht an und erleuchtete den Tunnel. Wren schraubte die Abdeckung wieder fest und Charlie ließ sie auf den Boden. Stolz sah Wren nach oben.

Jacks Telefon fiepte. Er nahm es aus der Tasche und sah auf das Display. Es war eine Nachricht von Obi.

»Was gibt es?«, fragte Charlie.

»Wir müssen zurück.«

»Warum?«

»Das Programm hat den Virus gefunden.«

Im Bunker versammelten sie sich alle um Obis Stuhl herum.

»Ich konnte das Signal des Virus orten«, erklärte Obi, klickte auf den Trackball und öffnete ein Fenster. »Hier ist er.«

»Wieder ein Kraftwerk?«, fragte Charlie.

Obi nickte.

»Bransgore – er ist schon in ihrem System.« Er klickte auf ein weiteres Fenster und zeigte den Code des Virus. »Sieht aus, als befände er sich schon ein paar Stunden dort.«

Jack starrte den Monitor an und sah zu, wie sich der Virus an den Computer anpasste, den er befallen hatte.

»Was macht er denn jetzt?«, fragte Wren.

»Wenn er so weitermacht, könnte er das gesamte Kraftwerk lahmlegen«, meinte Jack. »Und zwar endgültig.«

Er könnte sogar jedes Kraftwerk im Südosten lahmlegen. Vielleicht sogar im ganzen Land.

Der Computer piepte und der Bildschirm wurde schwarz.

Obi fiel der Unterkiefer herunter.

»O nein!«

»Was ist jetzt passiert?«, wollte Charlie wissen.

»Die Verbindung wurde gekappt.«

Jack zog schnell die Tastatur an sich und begann zu tippen.

»Er hat recht.«

»Was heißt ›gekappt‹?«, fragte Wren.

»Das bedeutet, dass die Computertechniker im

Kraftwerk Bransgore die Verbindung zum Internet getrennt haben«, erklärte Jack, richtete sich auf und sah die anderen an. »Das ist das Schlimmste, was sie tun konnten – jetzt haben sie den Virus in ihrem Computersystem eingesperrt.«

»Na und?«, meinte Slink und schlürfte seine Limonade. »Dann ist das jetzt ihr Problem.«

»Und«, begann Jack, holte tief Luft und wählte seine nächsten Worte sehr sorgfältig, »der Virus könnte im Kraftwerk irreparablen Schaden anrichten.«

Die anderen starrten ihn an.

»Irreparabel?«, staunte Charlie. »Soll das heißen, es könnte explodieren oder so?«

Jack zuckte mit den Achseln.

»Ja, vielleicht.«

»Ich sehe immer noch nicht, wo das Problem ist«, meinte Slink.

»Das ist noch nicht alles«, erklärte Jack und wandte sich mit erhobenem Zeigefinger zu den Bildschirmen. »Wenn jemand den Virus zu fassen bekommt, könnte er versuchen, uns mit seiner Hilfe zu finden. Sie könnten den Bunker lokalisieren.«

»Wie das?«, fragte Obi.

»Wir wissen noch nicht, wie der Virus funktioniert«, erwiderte Jack. »Vielleicht legt er ja eine Art Verzeichnis über alle Orte an, wo er gewesen ist.«

»Und hier war er ja schon einmal«, fügte Charlie hinzu.

»Genau«, bestätigte Jack und erinnerte sich daran, wie der Virus die Computer des Bunkers infiziert und ziemliches Unheil angerichtet hatte.

»Und was tun wir jetzt?«, fragte Wren leise.

Jack begann, auf und ab zu laufen und fieberhaft nachzudenken.

»Eigentlich ist das das Beste, was sie tun konnten.«

»Moment mal«, wandte Slink ein. »Eben hast du noch gesagt…«

Jack blieb stehen.

»Sie haben den Virus gefangen, oder? Er kann nicht weg. Versteht ihr nicht? Wir können ihn ein für alle Mal einfangen.«

Als ihm das bewusst wurde, steigerte sich seine Aufregung.

»Meinst du, wir sollen in das Kraftwerk einbrechen?«, fragte Charlie.

Jack nickte.

»Wir müssen den Virus selbst entfernen. Und das muss schnell gehen.«

»Und wie stellen wir das an?«, wollte Obi wissen.

Jack nahm einen USB-Stick aus der Tasche und sagte: »Damit!«

Auf diesem Stick befand sich das Programm, mit dem er schon zuvor ein Signal ausgesendet hatte, um den Virus anzulocken. Wenn er es veränderte, konnte er ihn damit einfangen.

Slink runzelte die Stirn.

»Na gut. Und wie kommen wir ins Kraftwerk rein? Da werden sie extreme Sicherheitsvorkehrungen haben.«

»Weiß ich noch nicht«, erwiderte Jack. »Aber wir müssen es tun. Seid ihr dabei?«

Alle nickten.

»Gut«, fand Jack und wandte sich an Obi. »Kannst du dich in die Überwachungskameras rund um das Kraftwerk einhacken? Ich muss sehen, mit was wir es zu tun haben.«

»Kein Problem«, meinte Obi. »Aber das dauert ein bisschen – ich muss die Kameras finden, die von den Stromausfällen nicht betroffen sind. Falls es welche gibt.«

Slink stieß Wren an, und die beiden widmeten sich dem Rennsimulator.

Obi begann zu arbeiten und hatte zwanzig Minuten später das Standbild einer Kamera auf der anderen Seite der Themse auf dem Bildschirm. Sie zeigte direkt auf das Kraftwerk am gegenüberliegenden Ufer. Obi zoomte darauf.

»Dichter komme ich nicht heran.«

Jack deutete auf den Bildschirm.

»Da gehen wir rein – an der Flussseite.«

Obi nickte.

»Sieht aus, als sei es ein elektrischer Zaun, aber ich bin sicher, dass Slink darüberkommt«, meinte er und fügte mit einem Seitenblick auf Slink hinzu: »Und wenn wir Glück haben, wird er dabei gegrillt.«

»Obi!«, mahnte Charlie. »Benimm dich!«

»Ich mach doch nur Witze.«

»Kannst du irgendetwas im Gebäude erkennen?«, fragte Jack.

Obi machte ein weiteres Fenster auf.

»Nein. Aber ich glaube, ich habe da etwas anderes, das du benutzen kannst.«

Jack beobachtete leise, wie Wren Slink drei Mal hintereinander in dem Rennen schlug, das sie an einer der Spielkonsolen spielten.

»Ich hab's«, sagte Obi schließlich.

Jack drehte sich wieder um. Obi deutete auf den Bildschirm.

»Ich habe einen Grundriss vom Inneren der Anlage.«

Jack neigte sich vor.

»Super.« Er überflog den Grundriss und prägte ihn sich ein. Schließlich richtete er sich auf, sah Charlie an und deutete auf das Bild von der Überwachungskamera. »Das ist nicht viel Information, aber was ich hier sehe, ist ein Wachturm, und das wird auch die Zentrale für die Sicherheitsüberwachung sein. Dort müssen wir hinein und Obi Zugang zu den Kameras verschaffen.«

Er sah Slink und Wren an. Lachend überquerte Wren die Ziellinie zum vierten Mal als Erste.

»Wie machst du das nur?«, ärgerte sich Slink.

»Leute!«, rief Jack, um ihre Aufmerksamkeit zu erringen. »Wir gehen in dreißig Minuten.«

Charlie sah auf die Uhr.

»In einer Stunde ist es dunkel.«

Jack begann wieder auf und ab zu laufen und spielte in seinem Kopf verschiedene Szenarien durch. Er hasste es, dass er keine Zeit zu einer richtigen Erkundungsmission hatte, aber es ging einfach nicht. Der Geheimdienst hatte Proteus, den Quantencomputer gebaut, aber bedeutete das, dass sie auch über den Virus Bescheid wussten? Wenn nicht, würde es wahrscheinlich nicht lange dauern, bis sie etwas darüber herausfanden und ihn selbst holen kamen.

Jetzt war es ein Wettlauf.

»Können wir die Schnellwinde einsetzen?«, fragte Charlie.

Jack schüttelte den Kopf.

»Ich glaube nicht, dass wir sie hierbei brauchen können.«

Charlie sah enttäuscht aus, während Slink und Wren sich zu ihnen gesellten, bereit, mit der Mission anzufangen.

»Und?«, erkundigte sich Slink. »Wie sieht der Plan aus? Wie werden wir ins Kraftwerk einbrechen?«

»Du musst zuerst über diesen Zaun«, erklärte Jack. »Dann gehst du in den Turm und verbindest Obi mit ihren Kameras.«

»Wie?«, fragte Charlie.

»Es ist ein gutes Sicherheitssystem«, meinte Jack mit einem Blick auf den Wachturm. »Aber er hat eine große Schwachstelle.«

»Und die wäre?«

»Der menschliche Faktor. Sie haben einen Wachmann in diesem Turm, der das System im Auge behält. Das ist die Schwachstelle.« Jack lächelte. »Und unser Weg hinein.«

»Genau«, stimmte Slink zu. »Aber wie kommen wir an den Zaun heran? Falls du es noch nicht bemerkt hast, er liegt direkt am Fluss.«

Jack holte tief Luft und sah Charlie an. Er wusste, dass er das bereuen würde, doch es fiel ihm nichts Besseres ein.

»Geht der Stingray noch?«

Charlie starrte ihn an. »Bist du sicher, dass du ihn wirklich benutzen willst? Du weißt doch noch, was beim letzten Mal passiert ist.«

»Nein, ich bin nicht sicher«, seufzte Jack. »Aber eine bessere Lösung habe ich nicht.«

Slink stieß einen Freudenschrei aus, der die anderen zusammenzucken ließ.

»Das wird irre cool!«, rief er. »Ich liebe den Stingray!«

4

Eine Stunde später hockte Jack am Boden, die Knie an die Brust gezogen und wünschte sich, er hätte einen anderen Weg gefunden. Es war so heiß, dass ihm das Atmen schwerfiel.

Direkt neben ihm saß Wren in ähnlich zusammengekrümmter Haltung. Vor ihm Slink und davor Charlie.

Hier saßen sie also in eine Stahlröhre gezwängt, schwitzten, und langsam ging ihnen die Luft aus.

Fan-tas-tisch.

Jack verlagerte sein Gewicht und versuchte, die Steifheit aus seinen Beinen zu vertreiben.

Außerdem ging ihm das ständige Brummen des Elektromotors, das von den Metallwänden widerhallte, empfindlich auf die Nerven.

Stingray, ein kleines U-Boot, hatten sie im Jahr zuvor ein paar Waffenhändlern abgenommen, die damit Waffen nach Großbritannien geschmuggelt hatten.

Jacks erster Instinkt war gewesen, es zu vernichten, doch Charlie hatte ihn davon überzeugt, dass es ihnen noch nützlich sein konnte.

Jetzt wünschte sich Jack, er hätte nicht auf sie gehört.

Den Namen Stingray hatten sie wegen des Stachelrochen-Aufklebers, der am Steuerpult klebte, gewählt.

»Sind wir schon da?«, erkundigte sich Slink zum tausendsten Mal.

Über seine Schulter hinweg sah Jack, wie Charlie ihr Auge an ein Periskop drückte, das durch die Decke über ihren Köpfen verschwand. Vor ihr befanden sich ein paar bläulich leuchtende Anzeigen, die ihre Haut gespenstisch schimmern ließen.

Charlie hatte einen Joystick in der Hand.

»Wenn du mich das noch einmal fragst, mache ich die Luke hier auf!«, drohte sie.

»Von mir aus«, gab Slink zurück. »Ich würde sowieso lieber schwimmen.«

Ich auch, dachte Jack. Aber in der starken Strömung würden sie wahrscheinlich alle ertrinken. Außerdem war das Wasser der Themse so schmutzig, dass sie sich eine unheilbare Krankheit zuziehen würden.

Nach einer scheinbaren Ewigkeit verstummte plötzlich der Motor.

»Wir sind da«, sagte Charlie. »Wir tauchen auf.«

»Gott sei Dank.« Slink drehte sich halb um. »Jack?«

»Was ist?«

»Du musst mich wahrscheinlich hochschieben. Mir sind die Pobacken eingeschlafen und ich glaube nicht, dass sie je wieder aufwachen werden.«

»Wir tauchen auf«, verkündete Charlie etwas gereizt.

Stingray tauchte auf, schaukelte und stabilisierte sich dann.

Slink rutschte nach vorne, griff nach oben und drehte ein großes Rad an einer Öffnung über seinem Kopf.

Das Quietschen ließ Jack zusammenzucken.

Schließlich stieß Slink die Klappe auf und wunderbare frische Luft strömte in die Metallröhre.

Jack sog die kalte Luft in tiefen Zügen ein, während Slinks Füße durch die Öffnung verschwanden.

Charlie bedeutete ihm, als Nächster zu gehen.

Dankbar schob sich Jack vor und stand auf, griff die Öffnung mit beiden Händen und zog sich nach oben.

Charlie hatte Stingray direkt zum Kraftwerk Bransgore geführt. Neben ihnen befand sich ein hoher Zaun mit einem roten Licht auf jedem Abschnitt. Hinter dem Zaun lag das Kraftwerk.

Ein feiner Regen nieselte auf ihre Kleidung, und Jack trat vorsichtig auf, um nicht auszurutschen. Er zog die Kapuze herunter und das Bandana hoch und sah sich um.

Die Lichter der Stadt, die sich in der Themse widerspiegelten, gingen an und aus, was bedeutete, dass der Virus immer noch die Stromversorgung angriff.

»Hey!«

Jack sah nach unten und bemerkte Wren, die ihn verärgert ansah und die Arme nach oben streckte. Er half ihr aus der Luke heraus und auf das Deck des U-Bootes. Als Nächste kletterte Charlie heraus, und die vier richteten ihre Kapuzen und Tücher, hinter denen sie ihre Gesichter verbargen, und blieben schweigend sitzen.

Jack zog sein kleines Fernglas aus der Tasche und hielt es an die Augen. Zunächst sah er sich den Kontrollwachturm an. Hinter dem Fenster konnte er einen Wachmann erkennen, der ihnen den Rücken zuwandte. Dann betrachtete er schnell die Außenseite des Kraftwerkgebäudes, um zu sehen, ob es weitere Sicherheitskameras gab, bemerkte aber nur die über dem Notausgang.

Das war das Problem bei Sicherheitsingenieuren, dachte er. Sie waren zu selbstsicher. Offensichtlich hatte man bei der Anlage hier entschieden, nicht viele Außenkameras zu verwenden, weil man sicher war, dass es sowieso niemand schaffen würde, über den Zaun und am Wachturm vorbeizukommen.

Jack lächelte leise. Der Ingenieur hatte zwei Dinge nicht bedacht. Zum einen, dass die Stromversorgung für den Zaun immer wieder ausfiel. Und zum zweiten hatten sie noch nie etwas von den City Heroes gehört.

Das Licht im Wachturm war das einzige, das nicht flackerte, weil der Turm eine eigene Stromversorgung hatte, die von einem Generator tief unter dem Hauptgebäude abhing. Er trieb auch die Kameras an, die ebenfalls einen eigenen Stromkreis hatten. Die City Heroes mussten also in den Turm gelangen, die Wache überwältigen und die Sicherheitsanlagen übernehmen.

Einfach.

Jack betrachtete den Turm. Die Wände bestanden aus glattem Beton, an dem man nicht hinaufklettern konnte.

Am Boden befand sich eine Tür. Jacks Aufmerksamkeit richtete sich auf das Schloss. Es bestand nur aus einer Tastatur.

»Wie wir gedacht haben«, sagte er und reichte das Fernglas Charlie. »Daran kommen wir definitiv nicht vorbei, oder?«

Charlie sah durch das Fernglas und schüttelte den Kopf.

»Es ist codiert und mit den Kontrollen im Turm verbunden. Wenn wir uns daran zu schaffen machen, weiß der Sicherheitsmann das sofort.«

»Okay«, sagte Jack. »Dann bleibt uns nur eine Möglichkeit.«

Er sah am Zaun herunter, stellte jedoch fest, dass dieser mit großen Stahlhaken im Beton verankert war.

Darunter hindurch kamen sie jedenfalls nicht.

»Glaubst du, du kannst drüberklettern?«, fragte er Slink. Von Nahem sah der Zaun viel höher und beeindruckender aus.

»Klar.« Slink rieb sich die Hände und war offensichtlich begierig, sich der neuen Herausforderung zu stellen.

Zu Jacks großer Erleichterung war die Stromversorgung des Zauns ebenso instabil wie in den anderen Teilen der Stadt. Die grellroten Lichter an jedem

Abschnitt gingen ständig an und aus. Das Problem war nur, dass sich kein Muster erkennen ließ.

»Warum hängt der Zaun nicht an der gleichen Stromquelle wie der Wachturm?«, fragte Slink.

»Der braucht zu viel Saft«, erklärte Charlie. »Am Generator hängen die Kameras und das Kontrollsystem, aber der Zaun ist an die Hauptstromversorgung angeschlossen.«

Noch ein Fehler beim Bau der Sicherheitsanlagen, dachte Jack.

Und es gab ein weiteres Problem: Bei den meisten elektrischen Zäunen bekam man einen Schlag, wenn man den Draht anfasste und dabei mit den Füßen auf dem Boden stand. Doch bei diesem folgte immer ein stromführender auf einen neutralen Draht, mit Abstandshaltern aus Plastik dazwischen. Wenn man daran hinaufkletterte, war es sehr wahrscheinlich, dass man mit den Füßen auf einem leitenden Draht stand und mit den Händen nach einem neutralen griff, wodurch sich der Stromkreis schloss und man einen bösen elektrischen Schlag bekam. Natürlich konnte Slink versuchen, auf einem neutralen Draht zu stehen und nach dem nächsten neutralen zu greifen, um denen mit Strom auszuweichen, doch sie waren so dicht beieinander, dass das beinahe unmöglich erschien, besonders im Dunkeln.

Charlie schlug vor, den Zaun kurzzuschließen, damit der Strom ganz ausgeschaltet war und Slink darüberklettern konnte. Doch Jack wies darauf hin, dass der Wachmann schnell merken würde, dass die Lichter am Zaun nicht mehr im Takt mit den anderen blinkten.

Nein, Slinks einzige Chance war, hinaufzuklettern und darüberzusteigen, bevor der Strom wiederkam. Durch den Regen war der Draht noch rutschiger, es würde also nicht leicht sein.

Slink bewegte die Lippen und zählte mit, wie lange der Strom ausfiel.

Jack tat es ihm nach. Beim ersten Mal waren es zweiunddreißig Sekunden, beim zweiten Mal nur zwanzig. Das dritte Mal dauerte es fast vierzig Sekunden.

Jack sah auf. Selbst das schien ihm nicht lang genug zu sein.

Slink ließ die Knöchel knacken.

»Nun?«, fragte Jack. »Das Kürzeste bis jetzt waren zwanzig Sekunden. Schaffst du das?«

»Ich glaube schon«, erwiderte Slink achselzuckend.

Charlie runzelte die Stirn. »Du glaubst schon?« Besorgt sah sie Jack an.

Vielleicht sollten wir die Sache abblasen, dachte

Jack. Auch Charlie schien sich nicht sicher zu sein, was sie tun sollten.

Wren stieß einen unterdrückten Schrei aus.

Jack wirbelte herum und sah, dass Slink bereits den Zaun hinaufkletterte.

Jack zählte die Sekunden.

Fünf.

Zehn.

Slink war noch nicht einmal halb oben. Bei diesem Tempo würde er weit mehr als zwanzig Sekunden brauchen.

Fünfzehn Sekunden.

Zwanzig Sekunden …

Slink war immer noch ein gutes Stück vom oberen Ende entfernt und kletterte, so schnell er konnte. Jack biss die Zähne zusammen – *fünfundzwanzig Sekunden* – und presste die Augen zu schmalen Schlitzen zusammen.

Slink rutschte von dem glatten Draht ab, stürzte ungefähr einen Meter tiefer, konnte sich aber mit den Händen halten.

Charlie und Wren erstarrten mit weit aufgerissenen Augen.

Dreißig Sekunden.

Slink bekam wieder Halt mit den Füßen und kletterte weiter nach oben. Jack spürte Feuchtigkeit auf seiner Stirn – er war sich nicht sicher, ob es Schweiß oder Regen war.

Fünfunddreißig Sekunden, und das Licht oben am Zaun ging wieder an. Slink hielt sich an der Lampe fest, ließ aber die Beine in der Luft baumeln, um den elektrischen Draht nicht zu berühren.

Jack stieß einen kleinen erleichterten Seufzer aus, doch Slink musste auch noch auf der anderen Seite hinunterkommen.

Volle vierzig Sekunden blieb das Licht an.

»Alles ist gut, Slink«, sagte Charlie, war aber wenig überzeugt.

Endlich erlosch das Licht wieder. Slink wollte gerade auf den Draht treten, als es wieder anging.

»Das gibt's doch nicht!«, zischte Jack. »Das waren doch nur ein paar Sekunden!«

»Und jetzt?«, fragte Slink und sah nach unten.

Es schien Ewigkeiten zu dauern, bis das Licht wieder ausging. Slink verschwendete keine Zeit und war in weniger als fünfzehn Sekunden auf dem Boden auf der anderen Seite des Zauns gelandet. Er grinste die anderen an und hielt den Daumen hoch.

»Gut gemacht«, flüsterte Jack.

Slink sah sich um und huschte dann geduckt zum Wachturm. An der Tür sah er nach oben. Eine glatte Wand erstreckte sich etwa zehn Meter in die Höhe.

Über der Tür war ein kleines Dach, das er nutzen konnte.

»Wie wir vermutet haben«, flüsterte Jack in sein Mikrofon. »Dem Plan nach sieht es so aus, als sei das Schloss mit dem Terminal des Wachmannes verbunden.«

Slink kniete sich hin, strich mit den Händen über das nasse Gras und spritzte das eingesammelte Wasser auf die Tastatur an der Tür.

»Was macht er da?«, wollte Wren wissen.

»Er simuliert Regen, der auf das Tastenfeld kommt und einen Kurzschluss verursacht«, sagte Jack. »Das verschafft ihm Zeit.«

Noch zwei Mal spritzte Slink Wasser auf die Tastatur, dann gab er einen Code ein.

Das Licht über der Tastatur leuchtete rot auf.

»Der erste falsche Code.« Jack sah zum Wachmann auf. Er rührte sich nicht.

»Was macht Slink denn?«, fragte Wren und rieb sich nervös die Hände.

»Bei drei falschen Versuchen erscheint auf dem Pult des Wachmanns eine Warnung«, erklärte Charlie.

Slink gab eine zweite Nummer ein und wieder leuchtete das Licht an der Tastatur rot auf, doch der Wachmann reagierte immer noch nicht.

Slink trat zurück und sah zu den anderen.

»Noch einmal«, flüsterte Charlie in ihr Headset.

Slink nickte und tippte einen weiteren Code ein.

Jack beobachtete, wie der Wachmann etwas auf seinem Schaltpult betrachtete, dann aufstand und aus dem Blickfeld verschwand. Er ging die Treppe hinunter, um nachzusehen, was los war.

Jack winkte Slink zu.

»Los!«

Er duckte sich mit Charlie und Wren an der Böschung zusammen, um nicht gesehen zu werden.

Slink sprang hoch und griff nach dem Dach über der Tür, um sich dort hinaufzuziehen.

Die Tür ging auf und der Sicherheitsmann sah hinaus. Er schaltete eine Taschenlampe an, machte ein paar Schritte und sah sich um. Leise ließ sich Slink hinter ihm auf den Boden gleiten, schlüpfte in den Turm und schloss die Tür hinter sich. Der Wachmann wirbelte herum, rannte zur Tür und rüttelte am Griff, doch die Tür war verschlossen. Leise fluchend betrachtete er die Tastatur.

Mittlerweile konnte Jack Slink im Kontrollraum sehen.

»Ich bin da, Obi«, flüsterte er aufgeregt in sein Mikro.

»Dann klink mich ein«, verlangte Obi.

Slink tauchte nach unten weg. Er setzte einen USB-Stick ein, mit dessen Hilfe Obi sich in das Sicherheitssystem des Kraftwerks einhacken konnte.

Jack sah zum Fuß des Turms. Der Wachmann wischte mit dem Ärmel den Regen von der Tastatur.

»Beeilt euch, Leute!«, verlangte Jack.

»Ist drin«, erklärte Slink.

»Bin dran«, bestätigte Obi ruhig, doch plötzlich änderte sich sein Tonfall. »O nein!«

»Was ist?«, fragte Jack.

»Sie haben eine interne Firewall.«

»Starte das Dragon-Programm, das ich geschrieben habe.«

»Augenblick.«

Jack sah zum Turm, als sich die Tür gerade wieder schloss.

»Zu spät, Slink, er ist auf dem Weg zurück.«

Slinks Kopf tauchte auf. Er sah sich um und überlegte, was er tun konnte.

»Schnell, Obi!«, verlangte Jack. »Mach das Licht aus!«

»Kann ich nicht. Ich bin noch nicht drin. Die haben sich gut geschützt.«

Die Zeit lief ihnen davon.

Slink rannte zum Fenster, öffnete es und kletterte hinaus. Jack erstarrte. Das gehörte nicht zum Plan.

Slink schob das Fenster wieder zu und zog sich aufs Dach. Seine Füße verschwanden gerade, als der Wachmann wieder in den Raum trat.

»Na toll«, stieß Charlie hervor und wandte sich an Jack. »Ich wette, jetzt wünschst du dir, wir hätten die Schnellwinde mitgenommen.«

Der Wächter setzte sich wieder vor die Computerkonsole.

»Okay«, sagte Obi. »Ich bin drin. Dann lasst uns mal sehen, mit was wir hier so spielen können.«

»Nimm dir nur Zeit, Alter«, meinte Slink und ließ sich im Schneidersitz auf dem Dach nieder. Er schien sich in sein Schicksal zu ergeben. Sie mussten einen Weg finden, ihn dort herunterzuholen, aber dazu musste der Wächter erst mal wieder aus dem Turm verschwinden.

Jack ging im Geiste die Möglichkeiten durch.

»Okay«, sagte Obi. »Ich habe es gefunden.«

Das Licht über dem elektrischen Zaun ging immer noch an und aus.

»Bist du sicher?«, fragte Charlie.

»Hundertprozentig«, sagte Obi. »Ich habe die Lichter vom restlichen Stromkreis des Zauns getrennt. Ihr könnt gehen.«

Charlie trat vor, streckte die Hand aus und berührte einen der Drähte. Da nichts geschah, sah sie

Jack an und tippte auf einen anderen Draht. Nachdem sie sich davon überzeugt hatte, dass der Strom tatsächlich abgeschaltet war, nahm Charlie einen Bolzenschneider aus ihrer Tasche und schnitt die Drähte durch.

Jack sah zu Slink hinauf. »Bleib einfach da oben. Ich überlege noch.«

Slink zog sich die Kapuze tiefer ins Gesicht und verschränkte die Arme.

»Ich werde nirgendwo hingehen.«

»Ich nehme an, es gibt keine Verankerungspunkte?«, fragte Jack.

Slink sah sich um.

»Nein.«

»Das ist ein Problem.«

Slink senkte den Kopf.

»Stimmt.«

Jack sah Charlie an, die immer noch Drähte durchschnitt.

Plötzlich hatte Jack eine Idee und wandte sich an Wren.

»Was ist?«, fragte sie, als sie seinen Gesichtsausdruck bemerkte.

Jack blickte wieder zum Turm.

»Slink, kannst du dich irgendwo mit den Füßen abstützen?«

Slink sah sich um und sagte: »Ja. Warum?«

»Meinst du, du könntest Wren zu dir hochziehen?«

Nach kurzem Überlegen sagte Slink: »Ja, aber was soll das, wenn wir beide hier oben festsitzen?«

»Ich habe einen Plan. Halt dich bereit, ja?«

Slink setzte den Rucksack ab und holte ein Seil heraus.

»Pass auf, dass der Wachmann es nicht sieht«, warnte Jack. »Lass das Seil zwischen den Fenstern herunter.«

»Fertig.«

Charlie hatte den Zaun zerschnitten und bog ihn auseinander, sodass ein großes Loch entstand.

Jack, Charlie und Wren schlüpften durch den Zaun und liefen zum Fuß des Turms.

»Okay«, flüsterte Jack. »Jetzt kommt es auf das Timing an.«

Er nahm das Ende von Slinks Seil und band es Wren fest um die Taille. Leise sagte er: »Slink, zieh sie hoch. Verstanden?«

»Verstanden«, kam die Antwort.

Jack wandte sich an Wren.

»Stütz dich mit den Füßen ab und sieh zu, dass dich der Wachmann nicht entdeckt.«

Wren hielt sich am Seil fest, während Slink sie hochzog.

»Hi Wren«, sage er schwer atmend. »Was hast du denn gegessen? Du wiegst ja eine Tonne.«

Wren kicherte.

»Lasst das!«, warnte Jack. »Sonst hört er euch noch!«

Als Wren sicher bei Slink auf dem Dach stand, eilten Jack und Charlie zum Zaun zurück und duckten sich.

»Slink«, befahl Jack. »Wren soll die Operation Handschlag durchführen. Und dann lässt du dich auf der anderen Seite des Turms zu ihr herunter. Verstanden?«

Es entstand eine kurze Pause, dann sagte Slink: »Das wird lustig.«

Er nahm ein Taschenmesser und begann das Seil zu zerschneiden, während er Wren den Plan erklärte.

»Sag mir, wenn ihr bereit seid.«

Jack sah zu dem Wachmann, der keine Ahnung hatte, was sich über ihm abspielte.

Eine Minute später hatte Slink das Seil in zwei Hälften geschnitten, verknotet, und sagte: »Wir können.«

Jack holte tief Luft.

»Zähl bis fünf und lass sie herunter.«

»Jack«, flüsterte Charlie, »wenn er sie fallen lässt?!«

»Lässt er nicht«, entgegnete Jack, doch sein Magen verkrampfte sich trotzdem vor Furcht.

»Fünf.« Slink stemmte die Füße an den Rand des Daches und hielt Wrens Seil fest. »Vier.«

Wren grinste, als erwarte sie, dass ihr das Spaß machen würde.

»Drei.«

Jack sah Charlie an, die sich auf die Fingernägel biss.

»Zwei.«

Slink packte fester zu.

»Eins!« Er ließ Wren nach unten.

Plötzlich erschien sie direkt vor dem Fenster des Wachmannes. Zuerst bemerkte er sie gar nicht. Wren wedelte mit den Armen und tat, als hätte sie Panik.

Plötzlich riss der Wachmann die Augen auf und starrte sie an. Er ließ sein Sandwich fallen, sprang auf und öffnete das Fenster.

»Hilfe!«, schrie Wren und streckte die Hand aus.

Der Wachmann packte sie mit beiden Händen und wollte sie hereinziehen, doch Wren schlang blitzschnell das zweite Seil um seine Handgelenke und zog es fest, sodass er sie nicht mehr bewegen konnte.

»Jetzt!«, schrie Wren und hielt sich am Fensterbrett fest. Slink ließ ihr Seil los, packte das, mit dem der Wachmann gefesselt war, und sprang auf der anderen Seite des Daches herunter.

Der Wachmann schrie vor Schmerz auf, als er halb

aus dem Fenster gezerrt wurde. Wren kletterte über ihn hinweg, rannte durch den Raum und riss das Fenster auf der anderen Seite auf. Slink schwang sich hinein und befestigte das Ende des Seils schnell an einem Geländer. Der Wachmann schrie und versuchte sich wieder in den Turm zu ziehen, doch es war zwecklos. Das Seil saß zu fest.

Slink zog sein Halstuch vom Gesicht und schaffte es mit einiger Mühe, den Wachmann zu knebeln. Dann winkte er Wren zu, die anderen hereinzulassen. Jack und Charlie liefen zum Turm, wo ihnen Wren die Tür öffnete. Schnell schlüpften sie hinein.

Im Vorbeigehen lächelte Charlie Wren zu.

»Das hast du toll gemacht.«

Jack erreichte das Ende der Treppe, ging zum Wachmann und löste einen Schlüsselbund von seinem Gürtel.

»Gut«, sagte er und wandte sich an Slink und Wren, »ihr beide bleibt hier. Behaltet ihn im Auge und haltet nach weiteren Wachen Ausschau. Sagt uns Bescheid, wenn es Ärger gibt.«

»He«, wandte Slink ein, »sollte ich nicht lieber mit euch kommen?«

»Nein«, erwiderte Jack. »Je mehr von uns hineingehen, desto größer ist das Risiko, dass wir entdeckt werden.«

Der Wachmann zappelte erneut und wäre beinahe aus dem Fenster gefallen.

»Vorsicht!«, warnte ihn Slink. »Ich weiß nicht, ob das Seil Ihr Gewicht trägt.«

Als der Wachmann erkannte, dass er nicht entkommen konnte, ließ er resigniert die Schultern hängen.

Jack und Charlie eilten die Treppe hinunter und wieder auf das Gelände. Geduckt liefen sie zum Notausgang des Gebäudes.

»Obi?«, fragte Jack in das Mikro seines Headsets. »Ist der Weg frei?«

»Ja«, antwortete Obi. »Die Ingenieure und die anderen Wachen sind in der Zentrale. Die Gänge sind leer.«

Jack schloss die Tür mit dem Schlüssel des Wachmannes auf und winkte Charlie hindurch.

Sie liefen einen schmalen Gang entlang, in dem alle paar Meter eine Neonröhre angebracht war. An den Wänden und der Decke liefen dicke Rohre entlang. Schließlich erreichten sie einen Quergang am Ende. Immer wieder ging das Licht aus.

»Wohin?«, flüsterte Charlie.

Jack machte seine Taschenlampe an und sah nach links – dort ging es zur Schaltzentrale, und Obi zufolge war das der letzte Ort, an dem sie sein wollten. Jack schloss die Augen und rief sich den Plan des Kraftwerks ins Gedächtnis, den er sich im Bunker eingeprägt hatte. Als er sich sicher war, in welche Richtung sie gehen mussten, machte er die Augen wieder auf und deutete nach rechts in den Gang.

Charlie nickte und sie liefen weiter. Mehrmals bogen sie ab, gingen eine kurze Treppe hinunter und liefen einen weiteren Gang entlang. Es war wie in einem Labyrinth, das durch das ständige Flackern der Lichter noch gespenstischer wirkte.

Schließlich blieben sie vor einer unbeschrifteten Tür stehen, wo Charlie Jack den Schlüssel abnahm.

»Ich hoffe, du findest hier wieder raus.«

»Ich auch«, grinste Jack schwach.

Charlie fand den richtigen Schlüssel und machte die Tür auf.

Jack sah sich um und folgte ihr nach drinnen.

Der Raum dahinter war etwa zehn mal zehn Meter groß und kochend heiß. Aus Serverschränken erklang das Surren von Ventilatoren. Jack fragte sich, ob sie immer so heiß liefen oder ob das am Virus lag. Er stellte sich vor, wie der Virus durch die Netzwerkkabel raste wie eine Krankheit durch die Adern eines kranken Tieres.

Er sah sich im Raum um. Durch die Wand liefen dicke Stromkabel. Offensichtlich hatten die Computer hier ihre eigene Stromversorgung – wahrscheinlich vom gleichen Generator gespeist wie der Turm.

Das war ein großer Fehler, dachte Jack. Es wäre besser gewesen, die Computer ganz herunterzufahren. So konnte der Virus keinen Schaden mehr anrichten.

Er sah ein Terminal, das aus einem der Schränke ragte und eilte mit Charlie darauf zu. Ein Netzwerkkabel hing lose herab, weil die Techniker die Verbindung zur Außenwelt gekappt hatten, um weiteren Schaden zu verhindern. Jetzt konnte der Virus nicht mehr entkommen – aber das war genau das, was Jack brauchte, um die Sache ein für alle Mal zu beenden.

Er nahm den USB-Stick mit dem Lock-Programm und steckte ihn in das Terminal.

»Hoffentlich funktioniert es.«

»Hoffentlich«, wiederholte Charlie.

Jack lächelte.

Auf dem Bildschirm tauchte ein Pop-up-Fenster auf.

»Leute?« Es war Obi.

Sie erstarrten.

»Es gibt Probleme. Da ist …«

Ein Knistern ließ Jack zusammenzucken.

Er zog kurz den Kopfhörer vom Ohr ab und fragte: »Obi? Bist du da?«

Keine Antwort.

»Obi?«

Immer noch nichts. Die Verbindung war unterbrochen. Jack sah Charlie an.

»Was ist los?«, fragte sie. »Wieder ein Stromausfall?«

»Ich weiß nicht.«

Jack hatte wieder einmal ein sehr ungutes Gefühl.

»Lass uns hier schnell weitermachen und dann verschwinden.«

Er gab einen Befehl im Terminal ein, und das Programm begann ein Signal an den Virus auszusenden.

»Funktioniert es?«, fragte Charlie.

Jack nickte. Der Virus hatte den Köder geschluckt und strömte nun in den USB-Stick. In ein paar Minuten hatten sie ihn.

Plötzlich hörten sie eilige Schritte den Gang entlangkommen. Jack fluchte und sah sich um. Es gab keine Möglichkeit, sich zu verstecken. Er sah den USB-Stick an. Das rote Lichtchen leuchtete, als der Virus darauf übertragen wurde.

Die Schritte waren jetzt lauter – sie hatten keine Zeit mehr. Jack griff nach einem Kaffeeuntersetzer, der neben der Tastatur lag und legte ihn über den USB-Stick, um das rote Licht zu verbergen.

Er zog die Hand zurück und wirbelte herum, als

die Tür aufging und drei Männer erschienen. Zwei waren Sicherheitsbeamte, der dritte trug ein Namensschild mit der Aufschrift »Nachtschichtleiter«.

»Seht mal, was wir hier haben«, höhnte er und trat vor.

5

Der Nachtschichtleiter und die beiden Wachen eskortierten Jack und Charlie einen gewundenen Gang entlang, in dem immer wieder die Lichter ausfielen, leider nie lang genug, dass sie einen Fluchtversuch hätten wagen können. Das und die Tatsache, dass einer der Männer Jack schmerzhaft an der Schulter gepackt hatte, machten eine Flucht unmöglich.

Es kam Jack vor, als würden die Stromausfälle häufiger werden. Zumindest wusste er, dass sein Programm hart daran arbeitete, den Virus einzufangen, selbst wenn sie keine Ahnung hatten, wie sie den USB-Stick wiederbekommen sollten, wenn er seine Arbeit erledigt hatte.

Auf dem Weg fragte der Nachtschichtleiter: »Wart ihr das alles? Die Stromausfälle?«

Jack sah erst Charlie an und dann die Wachen.

»Wie sollten wir das denn schaffen? Wir sind doch gerade erst gekommen.«

»Und was genau habt ihr beide getan?«

»Wir haben unsere Reisegruppe verloren«, sagte Charlie sarkastisch.

Der Manager kniff die Augen zu schmalen Schlitzen zusammen.

»Scherzkeks.« Er riss ihnen die Kapuzen und Halstücher ab. »Und jetzt bitte den wahren Grund!«

Jack versuchte, so unschuldig wie möglich dreinzublicken.

»Wir wollten uns nur mal umsehen. Wir haben gesehen, dass immer wieder der Strom ausfällt, also haben wir uns hereingeschlichen. Wir sind Stadtforscher.«

»Versuch es noch mal, Kleiner«, verlangte der Manager. »Ich bin doch nicht von gestern!«

Jack erkannte, dass sie sich hier nicht herausreden konnten. Er fragte sich, ob Obi gesehen hatte, was passiert war, und Slink und Wren gewarnt hatte. Konnten sie entkommen, bevor die anderen Wachen im Turm nachsahen? Er hoffte, dass sie schon fort waren.

Am Ende des Ganges blieben die Wachen stehen, nahmen Jack und Charlie die Rucksäcke ab und warfen sie auf den Boden.

»He!«, protestierte Charlie. »Vorsicht mit meinen Sachen!«

Die Wachen machten eine Tür auf und stießen sie in einen Raum.

Der Manager wandte sich an einen der Wachleute.

»Sie warten hier!« Zu Jack und Charlie sagte er: »Mit euch wird sich die Polizei befassen.«

Dann winkte er dem anderen Mann, ihm zu folgen.

Grinsend schlug ihr Wächter die Türe zu. Das Schloss klickte.

Jack starrte die Tür an und drehte sich dann um. Sie befanden sich in einem kleinen Raum mit Regalen voller Putzutensilien. Er suchte nach einer Fluchtmöglichkeit. Es gab nur einen kleinen Ventilationsschacht – zu klein. Und die abgehängte Decke sah nicht aus, als könne sie ihr Gewicht tragen.

Weitere Türen gab es nicht.

Keine Fenster.

Jack versuchte es wieder über den Kopfhörer, doch er konnte Obi nicht erreichen.

»Wir sitzen in der Falle«, sagte er zu Charlie.

»Hm-hm«, machte sie nachdenklich und ging an den Regalen entlang.

Das Licht ging aus.

Jack zog die Taschenlampe hervor und schaltete sie an.

»Gib mir mal«, sagte Charlie, nahm sie ihm ab und wandte sich wieder zu den Regalen.

»Was machst du denn da?«

»Ich lese.«

»Was denn?«, fragte er stirnrunzelnd.

Charlie griff nach einer weißen Flasche mit einem roten Totenkopf darauf.

»Etiketten. Hier, halt die mal«, forderte sie ihn auf und wandte sich einer kleineren, grünen Flasche zu.

Jack nahm sie ihr ab.

Schließlich suchte Charlie noch eine große, schwarze Flasche und einen Eimer aus dem unteren Regal. Den Eimer stellte sie in eine Ecke des Raumes, schraubte die schwarze Flasche auf und schüttete den Inhalt hinein.

Gluckernd floss die grüne, nach Zedern duftende Desinfektionsflüssigkeit in den Eimer. Danach warf Charlie die Flasche beiseite und bedeutete Jack, ihr die beiden anderen zu geben.

Sie las noch einmal die Etiketten, öffnete die weiße Flasche und kippte die Hälfte des Inhalts in den Eimer. Er roch nach Bleiche mit Alkohol.

Jack rümpfte die Nase und wich einen Schritt zurück, als es zu zischen anfing.

Charlie öffnete die letzte Flasche und zögerte.

»Jetzt brauchen wir erst mal noch ein paar andere

Sachen.« Sie stellte die Flasche ab und betrachtete wieder die Regale.

Nach einem Moment riss sie eine Packung Putzlappen auf und warf Jack zwei davon zu.

»Wozu ist das gut?«

Charlie deutete auf einen Putzeimer an der Tür. »Tauch sie ins Wasser.«

Jack sah in den Eimer. Haare und Blätter schwammen im Wasser.

»Das ist aber nicht sonderlich sauber, Charlie«, stellte er naserümpfend fest, als er die bräunliche Flüssigkeit sah.

»Tu es einfach«, verlangte Charlie. »Was willst du denn? Mineralwasser?«

Zögernd tauchte Jack die Tücher in das schmutzige Wasser.

Als er fertig war, nahm ihm Charlie eines davon ab und brachte das andere wieder zum Eimer.

»Gut«, meinte sie. »Könnte sein, dass es nicht funktioniert.«

»Was machst du denn da?«

Charlie deutete auf die Decke direkt über ihnen, wo sich ein Feuermelder befand, dessen rotes Lichtchen leuchtete.

»Willst du ihn mit diesen Chemikalien auslösen?«, fragte Jack.

Charlie nickte. »Leg dir das über Nase und Mund.«

»*Das?*« Ungläubig starrte Jack das nasse Tuch an, aus dem braunes Wasser tropfte. »Das soll ich mir über den Mund legen? Soll das ein Witz sein?«

Charlie hielt ihr eigenes Tuch in einer Hand und beugte sich mit der Flasche in der anderen Hand über den Eimer.

»Ich weiß nicht, wie giftig das werden wird.«

»Giftig?«, fragte Jack. »Kann uns das schwer verletzen?«

Charlie sah vom Eimer zu der Flasche und dann kurz zu Jack.

»Schon möglich.«

»Toll«, fand Jack. »Vielleicht sollten wir dann lieber schon einmal einen Krankenwagen rufen. Moment«, meinte er mit einem Blick auf die Tür. »Wieso bist du so sicher, dass er die Tür aufmacht?«

»Bin ich gar nicht«, gab Charlie zu und öffnete die Flasche.

Die Flüssigkeit im Eimer begann augenblicklich zu blubbern, und eine große Dampfwolke stieg in die Luft auf.

Der Geruch der Chemikalien ließ Jack würgen.

Zögernd hielt er das nasse Tuch über Mund und Nase, doch der Geruch nach Schmutz und Putzwasser war auch nicht viel besser.

Aus dem Eimer stiegen weiter graue Chemikaliendämpfe auf.

Charlie wedelte sie in Richtung des Feuermelders und trat dann zurück, ihr Tuch fest auf das Gesicht gepresst.

Eine quälende Minute lang passierte überhaupt nichts, während sich der Raum immer weiter mit giftigen Dämpfen füllte. Sie ließen Jacks Augen tränen und er blinzelte zum Feuermelder.

Vielleicht funktionierte er gar nicht?

Er konnte kaum mehr das blinkende LED-Licht sehen.

Jack und Charlie begannen zu husten.

Schließlich, als Jack schon fürchtete, das Bewusstsein zu verlieren, schrillte endlich der Alarm los und zerriss gellend die Stille.

Er hörte den Wachmann vor der Tür laut fluchen und mit einem Schlüsselbund klappern. Jack war schwindelig und er musste sich an der Wand abstützen. Charlie nahm zwei Flaschen Spülmittel vom Regal und warf ihm eine zu.

»Wozu ist das denn?«, fragte er.

Die Tür ging auf. Charlie stürzte hinaus und stieß den Wachmann zur Seite, sodass er das Gleichgewicht verlor. Jack rannte ihr nach, warf das Tuch weg und krümmte sich hustend zusammen.

Überrascht stolperte der Wachmann zurück, als die Dämpfe in den Gang drangen.

»Was habt ihr angestellt?«

Wortlos schnappte sich Charlie ihre Tasche und rannte los. Jack blieb einen Moment überrascht stehen, dann griff er nach seinem eigenen Rucksack und rannte ihr nach, verfolgt von dem Wachmann.

»Halt!«

Als Jack zu Charlie aufschloss, schraubte diese die Spülmittelflasche auf und spritzte den Inhalt auf den Boden. Jack tat es ihr sofort gleich, dann rannten sie einen weiteren Gang entlang.

Hinter ihnen erklang ein Schmerzensschrei. Jack sah sich um.

Der Wachmann hatte um die Ecke laufen wollen, war jedoch gegen die Wand geknallt. Jetzt bemühte er sich, wieder aufzustehen und ihnen nachzulaufen, fiel jedoch auf den Rücken und schrie erneut auf.

Jack und Charlie liefen weiter, bis sie an eine T-Kreuzung kamen.

»Wohin?«, fragte Charlie.

Sie mussten zurück und den USB-Stick aus dem Computerraum holen.

Jack rief sich den Grundriss ins Gedächtnis.

»Links«, sagte er, »glaube ich …«

So schnell wie möglich rannten sie in diese Richtung. Sie wollten nicht ein zweites Mal geschnappt werden.

Endlich erreichten sie den Computerraum und schlichen sich hinein. Das Programm musste mittlerweile den Virus auf Jacks USB-Stick gespeichert haben.

Jack rutschte aus und blickte nach unten.

»Warum ist denn hier der Fußboden nass?«

»Wahrscheinlich von den Stiefeln der Wachleute«, vermutete Charlie und eilte zum Terminal. »Nein!«

»Was ist?«

Sie deutete auf den leeren USB-Port.

»Wo ist er?«

Jack hielt den Atem an.

»Ich habe ihn dort gelassen.«

Sein Blick wanderte zu der Kamera in der Ecke des Raumes. Konnte Obi sie sehen?

»Die Wachen«, sagte er, »sie müssen ihn mitgenommen haben.« Er lief zum Terminal und begann zu tippen. »Der Virus ist auf jeden Fall aus ihrem System raus.«

Charlie runzelte die Stirn. »Das heißt, er ist jetzt auf deinem Stick, oder? Wir müssen herausfinden, was sie damit gemacht haben.«

Aus dem Gang hörten sie Rufe.

»Wir müssen gehen«, stellte Jack fest. Er steckte

das Netzwerkkabel wieder in das Terminal und merkte sich die IP-Adresse.

Dann schlichen sie in den Gang.

Die Rufe kamen von links. Jack und Charlie liefen nach rechts, folgten den Windungen des Ganges, eilten die Treppe hinauf und nach draußen. Als sie zum Zaun rannten, sah Jack nach oben.

Der Wachmann hing immer noch zum Fenster des Turmes hinaus und folgte ihnen mit kalten Blicken.

Slink hielt den Draht am Zaun auseinander und Wren stieg bereits in das U-Boot.

Charlie kletterte durch das Loch.

»Wir haben den Alarm gehört und die Rufe«, erklärte Slink. »Was ist denn passiert?«

Die Notausgangstür ging auf und die beiden Wachen und der Nachtschichtleiter rannten hinaus und sahen sich um.

»Schnell raus hier!« Jack duckte sich unter dem Zaun hindurch und bedeutete Charlie und Slink, in das U-Boot zu steigen.

Als sie sich durch die Luke des Stingray zwängten, erblickte der Nachtschichtleiter Jack und schien einen Augenblick lang verwirrt. Wahrscheinlich sah er zum ersten Mal ein Mini-U-Boot auf der Themse schwimmen. Doch er erholte sich schnell wieder von seinem Schrecken und rannte auf den Zaun zu.

»Da!«, schrie er den Wachen zu.

Jack schwang die Beine in das Boot und ließ sich fallen. Er schloss die Luke, drehte das Rad zu und setzte sich.

Über ihnen erklang ein lauter Schlag.

»Was war das denn?«, fragte Wren.

Charlie drückte das Auge ans Periskop.

»Der Volltrottel ist gerade an Bord gesprungen.«

Schnell glitten ihre Finger über die Steuerung.

Über Jacks Kopf quietschte es. Er sah nach oben und schrie auf – das Rad drehte sich! Er packte danach und rief: »Schnell, Charlie!«

»Wir tauchen ab!«

Jack bemühte sich, die Luke geschlossen zu halten. Ein paar Zentimeter bewegte sie sich, als der Mann über ihm versuchte, sie aufzudrehen.

»Beeil dich!«, verlangte Jack, dem die Arme lahm wurden. Das Rad bewegte sich ein paar Zentimeter mehr. Der Mann oben war stärker als er.

Plötzlich ließ der Druck auf das Rad nach und Jack zog es wieder fest.

»Alles in Ordnung«, erklärte Charlie mit einem Blick durch das Periskop. »Er nimmt ein Bad.«

Als sie zum Grund der Themse hinuntertauchten, rief Jack über sein Headset nach Obi.

»Kannst du uns jetzt hören?«

»Ja.«

»Bitte sag mir, dass du alle Aufnahmen der Überwachungskameras aufgezeichnet hast.«

»Natürlich.«

Jack blies den Atem aus. Auf Obi konnte er sich immer verlassen. »Und du hast auch eine Aufzeichnung aus dem Computerraum?«

»Ja, habe ich.«

»Gut«, sagte Jack. »Sieh dir die Aufnahmen von dem Moment an, als Charlie und ich hineingegangen sind.«

»Das brauche ich nicht«, erwiderte Obi. »Ich habe gesehen, was passiert ist.«

Etwas in Obis Stimme beunruhigte Jack.

»Und?«, fragte Jack. »Was ist passiert?«

»Kommt einfach nach Hause«, verlangte Obi. »Ich bereite die Aufnahmen für dich vor.«

Jack gefiel das gar nicht.

Eineinhalb Stunden später waren sie wieder im Bunker.

Jack eilte zu Obi.

»Hast du eine Ahnung, welcher der Wachleute meinen USB-Stick genommen hat?«

Obi nickte.

»Ja. Keiner von ihnen.«

»Was soll das heißen?«

Obi klickte auf den Bildschirm.

»Dass es kein Wachmann war, der ihn gefunden hat.«

Er rief ein Bild des Computerraumes auf und spulte die Aufzeichnung vor. Jack sah, wie er und Charlie kamen, den USB-Stick einsetzten und dann von den Wachen geschnappt und hinausgebracht wurden. Obi spulte noch ein paar Minuten vor und hielt dann das Bild an. Dann klickte er auf Play.

»Seht mal.«

In einer Ecke des Bildschirms wurden Zeit und Datum angegeben. Das Licht im Raum ging immer wieder an und aus. Die Tür zum Computerraum öffnete sich und eine Gestalt mit einer Kapuze trat ein.

»Wer ist das?«, fragte Slink.

Die Gestalt ließ die Kapuze sinken und sah zur Kamera hinauf, sodass sie einen guten Blick auf sein Gesicht bekamen. Es war ein Junge, nicht älter als Jack und Charlie – vierzehn, höchstens fünfzehn. Er war dunkelhäutig, hatte dunkle, fast schwarze Haare und trug einen Rucksack.

Charlie neigte sich vor und stellte fest: »Er sieht fast aus wie einer von uns.«

»Warum ist er nass?«, fragte Wren.

Sie hatte recht, aus seiner Kleidung tropfte Wasser auf den Boden.

Charlie warf einen Blick auf Jack, doch sie musste nichts sagen. Er nickte. Als sie den Raum wieder betreten hatten, war der Fußboden nass gewesen.

Der Junge ging zum Computerterminal, tippte etwas ein und nahm dann den USB-Stick heraus. Er untersuchte ihn einen Augenblick lang, machte dann die Jacke auf und steckte ihn in eine Innentasche.

»Du kleiner Dieb!«, murmelte Slink.

Der Junge sah sich um und verließ den Serverraum.

Jack überprüfte die Zeit auf dem Bildschirm. Der Junge hatte kaum eine Minute gebraucht, um ihren Stick zu stehlen.

»Sieht aus, als hätte jemand dieselbe Idee gehabt wie wir.«

Obi durchsuchte die Aufzeichnungen und entdeckte eine von der Kamera auf der anderen Flussseite. Die fünf betrachteten die Aufnahme.

»Da«, deutete Jack.

Am U-Boot kräuselte sich das Wasser und ein Kopf tauchte auf. Eine Weile trieb er dort und schien die Situation zu beurteilen.

Obi zoomte das Bild heran, so weit er konnte.

»Er trägt Tauchermaske und Schnorchel.«

»Ich schätze, er hat auch einen Neoprenanzug unter seiner Kleidung«, vermutete Charlie. »Wieso ist er nicht ertrunken? Die Strömung ist…«

»Seht doch!«, sagte Wren.

Sie starrten den Bildschirm an, als Obi das Bild anhielt.

Der Junge hielt sich an einem etwa einen halben Meter langen, schwarzen Zylinder fest. Charlie gab ein entzückt quiekendes Geräusch von sich.

»So etwas wollte ich immer schon mal haben!«

»Was ist das denn?«, fragte Obi.

»Ein DPV. Das ist großartig. Kostet ein Vermögen.«

»Was ist ein DPV?«

»Ein Tauchscooter.« Da sie alle verständnislos ansahen, fuhr sie fort: »Das ist ein Unterwasser-Scooter. Damit bewegen Taucher sich fort. Er hat einen Motor, der einen ziehen kann.«

»Was hat er für eine Reichweite?«, fragte Jack.

Charlie zuckte mit den Achseln. »Das kommt auf das Modell an. Zwei oder drei Meilen.«

»Er hätte also überall herkommen können.«

Jack sah auf das Hauptdisplay, als Obi wieder auf die Starttaste drückte.

Der Junge hielt neben dem U-Boot, stieg aus dem

Wasser und kletterte durch das Loch, das sie in den Zaun geschnitten hatten. Dort hockte er sich hin, nahm Maske und Schnorchel ab und steckte sie in seinen Rucksack.

Dann sah er vom U-Boot zu dem Wachturm.

»Jetzt hat er euch beide gesehen«, sagte Obi zu Slink und Wren. »Wie kommt es, dass ihr ihn nicht bemerkt habt?«

Der Junge schien ihnen diese Frage selbst zu beantworten, denn er zog gerade die Kapuze hoch und sprang los. Tief geduckt rannte er zum Fuß des Turms.

»Er ist schnell«, stellte Charlie fest.

»So schnell nun auch wieder nicht«, murmelte Slink und verschränkte die Arme.

Der Junge wartete eine Sekunde ab, den Rucksack an die Wand gepresst, sah sich kurz um und rannte dann zu dem Notausgang, machte die Tür auf und verschwand im Gebäude.

Obi rief eine weitere Datei auf, die eine Einstellung aus einem Gang zeigte, etwa zur gleichen Zeit.

»Achtet auf die Zeit zwischen den Stromausfällen«, sagte er und klickte auf »Play«.

Der Junge machte ein paar Schritte in den Gang, nahm ein Gerät aus seinem Rucksack und drückte es hoch oben an die Wand.

»Da habe ich ihn gesehen und wollte euch warnen«, sagte Obi.

»Da waren wir im Serverraum«, meinte Jack stirnrunzelnd und sah Charlie fragend an. »Störsender?«

Sie nickte.

Das Bild wurde dunkel, und als das Licht wieder anging, war der Junge fort.

»Schaut, was passiert ist, als er gegangen ist«, sagte Obi und zeigte ihnen eine weitere Aufzeichnung, auf der der Junge wieder aus dem Gebäude lief, vorbei am Wachturm und erst am Zaun stehen blieb. Dort setzte er Taucherbrille und Schnorchel wieder auf, schlüpfte durch das Loch und tauchte unter.

»Obi, kannst du noch einmal zu dem Zeitpunkt zurückspulen, als er im Serverraum war?«, fragte Jack. »Ich möchte gerne etwas sehen.«

Obi klickte auf den Trackball und die Aufzeichnung tauchte auf dem Bildschirm auf.

Jack neigte sich vor und sah zu, wie der Junge tippte.

»Da kann man etwas erkennen«, sagte Jack. »Seht auf seine Finger.«

Mit etwas Glück konnten sie herausfinden, welche Tasten er drückte.

»Ist das ein Q?«, fragte Wren.

»Nein«, sagte Obi. »Das sind Zahlen. Ganz bestimmt.«

Jack nickte. Obi ließ die Aufzeichnung vor- und zurückspulen. Er hatte recht. Der Junge gab Zahlen ein. Plötzlich dämmerte es Jack.

»Das ist eine IP-Adresse«, sagte er. »Der Junge hat auf dem Computer nach dem Virus gesucht. Seht ihr?« Er deutete auf den Jungen, der aufgehört hatte zu tippen. »Jetzt stellt er gerade fest, dass der Virus auf meinem USB-Stick ist.«

Tatsächlich nahm ihn der Junge heraus und steckte ihn in die Tasche.

»Also hat er jetzt den Virus?«, fragte Obi.

Jack richtete sich auf.

»So sieht's aus. Wir müssen ihn finden, den Virus wiederbekommen und die Sache zu Ende bringen.«

Er nahm Obi die Tastatur ab und begann zu arbeiten.

»Lassen wir Jack ein wenig in Ruhe«, meinte Charlie zu Slink und Wren, woraufhin die drei in die Küche gingen, um etwas zu essen zu machen.

Zuerst sah Jack nach, ob die Computer von Bransgore wieder mit dem Internet verbunden waren. Da sie das waren, hackte er sich ein und öffnete die Logs. Die Aufzeichnungen zeigten, dass der Junge zuerst im Hauptsystem nach dem Virus gesucht hatte und dann dem Pfad zu Jacks USB-Stick gefolgt war. Jack war beeindruckt. Der Junge kannte sich aus.

Doch er hatte einen Fehler gemacht – er hatte Jacks Programm mitgenommen. Nicht nur den Virus, sondern alles.

Jack programmierte in jedes seiner Programme ein Signal ein, für den Fall, dass es ihm gestohlen wurde. So konnte er seine eigene Software lokalisieren und wiederbeschaffen, falls so etwas passierte.

Dieses Signal sendete einen Fingerabdruck, mit dessen Hilfe Jack es finden konnte.

Er setzte ein Suchprogramm ein, wusste jedoch nicht, wie lange es dauern würde, bis der Junge den USB-Stick in einen Computer mit Internetverbindung einstecken würde.

Er gab Obi die Tastatur zurück und seufzte. Jetzt war es nur noch eine Frage der Zeit. Er konnte nur hoffen, dass sie den Jungen fanden, bevor der Virus wieder entkommen konnte.

6

Am nächsten Morgen lehnte Jack an Obis Stuhl, hatte Tastatur und Trackball an sich gezogen und sah auf den Bildschirm. Jede Stunde war er aufgewacht und hatte nachgesehen, ob sein Programm den Jungen gefunden hatte. Diesmal wollte er bleiben und in der Zwischenzeit etwas anderes tun.

Hinter ihm ging die Tür auf und Obi kam hereingewatschelt und rieb sich die Augen.

»Warst du die ganze Nacht wach?«

»Fast«, gähnte Jack.

Obi kletterte auf seinen Stuhl, deutete auf eine Reihe offensichtlich zufälliger Buchstaben und Zahlen auf dem Bildschirm und fragte: »Was ist das denn?«

»Es heißt *Kyptos*.«

»Ein Geheimcode?«, fragte Obi.

»Ja.«

»Und du hast ihn geknackt?«

»Vielleicht, das weiß ich nicht.« Jack schloss ein paar Fenster und schob Obi Tastatur und Trackball zu. »Scheint mit ›Alle freien Menschen‹ anzufangen. Aber ich bin noch nicht fertig…«

Plötzlich erklang ein Piepton.

»Na, das ist ja mal wieder typisch«, meinte Jack.

Obi klickte auf den Trackball.

»Das ist das Suchprogramm. Wir haben ihn.«

Jack nahm Obi die Tastatur wieder weg und tippte etwas ein. Er überprüfte ein paarmal, woher das Signal kam, dann sagte er: »Kannst du die anderen rufen?«

Eine Minute später kam Charlie angelaufen, gefolgt von Slink und Wren.

»Was ist los?«

»Wir haben den Jungen gefunden.« Jack drehte den Monitor herum, sodass sie das Bild sehen konnten. Er zeigte eine Karte von London, auf der auf einem Gebäude am Covent Garden ein roter Punkt blinkte. »Hier ist er.«

Sie neigten sich vor, um besser sehen zu können.

Charlie runzelte die Stirn und fragte: »Jack, bist du sicher, dass das stimmt?«

»Absolut. Jetzt seht her.« Er hackte sich direkt in den Computer des Jungen ein und öffnete seinen E-Mail-Account. »Sein Name ist Hector.«

»Wahrscheinlich ist er auch ein Hacker«, sagte Slink.

Jack nickte.

»Und er scheint ziemlich gut zu sein. Seine IP- und MAC-Adressen sind gut geschützt und er nutzt mehrere Proxies. Pech für ihn, dass das Signal meines Programms all seine Sicherheitsmaßnahmen durchbrochen hat.«

»Den Namen kenne ich«, bemerkte Obi. »Er war vor einer Weile im Cerberus-Forum. Das ist der Kerl, der sich in den Supermarkt-Computer eingehackt und alle Preise geändert hat.« Obi sah Jack an. »Weißt du noch? Alles im Laden hat einen Penny gekostet.«

»Ich wette, das hat dir gefallen«, warf Slink ein.

Obi sah ihn böse an und fuhr fort: »Es gab das totale Chaos. Hunderte von Leuten haben die Läden gestürmt und versucht, billig Sachen zu kaufen. Sie mussten die Polizei rufen.«

Jack sah auf den Bildschirm.

»Wer weiß, was dieser Hector jetzt mit dem Virus vorhat.« Er klickte auf den blinkenden roten Punkt und rief die Straßenansicht über Street View auf. Das Signal kam aus einem Wohnhaus. »Sieh dir die Tür an!«

Die Haustür bestand aus Panzerglas.

»Das ist ein Schloss der Marke Deadsight 3-12«,

stellte Charlie fest, neigte sich über Obis Stuhl und drehte die Ansicht nach rechts und links. Auf der Straße waren viele Menschen, denn es war ein sehr belebter Teil von London. »Das können wir nicht knacken, ohne gesehen zu werden.« Sie richtete sich auf und sah Jack an. »Das heißt, wir werden das Gewehr brauchen.«

Nachdenklich trat Jack zurück. »Ja.«

»So«, sagte Charlie. »Wie sieht der Plan aus? Wenn wir das Gewehr benutzen, brauchen wir eine Ablenkung. Wir können nicht riskieren, dass es jemand sieht.«

Jack dachte einen Augenblick lang nach.

»Wir müssen sofort los«, sagte er, »und das lässt uns nur eine Möglichkeit.«

»Oh, Moment!«, begann Slink zu strahlen. »Du meinst ... soll das heißen ...?«

Jack nickte.

»Ja!«, rief Slink und stieß die Faust in die Luft. »Dieser Monat ist unglaublich! Was für ein Spaß! Und jetzt auch noch der *Phönix*?« Er hüpfte im Kreis wie ein aufgeregter Vierjähriger. »Ich liebe den Phönix!«

»Was ist der Phönix?«, wunderte sich Wren.

»Das benutzen wir, wenn wir keine Zeit haben, eine Mission richtig zu organisieren«, erklärte Jack. »Das ist so eine Art Ablenkung.«

»Es ist eine Notlösung«, korrigierte Charlie.

»Kann ich mitkommen?«, fragte Wren Jack.

»Natürlich«, erwiderte dieser. »Du wirst dabei eine Schlüsselrolle spielen.« Er sah auf die Uhr auf dem Hauptdisplay und verkündete: »In zehn Minuten sind wir fertig!«

Slink rannte den Gang zu seinem Zimmer entlang und schrie: »Das wird irre!«

»Wir brauchen Ausrüstung«, sagte Charlie und winkte Wren zu, ihr in die Werkstatt zu folgen.

»Obi«, verlangte Jack, »überprüf mal diesen Hector. Find alles heraus, was du kannst.«

»Klar. Hey Jack, du erinnerst dich doch noch an die letzten beiden Male, als wir es mit dem Phönix versucht haben?«

»Ja.«

»Hat aber nicht funktioniert. Beide Male«, erinnerte ihn Obi düster. »Und wir haben jedes Mal Wochen gebraucht, um das Chaos hinterher zu beseitigen.«

Jack ging auf sein Zimmer zu und meinte: »Aller guten Dinge sind drei.«

Zumindest hoffte er das.

Knapp eine Stunde später standen Jack, Charlie und Wren gegenüber dem Haus, in dem der Junge wohnte.

Jack sah sich in der Gegend um. Auf jeder Straßenseite standen drei Gebäude. Ihr Ziel war der mittlere rote Ziegelbau auf der anderen Straßenseite. Gegenüber, auf ihrer Seite, stand ein weißes Haus aus dem 18. Jahrhundert.

Charlie lief den Gehweg entlang, blieb vor dem weißen Haus stehen, sah sich um, um sicherzugehen, dass sie nicht beobachtet wurde, und bückte sich dann, als müsse sie ihre Schuhe neu binden.

Gleich darauf sprang sie wieder auf und eilte zu Jack und Wren zurück. Jack betrachtete den roten Ziegelbau. Niemand ging hinein oder hinaus. Der Phönix war ihre einzige Chance, sonst warteten sie möglicherweise den ganzen Tag.

Ein paar Minuten später kam ein Junge auf sie zu. Er war mager wie Slink und trug ein Hoodie.

»Hi Jack!«

»Hi, wie geht's?«

Der Junge schniefte und sah sich um.

»Nicht schlecht«, sagte er und wandte sich an Charlie. »Alles klar?«

Sie nickte.

»Wren, das ist Raze«, sagte Jack.

Raze streckte die Hand aus.

»Schön, dich kennenzulernen.«

»Gleichfalls«, antwortete Wren, ließ seine Hand los und sah Jack fragend an.

»Raze ist Sprengstoffexperte«, erklärte Jack leise. »Wir nutzen seine Kenntnisse gelegentlich.«

Raze nahm seinen Rucksack ab und nahm ein rechteckiges, etwa schuhschachtelgroßes und in braunes Papier gewickeltes Objekt heraus.

Jack nahm es entgegen.

»Danke.«

Raze fischte in seiner Tasche nach einem Fernsteuerschlüssel und reichte ihn Charlie. Er hatte eine kleine Antenne und einen roten Knopf.

»Vorsicht damit«, meinte er. »Der Auslöser ist sehr empfindlich.«

»Okay.«

Raze lächelte sie schief an, zog die Kapuze hoch und joggte davon.

Jack sah Wren an.

»Gut. Siehst du das weiße Gebäude mit den Säulen?«

Wren nickte.

»Charlie hat auf dem Gehweg mit blauer Kreide ein Kreuz gemalt.«

»An der Wand«, ergänzte Charlie.

»Genau. An der Wand«, wiederholte Jack und reichte Wren die Schachtel. »Nimm das und stell es genau auf das Kreuz. Dann gehst du zwei Schritte zurück und schreist so laut du kannst und siehst nach oben. Verstanden?«

Wieder nickte Wren.

»Gut.« Jack sah sich um. »Los!«

Er hockte sich mit Charlie zwischen die Stoßstangen zweier parkender Autos.

Charlie zog ein Paintballgewehr aus ihrer Tasche, schraubte den Lauf und den Farbkugelbehälter auf und reichte es ihm.

»Soll ich das nicht lieber tun?«

»Nein«, antwortete Jack, stützte seinen Arm auf eine der Stoßstangen und sah durch das Zielfernrohr. »Das ist meine Sache.«

»Bist du wirklich sicher?«

»Was willst du damit sagen?«

Charlie zögerte.

»Na ja, Jack, bei den beiden letzten Malen …«

»Ich krieg das hin, ja?«

Charlie hielt die Hände hoch.

»Na gut, wie du willst. Ich sag's ja nur.« Sie deutete auf das Backsteinhaus. »Aber, du weißt, wenn du …«

»Halt die Klappe!«

»Okay, okay, schon gut!«

Jack beobachtete, wie Wren zur Wand des weißen Hauses ging und die Schachtel auf dem Boden abstellte. Dann trat sie zwei Schritte zurück und schrie los. Sie sah nach oben und riss die Augen auf.

Wieder schrie sie, dieses Mal lauter und wesentlich authentischer, als wäre sie wirklich entsetzt.

Jack kicherte vor sich hin – sie hatten ihr nicht gesagt, was passieren würde.

»Ich glaube ja immer noch, dass wir sie hätten warnen sollen«, meinte Charlie.

»Nein. Der zweite Schrei war wesentlich überzeugender.«

Hoch über Wrens Kopf hielt sich Slink nur mit den Fingerspitzen an einem Fensterbrett fest. Er hatte die Kapuze hochgezogen, sodass sein Gesicht nicht zu sehen war, und schwang die Beine hin und her, als versuche er, irgendwo Halt zu finden.

»Hilfe!«, schrie er. »Bitte, bitte, helft mir!«

Eine Frau im mittleren Alter rannte zu Wren und sagte etwas zu ihr. Wren deutete nach oben und die Frau erblickte Slink. Dann schlug sie die Hand vor den Mund.

Jack konzentrierte sich auf die Glastür des Backsteinhauses gegenüber. Es kam immer noch niemand heraus.

»Kommt schon«, stieß er hervor.

Immer mehr Menschen versammelten sich um Wren. Jack sah Überraschung und Schrecken in ihren Gesichtern, als sie Slink erblickten. Irgendjemand schrie, während andere um Hilfe riefen. Wieder andere hielten ihr Telefon ans Ohr, höchstwahrscheinlich, um den Notruf zu wählen, doch ein paar hielten ihr Smartphone auch nach oben, um Bilder zu machen.

Slink schwang weiter die Beine hin und her, als hätte er Panik.

Es vergingen mehrere Minuten, während noch mehr Menschen kamen, und die Unruhe wurde immer größer.

Autos blieben stehen.

Jack sah durch das Zielfernrohr des Paintballgewehres.

»Bingo.«

Ein Mann und eine Frau Anfang zwanzig kamen aus dem roten Ziegelgebäude.

Jack behielt die Glastür im Auge, als sie zuging. Er bewegte das Fadenkreuz am Rahmen entlang bis zum Schloss und drückte auf den Abzug.

Sie spürten einen Luftzug. Eine Kugel verließ den Lauf, überquerte die Straße, verfehlte das Schloss und schlug an der Wand hinter dem Foyer ein.

Die Tür schloss sich, und das Pärchen eilte zu der

Menge auf der Straße, ohne zu merken, was gerade geschehen war.

Fluchend sah Jack Charlie an.

»Sag ja nichts!«

»Wollte ich doch gar nicht. Warte!«, flüsterte sie aufgeregt. »Jack!«

Jack beobachtete durch das Fernglas, wie eine ältere Dame ins Foyer kam und durch das Glas die Menschen auf der anderen Straßenseite betrachtete.

»Komm raus«, murmelte Jack. »Von da kannst du doch nicht richtig sehen. Komm raus! Ich weiß doch, dass du es willst!«

Die Frau stand eine ganze Minute im Foyer, bevor sie schließlich ihren Schlüssel nahm und die Tür aufsperrte.

»So ist es recht«, fand Jack.

Sobald sie über die Schwelle trat, zielte er wieder auf das Schloss, hielt die Luft an und drückt auf den Auslöser.

Der leicht veränderte Paintball traf das Schloss exakt und explodierte dort, wobei eine dicke, klebrige Substanz auslief. Die Tür ging wieder zu, doch der Klebstoff verhinderte, dass sie sich ganz schloss.

Charlies Spezial-Paintball-Rezept hatte gewirkt.

Jack reichte ihr die Waffe und sagte ins Mikro: »Zeit, dass du wieder hier rüberkommst, Wren.«

Charlie klappte das Gewehr zusammen und steckte es in die Tasche. Wren quetschte sich durch die Menschenmenge und rannte zu ihnen.

»Slink!«, rief sie schrill. »Er ist …«

»Schon gut«, beruhigte sie Charlie und sah Jack böse an. »Slink weiß, was er tut.«

Auf der Straße hielt ein Feuerwehrauto, und mehrere Männer sprangen heraus.

»Zeit zu verschwinden«, fand Jack.

Charlie nahm die Fernsteuerung aus der Tasche, holte tief Luft und drückte auf den Knopf.

Es ploppte laut, als die Schachtel, die Wren abgestellt hatte, explodierte. Die Schaulustigen sprangen zurück und einige von ihnen duckten sich instinktiv, doch anstelle von Splittern oder Flammen stieg nur eine große Rauchwolke in den Himmel.

Einen Augenblick später hatte sie Slink eingehüllt und stieg weiter am Gebäude hoch. Als sich der Rauch verzogen hatte, war Slink verschwunden.

Wren starrte perplex hinüber.

»Los, kommt«, forderte Charlie sie auf, rannte über die Straße und in das Gebäude gegenüber.

Jack legte den Finger ans Ohr.

»Obi? Hast du eine Wohnungsnummer für uns?«

»Dritter Stock, Wohnung zwölf.«

Sie liefen zur Treppe, und während sie hinaufgingen, sagte Charlie zu Jack: »Ich fasse es kaum, dass es diesmal geklappt hat.«

Jack, Charlie und Wren standen vor der Tür zur Wohnung zwölf.

»Passt auf«, flüsterte Jack.

Er nahm den Rucksack ab, öffnete ihn und nahm eine sehr flache, auf eine Metallplatte montierte Kamera heraus. Ein mit der Kamera verbundener Draht führte zu einem tragbaren LCD-Display, das er in der anderen Hand hielt.

Jack schob die Kamera unter der Tür durch, und auf dem Display erschien ein Bild vom Gang auf der anderen Seite.

»Leer«, flüsterte er. »Keiner da.«

Charlie bedeutete Wren, Wache zu halten, während sie sich mit ihrem Werkzeug am Schloss der Tür zu schaffen machte. Gleich darauf klickte es und sie trat zurück.

Jack holte die Kamera unter der Tür zurück und steckte sie wieder ein. Dann richtete er sich auf, machte die Tür auf und trat leise ein. Charlie und Wren folgten ihm. Vorsichtig schloss Charlie die Tür und sie blieben einen Moment lauschend im Flur stehen. Aus einer offenen Tür rechts von ihnen erklang das Geräusch eines Fernsehers.

Jack sah die anderen an, legte einen Finger an die Lippen und schlich mit dem Rücken an der Wand darauf zu. Er holte tief Luft und sah durch die Tür.

Das Zimmer dahinter gehörte einem Teenager. Das Einzelbett hatte schwarze Bettlaken und an der Wand hingen Poster mit Bildern von Galaxien und Raumschiffen. Auf einer Kommode stand ein Fernseher, auf dem ein Film lief. Jack erkannte *Krieg der Welten*. Raumschiffe der Aliens schossen mit Laserwaffen auf eine Stadt, aus der die Menschen flüchteten.

An der Wand stand ein Schreibtisch, unter dem ein Computer blinkte. Auf dem Tisch entdeckte er einen Laptop, und daneben lagen dreißig oder vierzig aus Kaugummipapieren gefaltete Origami-Figuren. Jack sah sie stirnrunzelnd an – es waren verschiedene Vögel und andere Tiere. Eines davon sah aus wie …

Jack hörte ein Geräusch und wirbelte nach links herum. Gegenüber des Zimmers lag ein Wohnzimmer, in dem ein Junge gerade die Vorhänge aufzog und das Fenster aufmachte.

Jack rannte hinüber.

Der Junge begann, aus dem Fenster zu klettern, doch plötzlich schrie er auf und fiel zurück.

Draußen hing Slink kopfüber vor dem Fenster wie eine Fledermaus und grinste: »Hallo Kumpel!«

Eine Minute später saß der Junge schwer atmend in einem Sessel. Schweiß glänzte auf seiner Stirn und er sah die vier an.

»Was wollt ihr?«

Jack verschränkte die Arme.

»Du bist also Hector?««

»Woher kennst du meinen Namen?«, erwiderte der Junge zögernd.

»Wo ist der Virus?«

Hector sah sie misstrauisch an, dann fragte er Jack: »Wer bist du?«

»Achilles.«

Hector riss die Augen auf.

»Achilles? Im Ernst? *Der Achilles*, der die USKR-Bank gehackt hat?«

Jack sah Charlie an.

»Möglicherweise.«

»Das heißt…« Hector sah von einem zum anderen. »Seid ihr die City Heroes?«

»Woher weißt du das?«, fragte Wren entgeistert.

»Ihr seid ziemlich berühmt.«

»Sind wir nicht«, widersprach Jack.

»Doch, seid ihr. Im Cerberus-Forum kennen euch alle.« Hector sah sie ehrfürchtig an. »Ihr habt doch diesen Quantencomputer geknackt, oder?«

»Proteus«, sagte Slink und reckte das Kinn vor.

Jack sah ihn finster an und richtete seinen Blick dann wieder auf Hector.

»Wo ist der Virus?«

»Was für ein Virus?«

»Soll ich den Kerl aus dem Fenster hängen, Jack?«, fragte Slink und trat vor.

Hector zuckte nicht einmal.

»Ich habe keine Höhenangst.«

»Ach nein?« Slink trat einen weiteren Schritt vor. »Dann warst du wahrscheinlich nur noch nicht hoch genug!«

Jack hob die Hand. Slink sah Hector finster an und trat wieder zurück. Jack blickte sich in der Wohnung um.

»Wo sind deine Eltern?«

»Mein Vater ist weg und kommt erst nächste Woche wieder«, erklärte Hector. »Mum ist tot.«

»Wir wissen, was du getan hast. Wir wissen, dass du in das Bransgore-Kraftwerk eingebrochen bist.«

Hector zog die Brauen hoch.

»Ich bin nicht eingebrochen. Da war schon ein

Loch im Zaun.« Er sah zu Charlie hinüber und zum ersten Mal erschien ein Lächeln auf seinen Lippen. Dann wandte er sich an Slink und Wren. »Ich habe gesehen, was ihr beide mit dem Wachmann gemacht habt. Das war beeindruckend.«

Slink nickte.

»Ja, weiß ich.«

»Danke!«, sagte Wren und strahlte Hector an.

»Darum geht es hier nicht«, unterbrach sie Jack. »Wir wissen, dass du den Virus hast. Du hast keine Ahnung, wie mächtig er ist.«

»Doch, weiß ich«, sagte Hector. »Was glaubt ihr, warum ich ihn haben wollte?«

Die Bemerkung traf Jack wie ein Schlag. Er musste einen Moment überlegen, bevor er fragte: »Wie hast du von ihm erfahren?«

»Durch die Stromausfälle natürlich.«

»Was ist damit?«

»Nun, ich wusste, dass irgendetwas von Kraftwerk zu Kraftwerk ging. Es war offensichtlich.«

»Oh, tatsächlich?«

Hector zuckte mit den Achseln.

»Ja, ich nahm an, dass ein Virus durch ihre Systeme wanderte.« Er sah wieder die anderen an. »Wie ich schon sagte – es war offensichtlich.«

Grinsend stieß Slink Jack an.

»Offensichtlich.«

Jack blieb ernst.

»Du hast also herausgefunden, dass es ein Virus ist. Und was dann?«

Hector rutschte unruhig auf seinem Stuhl herum.

»Ich habe mich in ihr System gehackt und ihn gefunden.« Verträumt sah er die Wand an. »Es war irre!«

»Weiß ich«, sagte Jack. »Komm auf den Punkt!«

»Also«, begann Hector, der aus seiner Trance zu kommen schien. »Als ich wusste, was der Virus konnte, musste ich ihn unbedingt haben. Ich wollte wissen, wie er funktioniert.«

Jack seufzte. Das Gleiche hatte er auch gewollt – er wollte wissen, wie der Virus tickte, doch dazu mussten sie ihn erst haben, bevor er noch weiter außer Kontrolle geriet.

»Was hast du dann getan?«

»Ich habe versucht, herauszufinden, wie man ihn entfernen kann, als die Techniker die Verbindung zum Internet gekappt haben. Ich wusste, dass ich hingehen und ihn direkt herausholen musste, aber da seid ihr mir zuvorgekommen.«

Jacks Blick wanderte zum Schlafzimmer auf der anderen Seite des Ganges. In dem Laptop auf dem Schreibtisch steckte der USB-Stick.

Auch Charlie hatte ihn gesehen, ging hinüber und holte ihn. Sie reichte ihn Jack.

»Ist der Virus da drauf?«

Hector schüttelte den Kopf.

Jack runzelte die Stirn.

»Wo ist er dann?«

Hector schloss die Augen.

»Weg.«

»*Was?*«

»Oh, das ist ja ganz toll!«, fuhr Slink auf.

Hector öffnete die Augen. »Er ist durch meine Firewalls durchgebrochen.«

»Natürlich ist er das, du Idiot! Dafür ist er da!«

»Slink!«, zischte Charlie.

»Was ist?« Slink warf die Hände hoch und ging zum Fenster.

»Aber ich weiß, wo der Virus hin ist«, sagte Hector leise. »Und ich habe daran gearbeitet, ihn wiederzubekommen.«

»Wo ist er?«, fragte Jack.

»Hey Leute«, sagte Hector und neigte sich vor. »Lasst mich bei euch mitmachen.«

»Auf keinen Fall.«

»Ich kann euch helfen«, sagte Hector und sah sie an. »Wir können den Virus zusammen einfangen. Ich wäre ein guter City Heroe. Bitte!«

Jack macht den Mund auf, um zu antworten, doch in seinem Kopfhörer knisterte es.

»Leute?«, fragte Obi. Es klang dringend.

Jack wandte sich ab und legte einen Finger ans Ohr.

»Kann das nicht warten? Wir wollten gerade herausfinden, wohin der Virus gewandert ist.«

»Vielleicht seht ihr mal aus dem Fenster.«

Jack eilte hinüber und sah hinunter.

»Oh!«

Auf dem Gehweg hielt ein schwarzer Geländewagen.

»Bitte nicht!«

»Was ist los?«, fragte Charlie, doch als sie den Wagen sah, keuchte sie: »Wie zum ...«

Auf der Fahrerseite stieg Connor aus – Benito Del Sartos Handlanger.

»Warum sitzt der nicht im Knast?«

Connor hatte mehrmals versucht, die City Heroes umzubringen.

Ihr Albtraum wurde noch schlimmer, als hinten Monday ausstieg, ein Mann, der aussah, als könne er mit jeder Hand einen Sumoringer hochheben, ohne auch nur ins Schwitzen zu geraten. Zuletzt stieg auch noch Cloud, eine elegant gekleidete Frau, aus der Beifahrertür.

»Das kann doch nicht wahr sein!«, stieß Jack hervor. »Wir müssen hier raus.«

»Was ist los?«, fragte Hector.

»Schlechte Leute«, erklärte Charlie. »Ganz schlechte Leute.«

»Was wollen sie?«

»Rate doch mal.« Jack baute sich vor ihm auf. »Letzte Chance: Wo ist der Virus?«

»Sage ich nicht.« Hector sah aus dem Fenster.

»Was?«, fragte Jack ungläubig. »Doch, wirst du!«

Hector sah ihn an. »Du sagst, diese Leute seien hinter dem Virus her?«

Jack nickte.

»Dann müsst ihr mich mitnehmen.«

»Wir nehmen niemanden auf«, sagte Jack. »Sag uns, wo er ist, oder …?«

»Oder was?«, fragte Hector.

Sie starrten einander an.

Slink sah aus dem Fenster und warnte: »Für so etwas haben wir jetzt keine Zeit.«

»Wir schließen einen Deal«, schlug Hector ruhig vor. »Ihr nehmt mich mit, und ich sage euch, wo der Virus ist.«

Jack schüttelte den Kopf. »Kein Deal.«

»Jack.« Charlie packte seinen Arm. »Wir können ihn doch nicht Connor überlassen.«

»Ja«, stimmte Slink zu. »Sonst prügeln sie es aus ihm heraus.«

Jack wandte den Blick nicht von Hector.

»Wo ist er?«

Hector lehnte sich zurück und verschränkte die Arme.

»Sie werden gleich hier sein« sagte Slink eindringlich. »Wollen wir mit ihnen kämpfen?«

»Nein, tun wir nicht«, entgegnete Charlie. »Bitte, Jack, lass uns gehen.«

Jack zögerte, dann sagte er gepresst: »Na gut, du kommst mit. Aber wenn du versuchst, abzuhauen, dann ...«

»Ich werde nicht abhauen.« Hector stand auf, nahm einen Rucksack vom Tisch und streckte die Hand nach Charlie aus. »Den Laptop bitte!«

Als sie ihn hinüberreichte, klopfte es an der Tür.

7

Jack, Charlie, Slink und Wren folgten Hector durch den Flur in eine enge Küche. Er zog ein Rollo hoch, öffnete das Fenster und kletterte auf die Feuertreppe.

Jack winkte Wren, ebenfalls hinauszuklettern.

Sie stieg aufs Fensterbrett und Hector half ihr hinaus.

Wieder klopfte es, dieses Mal lauter.

»Geh«, sagte Jack zu Slink.

Geschmeidig sprang Slink aus dem offenen Fenster.

Jack bedeutete Charlie, sich zu beeilen.

Ein lautes Krachen erklang, als etwas Schweres die Eingangstür traf. Jack sah in den Gang. Er konnte sich vorstellen, was das gewesen war – Mondays Schulter oder sein Fuß.

Charlie schlüpfte durch das Fenster.

Wieder knallte es, dann krachte es und es regnete

Holzsplitter, als die Tür zerbarst. Monday betrat den Flur und klopfte seine Kleidung ab. Ihm folgte Connor, und einen Augenblick lang traf sein kalter Blick den von Jack. Connors Gesicht verzerrte sich vor Wut.

Jack sprang durch das Fenster und rannte den anderen nach. Er raste die scheppernden Metallstufen so schnell hinunter, dass er fast stolperte.

»Beeilt euch!«, rief er.

Auf halbem Weg nach unten bemerkte er Connor, der zu ihnen hinabsah. Er griff in die Jacke.

Jack wandte sich um und sprang die letzten Stufen hinunter. Die Erfahrung hatte ihn gelehrt, dass Connor nicht zögern würde, auf Kinder zu schießen.

»Lauft!«

Sie rannten die Gasse entlang und um die Ecke des Gebäudes, wo sie abrupt anhielten.

Vor ihnen stand Cloud und verstellte ihnen den Weg. Ihre rechte Hand steckte unter ihrer Jacke.

»Keine Bewegung!«

Ein paar Sekunden lang rührte sich keiner von ihnen, dann drehte sich Hector auf dem Absatz um und sprintete um die Ecke.

Sie hatten keine Zeit zum Überlegen, also rannten die anderen ihm nach, dicht gefolgt von Cloud.

Connor und Monday liefen noch die Feuertreppe hinunter.

Als die City Heroes an ihnen vorbeizogen, warf sich Connor von der Treppe aus auf sie. Wren duckte sich unter seinen ausgestreckten Armen hindurch.

Connor brüllte verärgert auf.

Hector erreichte das Ende der Gasse und bog nach rechts ab.

»Kommt mit!«, schrie er.

Sie folgten ihm über eine Hauptstraße. Reifen quietschten und sie wurden angehupt. Slink sprang über die Kühlerhaube eines schwarzen Taxis, dessen Fahrer das Fenster herunterließ und fluchend die Faust schüttelte.

Auf der anderen Straßenseite lief Hector nach links.

»Mir nach!«

Er spurtete die Straße entlang in eine weitere Gasse, an deren Ende sie nach rechts abbogen, hinter den Häusern entlangliefen und schließlich zu einem kleinen Park gelangten.

Hier blieben sie stehen, um zu Atem zu kommen, da sie sicher waren, dass sie außer Sichtweite waren und nicht mehr verfolgt wurden.

»Und jetzt?«, fragte Charlie keuchend und blickte sich um.

Jack sah Hector an.

»Jetzt ist es wohl an der Zeit, dass du uns sagst, wo der Virus ist.«

Hector zögerte.

Jack funkelte ihn finster an.

»Sag es uns! Sofort!«

»Nexus«, antwortete Hector. »Okay? Er ist an einem Ort im Netz, der Nexus heißt.«

»Was ist das?«

Hector zuckte mit den Achseln.

»Das weiß ich nicht genau. Ich habe den Namen in einer Zeile des Codes gesehen. Ich glaube, es ist wohl irgendein Regierungsprojekt.«

Jack sah Charlie an und meinte: »Ich glaube, wir haben nur unsere Zeit vergeudet.«

»Nein«, widersprach Hector. »Ich kann herausfinden, wo der Virus ist. Mein Ortungsprogramm lief automatisch, als er meinen Laptop verlassen hat. Mit ein bisschen Arbeit kann ich Nexus orten.«

Jack sah ihn zweifelnd an – er konnte nicht anders.

»Lass es ihn versuchen«, schlug Charlie vor. »Eine andere Spur haben wir nicht.«

Jack überlegte einen Augenblick. Er wollte Hector eigentlich loswerden. Am liebsten würde er ihn nach Hause schicken, aber er wusste zu viel. Wenn er Hector gehen ließ, konnte er anderen von der Existenz des Virus erzählen. So wie es aussah, hatten die City Heroes einen Vorsprung vor allen anderen, die ihn jagten. Vor allem vor Connor.

Also blieb ihm kaum eine Wahl.

»Na gut, du kannst bleiben«, seufzte er und fügte im Stillen hinzu: *Zumindest vorläufig*.

Hector nickte und Wren lächelte ihn an.

»Also?«, fragte Charlie. »Was jetzt?«

»Noble«, antwortete Jack. »Wenn jemand weiß, was Nexus ist, dann er. Kommt!«

»Wer ist Noble?«, wollte Hector wissen, doch Jack antwortete ihm nicht.

Auf dem Weg durch den Park tippte Charlie schnell eine Nachricht in ihr Telefon. Die Minuten vergingen, aber sie bekamen keine Antwort.

»Wo steckt der nur?«, fragte Charlie, als sie das Tor erreichten. »Moment mal. Welcher Tag ist heute?«

»Donnerstag«, antwortete Slink.

»Nein«, widersprach Wren. »Es ist Dienstag.«

»Ja, Dienstag«, bestätigte Jack.

»Deshalb kann ich ihn nicht erreichen«, erklärte Charlie. »Er ist im Wissenschaftsmuseum.«

»Ja, jetzt erinnere ich mich«, stimmte Jack zu. Noble hatte ihnen von einer Sonderausstellung über den Informatiker Alan Turing erzählt, die er sich ansehen wollte.

»Warum stellt er sein Telefon nicht einfach auf lautlos?«, fragte Hector.

»Er hat kein Telefon«, antwortete Charlie. »Wenn

ich ihm eine Nachricht schicke, dann immer per E-Mail.«

»Das ist ja dämlich«, fand Hector.

»Noble ist nicht dämlich«, widersprach Jack verärgert. »Er ist ein Genie!«

»Und warum hat er dann kein Telefon?«, fragte Hector und zog eine Augenbraue hoch.

»Aus mehreren Gründen. Vor allem, weil er den Dingern nicht traut. Er findet, dass man sie viel zu leicht orten kann.«

»Da hat er recht«, bestätigte Charlie. »Außerdem ist es mühsam. Wir müssen ständig unsere Telefone und SIM-Karten wechseln.«

»Können wir auf ihn warten?«, fragte Hector Jack.

Jack schüttelte den Kopf.

»Wahrscheinlich ist er den ganzen Tag dort. Wie werden hingehen«, schlug er vor und sah sich um. »Wo ist denn die nächste U-Bahnstation?«

Hector zeigte auf ein U-Bahnschild auf der anderen Seite des Parks. Sie zogen die Kapuzen hoch und gingen darauf zu. Als sie die Treppe erreichten, sah sich Slink um. »Äh, Leute!«

Connor, Cloud und Monday kamen auf sie zugerannt.

»Los!«, befahl Jack, und sie rannten zur U-Bahn hinunter.

Die Leute protestierten, als sie sich an ihnen vorbeidrängelten. Unten an der Treppe wandten sie sich nach rechts und dann nach links zur Ticket-Schranke.

Hector blieb stehen.

»Wir brauchen Tickets!«

»Nein, brauchen wir nicht«, erklärte Charlie und zog mehrere Oyster Cards aus der Tasche. Die aufgeladenen Guthabenkarten gewährten ihnen unbegrenzten Zugang zum U-Bahn-System.

Charlie reichte Jack, Slink und Wren eine Karte, dann zog sie ihre durch den Kartenleser. Die Schranke öffnete sich und sie ging hindurch.

Wren und Slink gingen ihr nach. Jack sah, wie sich Connor, Monday und Cloud durch die Menge drängten.

Er reichte Hector seine Karte.

»Los, beeil dich!«

Monday sah Jack und zeigte auf ihn, und die drei bahnten sich ihren Weg zu ihnen durch.

Hector zog seine Karte durch den Leser und ging durch die Schranke. Dann drehte er sich um und warf sie Jack zu, doch der bekam sie nicht richtig zu fassen und sie fiel zu Boden. Fluchend bückte er sich, um sie aufzuheben. Als Jack die Karte durchzog und gerade noch rechtzeitig durch die Schranke schlüpfte, warf sich Connor auf ihn.

Auf der anderen Seite drehte Jack sich um und sah, wie sich Connor fluchend anschickte, über die Schranke zu klettern.

»He, was haben Sie denn vor?«, rief einer der Kontrolleure.

Connor hielt den Blick auf Jack gerichtet.

Der Kontrolleur packte ihn am Arm und zog ihn zurück.

»Lassen Sie mich los!«

Jack drehte sich um und rannte den anderen nach.

»Hier entlang!«

Sie liefen eine Rolltreppe hinunter. Unten befahl Jack: »Linker Bahnsteig!«

»Aber Noble ist doch …«, protestierte Charlie.

»Links!«, beharrte Jack. Sie rannten den Bahnsteig entlang und versuchten, sich zwischen den anderen Passagieren zu verstecken.

Immer wieder sah Jack zur Treppe. Die Sekunden wurden zu Minuten. Nach einer gefühlten Ewigkeit hörte er das unmissverständliche Rumpeln eines einfahrenden Zuges, und ein warmer Luftzug streifte sein Gesicht.

Connor, Monday und Cloud betraten den Bahnsteig, als der Zug einfuhr.

Die Türen gingen auf und die fünf sprangen hinein. Doch es war zu spät. Ihre Verfolger hatten sie entdeckt und bestiegen den Zug ebenfalls ein paar Wagen weiter hinten.

»Jack!«, zischte Charlie.

»Ich weiß.« Jack sah zur Tür. »Auf drei!«

Er sah die anderen an, die ihm zunickten.

»Eins!«

Er sah, wie Connor, Cloud und Monday sich durch die Wagen zu ihnen durcharbeiteten.

»Zwei!«

Die Verbindungstür zum nächsten Wagen ging auf und Del Sartos Helfer kamen herein. Die Waggontüren begannen sich piepend zu schließen.

»Drei!«

Gleichzeitig sprangen sie aus dem Wagen, während sich hinter ihnen die Türen schlossen. Der Zug fuhr an, und Slink winkte dem tobenden Connor durch das Wagenfenster zu, als er vorbeifuhr.

Kichernd gingen die City Heroes zum anderen Bahnsteig und betraten einen Zug in die entgegengesetzte Richtung.

Zwanzig Minuten später standen Jack, Charlie, Slink, Wren und Hector vor dem Wissenschaftsmuseum in South Kensington.

»Warte hier«, sagte Jack zu Hector.

»Warum kann er denn nicht mitkommen?«, fragte Wren.

»Schon gut«, meinte Hector, bevor Jack etwas sagen konnte. »Ich verstehe das.«

Er lächelte die anderen an, doch das Lächeln verschwand, als er Jacks Gesicht sah.

»Du bleibst bei ihm«, befahl Jack Slink.

Bis sie genau wussten, was es mit diesem Nexus auf sich hatte und um was es sich überhaupt handelte, wollte Jack Hector nicht aus den Augen lassen.

Wren sah ihn zwar böse an, doch er wandte ihr den Rücken zu.

Auf dem Weg ins Museum hörte er, wie sie Charlie zuflüsterte, er sei paranoid und unhöflich, aber Jack konnte gar nicht verstehen, wie die anderen in Bezug auf Hector so unvorsichtig sein konnten.

Sie versuchten, sich so normal wie möglich zu benehmen, und Jack steckte etwas Geld in die Spendenbüchse am Eingang.

Im Museum wimmelte es nur so von Kindern und Eltern.

»Hier entlang«, forderte Jack die Mädchen auf.

Sie liefen eine Treppe hinauf, an deren Ende die Ausstellung über Alan Turing – einen der Pioniere der Computertechnologie und des Knackens von Codes – begann. An der Wand hing ein großes Schwarz-Weiß-Foto von ihm. Als sie um die Ecke bogen, sahen sie auf der rechten Seite hinter einer großen Glaswand einen Holzschrank mit Zahlen und Schaltern.

Noble betrachtete ihn. Er war ein schlanker, großer Mann mit dunkler Haut und silbernem Haar, das er zu einem Pferdeschwanz gebunden hatte. Er trug einen langen Mantel und wirkte recht friedlich.

Sie stellten sich zu ihm.

»Was ist das?«, fragte Wren und zeigte auf den Holzschrank.

»Pilot ACE«, sagte Jack. »In den Fünfzigerjahren war das einer der schnellsten Computer.«

»Stimmt«, bestätigte Noble und zog die Augenbrauen hoch. »Was macht ihr drei hier?«

»Wir brauchen Ihre Hilfe«, verkündete Jack.

Noble sah sich um, um sicherzugehen, dass sie niemand belauschte.

»Schieß los.«

Jack erzählte Noble schnell das Neueste von dem Virus, wie sie versucht hatten, ihn einzufangen und dadurch auf Hector gestoßen waren, wie Connor und seine Gehilfen aufgetaucht waren und es ihnen gelungen war, ihnen zu entkommen.

Noble hörte geduldig zu und sagte schließlich:

»Ich nehme an, ihr wollt den Virus, bevor Del Sarto oder der Geheimdienst ihn in die Finger bekommen, ja?«

Jack nickte und sagte leise: »Hector glaubt, er weiß, wo der Virus ist.«

»Wo denn?«

»Haben Sie schon mal etwas von Nexus gehört?«

»Allerdings«, sagte Noble erstaunt. »Schließlich habe ich dabei geholfen, ihn zu entwickeln.«

Jetzt war Jack an der Reihe, erstaunt auszusehen.

»Sie?«

Ein paar Touristen liefen an ihnen vorbei.

Noble bedeutete Jack, Charlie und Wren, ihm zu folgen und erzählte leise: »Vor fünf Jahren wurde ich gebeten, an einem Geheimprojekt teilzunehmen. Was es genau war, sagte man mir nicht. Zuerst dachte ich, bei Nexus handle es sich um eine Art kompliziertes Spiel. Es hatte eine noch nie da gewesene hochentwickelte Programmierung. Sie haben die besten Leute der Welt darauf angesetzt.« Noble blieb vor einem Schaukasten mit einem weiteren alten Computer stehen, aus dem überall Drähte und Knöpfe hervorragten. Er betrachtete ihn und fuhr fort: »Sechs Monate, bevor das Projekt abgeschlossen war, bat man mich zu gehen.«

»Warum?«, fragte Jack.

»Ich glaube, sie wollten nicht, dass ich sehe, wozu der Nexus benutzt werden sollte.«

»Aber Sie wissen es?«

Noble ging zwischen den Schaukästen entlang.

»Der Nexus ist eine topmoderne, dreidimensionale virtuelle Welt, entwickelt vom britischen Verteidigungsministerium.«

»Wozu?«, erkundigte sich Charlie.

»Sie nutzen ihn für verschiedene Zwecke.« Noble blieb vor einem weiteren alten Computer stehen. »Der Nexus ist ein geheimer Treffpunkt. Ein Ort, an dem ihre Agenten ihren Bericht abliefern können, ohne ihren Standort preisgeben zu müssen.« Er senkte seine Stimme noch weiter und erklärte: »Auch die Special Forces nutzen es als Übungsprogramm, mit dem sie sich auf Missionen vorbereiten können.« Noble sah einen Moment lang in die Ferne und meinte dann: »Ich habe auch schon gehört, dass das Verteidigungsministerium damit Terrorangriffe simulieren kann.«

»Wie ist die Hardware dafür?«, fragte Charlie.

Noble wartete, bis eine Familie an ihnen vorbeigegangen war und flüsterte dann: »Wie nicht von dieser Welt. Hunderte von Prozessoren sind nur für die Grafiken zuständig.«

»Der Virus ist jetzt irgendwie von Nexus angezogen worden«, stellte Charlie fest. »Hat es so eine Kraft?«

Noble überlegte einen Moment.

»Nexus ist wahrscheinlich eine der stärksten Einrichtungen von Großbritannien. Doch ich hätte nicht gedacht, dass der Virus von selbst dorthin gehen würde.«

»Das glaube ich auch nicht«, stimmte Jack zu. »Sie müssen ein Signal ausgesendet haben, um ihn anzulocken.«

Mit einer ähnlichen Technik hatte er versucht, das Programm auf seinen USB-Stick zu bekommen.

»Ja«, bestätigte Noble. »Und das bedeutet, dass sie wissen, dass der Virus das Potenzial hat, das beste Hacker-Tool der Welt zu sein.« Er ging ein paar Schritte weiter und blieb vor einer weiteren Vitrine mit einer Art alter Tastatur unter einem Röhrenmonitor stehen. »Der Virus kann jedes Sicherheitssystem umgehen – man erhält eine ziemliche Macht, wenn man ihn beherrschen oder sogar verstehen und replizieren kann.«

»Genau«, nickte Jack. »Deshalb wollen sie den Virus haben. Sie wollen von ihm lernen. Sie werden ihn auseinandernehmen und für sich arbeiten lassen.«

Der Gedanke daran machte ihn ganz krank. Es war genau so wie bei Proteus.

»Aber warum setzt man ihn in einer virtuellen Welt ein?«, fragte Charlie. »Das verstehe ich nicht.«

»Nun, ihr habt ihren stärksten Computer vernichtet«, zwinkerte Noble ihnen zu. »Nexus ist das Einzige, was die Regierung besitzt, das stark genug ist, den Virus zu halten.«

»Aber das ergibt immer noch keinen Sinn«, fand Charlie. »Warum sollen sie den Virus in den Nexus stecken? Er könnte ihn beschädigen.«

Sie sah Jack an.

»Er hat schon eine ihrer geheimen Einrichtungen vernichtet, eine ganze Reihe von Kraftwerken, einen Supercomputer und weiß Gott was noch. Warum sollten sie das riskieren?«

»Wie Noble schon sagt«, erwiderte Jack, »ein hohes Risiko bedeutet auch eine hohe Belohnung. Sie wissen, dass sie den Virus zum besten Hacker der Welt machen könnten.«

»Und sie glauben, sie hätten ihn unter Kontrolle. Zumindest vorerst«, ergänzte Noble. »Der Virus hat Proteus nicht völlig lahmgelegt, er hat ihn nur daran gehindert, richtig zu arbeiten. Der Nexus ist auch keine Kleinigkeit – neben ihm sieht eine Top-Spielkonsole wie ein billiges Plastikspielzeug aus. Er hat eine ungeheure Menge an Festplatten und Prozessoren. Es würde ziemlich lange dauern, bis der Virus da überhaupt wirkungsvoll eindringen kann.«

Er zuckte mit den Achseln.

»Außerdem, wenn es zu viel wird, fahren sie ihn einfach herunter und finden heraus, wie man das Problem löst oder den Virus wieder entfernt.«

Wieder sah er Jack an und fragte: »Hat sich der Virus immer noch verändert, als du ihn zuletzt gesehen hast?«

»Ja«, nickte Jack.

Noble starrte ins Leere.

»Was denken Sie?«, fragte Charlie.

Noble sah sich wieder um und sie gingen weiter langsam zwischen den Ausstellungsstücken herum, immer ein wenig auf Abstand zu den anderen Besuchern.

Schließlich sagte er: »Der Nexus ist ein guter Ort, um den Virus zu beobachten. Der Code ist zu komplex, als dass man ihn in seiner Rohform verstehen könnte. Dazu verändert er sich zu schnell. Ich glaube, sie nutzen den Nexus nicht nur als einen Ort, um den Virus einzufangen, sondern auch als Möglichkeit, ihn dreidimensional sichtbar zu machen. So könnte man verstehen, wie er funktioniert.«

»Und wie kommen wir in den Nexus?«, wollte Wren wissen.

»Aha«, machte Noble. »Das ist die große Frage, nicht wahr? Normalerweise ist er nicht mit dem Internet verbunden. Sie müssen die Tür nur aufgemacht haben, um den Virus einzulassen. Jetzt haben sie ihn wieder abgeriegelt und der Virus kann nicht mehr hinaus.«

»Und wir können nicht hinein«, ergänzte Charlie.

»Genau.«

»Super. Er ist also weg?«

Jack schnaubte verärgert auf. Egal, was sie taten, sie stießen immer nur auf neue Probleme.

»Moment mal«, verlangte er dann. »Der Virus ist von Hectors Laptop auf den Nexus übergegangen, und Hector hat gesagt, er kann ihn orten.«

Noble riss die Augen auf.

»Er hat einen Zugangspunkt gefunden?«

»Einen was?«

»Der Nexus hat sein eigenes Sicherheitssystem. Wie ich schon sagte, muss er kurzzeitig Verbindung zum Internet gehabt haben, um den Virus einzufangen, aber dazu nutzt man einen Zugangspunkt. Das ist eine direkte Verbindung zum Nexus. Darüber kann man eine Schnittstelle bilden, ohne an den tatsächlichen Standort des Nexus gehen zu müssen.«

»Und wo steht der Nexus?«, fragte Wren.

»Ich habe keine Ahnung.«

»Aber über einen Zugangspunkt können wir Verbindung damit bekommen?«, fragte Charlie.

»Ja. Es gibt ein paar davon im Land, aber ihre Standorte kenne ich auch nicht.«

Einen Moment lang dachte Noble nach. Dann sagte er: »Wenn ihr einen Zugangspunkt finden könnt, dann ist es durchaus möglich, dass ihr euch in den Nexus einloggen könnt.«

Jack schöpfte neue Hoffnung.

»Es gibt also eine Möglichkeit?«

Noble nickte.

»Wenn euer Freund uns den Standort nennen kann, kann ich euch beim Rest helfen.«

Auf seinem Gesicht machte sich langsam ein Grinsen breit und die anderen lächelten zurück.

Draußen trafen sie sich mit Hector und Slink und gingen zur Hauptstraße zurück.

Ein Stück weiter blieb Noble vor einer Gasse stehen.

»Ich habe dort geparkt«, sagte er und deutete auf die Rampe zu einer Tiefgarage. »Dort gibt es Überwachungskameras, daher schlage ich vor, dass ihr hier wartet.«

Damit ging er über die Straße.

Jack, Charlie, Slink, Wren und Hector drückten sich in den Schatten und warteten.

Jack presste den Finger aufs Ohr.

»Obi?«

»Ja?«

»Hast du alles gehört?«

»Alles«, bestätigte Obi. »Und ich habe schon im Cerberus-Forum nach Informationen zum Nexus gesucht.«

»Und?«

»Nichts.«

Jack sah den Autos nach, die vorbeifuhren.

»Nun, Noble sagt, dass er definitiv existiert.«

»Dann müssen wir hoffen, dass Hector ihn finden kann«, meinte Obi.

Kaum hörbar flüsterte Jack: »Da wir gerade dabei sind, Obi, hast du irgendetwas über Hector herausgefunden?«

»Sieht so weit in Ordnung aus.«

»Okay. Grab weiter und gib mir Bescheid, wenn …«

»Hey, lass mich los!«

Jack wirbelte herum.

Connor hatte Slink am Kragen gepackt und drohte: »Eine falsche Bewegung und ich breche ihm das Genick!«

Jack sah starr vor Schreck, wie Connor Slink die Kehle zudrückte.

Slink wurde langsam blau im Gesicht, und zum ersten Mal im Leben wusste Jack nicht, wie er ihm helfen sollte.

»Halt still!«, knurrte Connor Slink ins Ohr. »Dann überlebst du das hier vielleicht!«

»Lassen Sie ihn los!«, verlangte Wren und trat auf ihn zu, doch Jack packte sie am Arm. Er blickte sich in der Gasse um, entdeckte jedoch keine Möglichkeit, Slink zu retten.

»Stell dich vor mich«, flüsterte Hector Charlie zu. »Versperr ihm die Sicht!«

Er nahm den Rucksack von der Schulter.

»Was hast du vor?«, fragte Jack aus dem Mundwinkel.

»Lenkt ihn ab!«

Connor sagte etwas und Jack drehte sich zu ihm.

»Wir haben den Virus nicht«, erklärte Charlie trotzig.

Connor kniff die Augen zu schmalen Schlitzen zusammen.

»Natürlich habt ihr ihn! Her damit!«

Slink versuchte, sich aus seinem Griff zu entwinden.

»Vorsicht, Junge!«, warnte Connor und packte noch fester zu. Dann sah er Jack an. »Der Virus!«

»Wir haben es Ihnen doch gesagt! Wir haben ihn nicht.«

»Ich falle nicht noch einmal auf eure Tricks herein«, erklärte Connor und verstärkte seinen Griff um Slinks Hals so, dass dieser das Gesicht verzog. Mit der freien Hand griff er in die Tasche und nahm sein Telefon hervor.

Offensichtlich wollte er Monday und Cloud als Verstärkung herbeirufen.

»Überlasst das mir!«, verlangte Hector leise.

Jack sah ihn an und zuckte dann erschrocken zusammen.

Hector trug eine Art schwarzen Handschuh, auf dessen Rücken Plastikzylinder montiert waren. Von diesen Zylindern verliefen Kabel die Finger entlang und endeten in silbernen Plättchen an den Fingerspitzen.

»Was machst du da?«, murmelte Jack. »Was ist das?«

Plötzlich sprang Hector vor, an Jack, Charlie und Wren vorbei, und warf sich auf Connor.

Dieser wollte reagieren, war aber zu langsam – Hector rammte ihn und stieß ihn nach hinten.

Slink schaffte es, sich zu befreien, und Hector griff mit dem Handschuh nach Connors Arm.

Es knackte laut und Connor sank zu Boden. Hector wirbelte herum.

»Lauft!«, schrie er.

Sie liefen die Gasse entlang, aus der gerade Nobles blauer Campingbus kam und am Straßenrand anhielt. Jack riss die Tür auf und sie kletterten hinein.

»Los!«, schrie Jack.

Noble trat aufs Gaspedal und schoss davon.

Eine halbe Meile weiter fragte er: »Was ist da gerade passiert?«

»Connor«, erklärte Jack, zog die Vorhänge auf und betrachtete den Verkehr hinter ihnen. Zufrieden stellte er fest, dass ihnen niemand folgte, setzte sich wieder und erlaubte es sich, kurz zu entspannen.

»Ich schulde dir was, Kumpel«, sagte Slink zu Hector.

»Keine Ursache«, wehrte Hector ab.

Jack wand sich innerlich. Er hatte ein schlechtes

Gewissen, dass nicht er Slink aus seiner misslichen Lage befreit hatte.

Charlie deutete auf Hectors Handschuh.

»Ist das ein Betäubungshandschuh?«

»Ja. Er hat dreihunderttausend Volt.« Hector zog ihn aus und steckte ihn in die Tasche.

»Hast du den gebastelt?«

»Ja.«

»Beeindruckend.«

Jack blies langsam den Atem aus und sah sich um.

Nobles Campingbus war mit einem Ledersessel, Monitoren und Computern ausgestattet. Er nannte ihn seine mobile Kommandozentrale.

Hinten befand sich eine Bank, auf der Jack, Charlie und Hector saßen, während Wren und Slink im Schneidersitz auf dem Boden hockten.

Noble parkte und stieg vom Fahrersitz auf seinen Ledersessel um.

»Du glaubst also, dass du den Nexus finden kannst?«, fragte Jack Hector.

»Einen Zugangspunkt«, korrigierte ihn Charlie.

»Genau, einen Zugangspunkt«, wiederholte Jack und sah Hector an. »Kannst du ihn finden oder nicht?«

»Kein Problem«, nickte Hector.

»Dann tu es!«

Hector nahm den Laptop aus seiner Tasche, klappte ihn auf und begann zu tippen und zu klicken.

Jack sah ihm bei der Arbeit zu.

»Ich weiß, wie das schneller geht«, sagte er. »Wenn du durch den …«

»Nein«, unterbrach ihn Hector. »Auf die Weise braucht man keine zusätzlichen Proxies und ich muss meine MAC-Adresse nicht verschlüsseln.« Er rief ein Dialogfenster auf. »Sieh zu, vielleicht lernst du noch was.«

Jack lehnte sich zurück und verschränkte die Arme vor der Brust.

Eine Minute später verkündete Hector: »Okay, sie haben eine direkte Spur hinterlassen. Sieht nicht mal so aus, als hätten sie versucht, sie zu verbergen.« Zufrieden sah er Jack an. »Ich habe die Adresse.«

Noble zog eine Tastatur an sich und Hector gab ihm die GPS-Koordinaten. Dann drehte Noble den Monitor so, dass ihn alle sehen konnten.

»Hectors Information nach liegt der Zugangspunkt für den Nexus in einem Buchladen an der Marylebone High Street.«

»Ein Buchladen?«, fragte Jack ungläubig. »Das kann doch nicht stimmen!«

»Warum denn nicht?«, wunderte sich Hector. »Er könnte darunter versteckt sein.«

»Ich würde ihm zustimmen«, meinte Noble nachdenklich. »Es ist ein gutes Versteck für einen Zugangspunkt – an einem halb öffentlichen Ort.« Er sah Hector an. »Wirklich sehr gut. Gut, dass du ihn gefunden hast. Das war bestimmt nicht leicht.«

»Danke«, lächelte Hector.

Jack ballte die Fäuste.

»Irgendwelche Vorschläge, wie wir dort einbrechen können?«, fragte er.

»Das müsst ihr wohl selbst herausfinden«, meinte Noble. »Außerdem werdet ihr ein spezielles Gerät brauchen, um euch mit dem Nexus zu verbinden, wenn ihr da seid.«

»Was für ein Gerät?«, fragte Hector. »Woher bekommen wir das?«

Verärgert sah Jack ihn an. *Was sollte das ständige »wir«?*

Noble räusperte sich.

»Zufälligerweise habe ich vor einiger Zeit eines davon bekommen.«

»Bekommen?«, hakte Charlie mit schiefem Grinsen nach.

Noble zwinkerte ihr zu.

»Okay«, sagte Jack. »Wir brechen also in den Zugangspunkt zum Nexus unter dem Buchladen ein und finden einen Weg, den Virus herauszuholen.«

Als ob das so einfach wäre.

Charlie sah ihn an und meinte: »Klingt nach Spaß!«

Noble fuhr die fünf zu den Londoner Docklands.

»Fahren wir zu Ihnen?«, erkundigte sich Wren.

»Ja.«

»Nein, tun wir nicht«, forderte Jack und deutete auf Hector. »Wir setzen ihn hier ab! Wir holen dich wieder ab, wenn wir fertig sind.«

»Jack«, sagte Charlie stirnrunzelnd. »Hector hat gerade Slink das Leben gerettet. Du solltest etwas respektvoller sein.«

»Respekt?«, fragte Jack ungläubig. »Machst du Witze? Hast du vergessen, dass er uns den Virus gestohlen hat?«

Charlie sah ihn streng an.

»Wie auch immer«, murmelte Jack.

Aber sie hatten ein Problem. Wenn sie Hector zurückließen, konnte er selbst versuchen, in den Nexus einzubrechen oder noch schlimmer, anderen Leuten davon erzählen, was sie vorhatten. Ganz zu schweigen von der Tatsache, dass Connor ihn in die Finger bekommen konnte.

Jack knirschte mit den Zähnen. Charlie hatte recht – sie mussten Hector mitnehmen. Sie hatten gar keine andere Wahl.

Außerdem, dachte er, *da gibt es doch so ein Sprichwort: Behalte deine Feinde im Auge.*

Er sah die anderen an. Warum vertrauten sie Hector so sehr? Jack hatte sie schon aus schlimmeren Situationen befreit. Er hätte sich schon überlegt, wie er Slink hätte retten können, wenn er die Möglichkeit gehabt hätte.

Er holte tief Luft und lehnte sich zurück.

Mit der Zeit würden ihm die anderen schon zustimmen. Dann würden sie Hector gehen lassen, und es gäbe wieder nur sie fünf. Alles wäre wieder normal.

Hector sah aus dem Fenster und ignorierte Jacks brennenden Blick. Er betrachtete die Mischung aus alten und neuen Gebäuden entlang der Themse.

»Was machen wir denn hier?«

Slink deutete durch die Windschutzscheibe auf ein großes altes Backstein-Lagerhaus. An der Rückwand befand sich ein riesiges, verblasstes Plakat mit einem Bild der Titanic, umrandet von einer fantasievollen Bordüre. Merkwürdigerweise war es eine Reklame für »Toilettenseife«.

Noble wendete den Bus und fuhr direkt auf das Plakat zu.

Hector verkrampfte sich sichtlich, doch Wren lächelte ihn an.

»Sieh mal!«

Als sie nur noch ein paar Meter von der Wand entfernt waren, hob sich das gesamte Schild in die Höhe und legte einen Bogengang dahinter frei.

Noble fuhr hindurch, parkte den Bus in dem Gebäude und während sie ausstiegen, fuhr das Plakat wieder an seinen ursprüngliche Platz herunter.

Jetzt standen sie in einem Raum voller alter Autos, Motorräder und Fahrräder. Es gab einen alten Ford mit Holzreifen, einen zweisitzigen Triumph, einen silbernen Aston Martin und sogar einen rosa-weißen Eiswagen.

Außerdem standen etwa zwanzig Motorräder verschiedener Marken und Jahrgänge ordentlich aufgereiht nebeneinander. Nur Charlie und Noble kannten alle Namen.

An den Wänden standen etwa fünfzig Fahrräder. Jack erkannte einen Raleigh Chopper mit hohen, geschwungenen Griffen, einem bananenförmigen Sitz und einem Schalthebel am Lenker.

Über den Rädern hingen die ganzen Wände voller Blechwerbeschilder für Öl, Benzin und Kaffee.

An den runden Säulen, die die Decke trugen, klebten Autoaufkleber und alte Steuermarken.

Hector betrachtete verwundert die ganze Szenerie. »Hier sieht es ja aus wie in einem Museum!

»Noble!«, rief Charlie und eilte zu einem roten Formel-1-Wagen in einer Ecke des Raumes neben dem Eiswagen. »Wann haben Sie denn den bekommen?«

Langsam und mit leuchtenden Augen ging sie darum herum.

»Vor ein paar Monaten«, antwortete Noble leise lächelnd.

»Das ist ein 2005er F1 aus dem Ferrari-Team«, sagte Charlie und sah ihn an. »Woher haben Sie den?«

»Aus einer Auktion«, erklärte Noble achselzuckend.

»Der muss ein Vermögen gekostet haben.«

Noble räusperte sich.

»Es war eine *Online*-Auktion.«

»Lassen Sie mich raten«, schmunzelte Jack. »Wie durch ein Wunder waren Sie der einzige Bieter, weil die anderen irgendwie auf geheimnisvolle Weise verschwunden sind?«

»So in etwa«, meinte Noble achselzuckend.

»Ich will einen Ferrari!«, verlangte Wren.

»Das da entspricht eher deiner Geschwindigkeit«, meinte Slink und deutete auf ein Fahrrad mit einem riesigen Vorderrad.

»Ein Hochrad«, erklärte Noble, zog ein Holzgitter

auf und betrat einen Aufzug. Die anderen folgten ihm. Charlie konnte sich nur schwer von dem Ferrari losreißen und eilte ihnen nach. Als sie eingestiegen war, wollte Noble das Gitter schließen, doch Jack hielt ihn zurück und wandte sich an Hector.

»Warte beim Bus.«

»Jack!«, rief Charlie. »Ist das dein Ernst?«

Auch Slink und Wren sahen ihn stirnrunzelnd an. Doch Jack ignorierte sie und deutete auf eine Kamera oben an der Wand.

»Wir beobachten dich.«

»Schon gut«, sagte Hector zu den anderen. »Von mir aus.«

Doch der giftige Blick, den er Jack zuwarf, sprach eine andere Sprache, als er aus dem Lift ausstieg.

Noble zog das Gitter zu und drückte auf einen Knopf an der Wand. Jack spürte, wie ihn die anderen ansahen, doch er ignorierte sie.

Der gesamte erste Stock des Lagerhauses war eine offene Wohnfläche, die in verschiedene Wohnbereiche eingeteilt war, in denen sich jeweils eine bunte Mischung aus elektronischen Geräten und Antiquitäten befand. Alt und Neu waren so dicht zusammengestellt, dass man kaum dazwischen hindurchgehen konnte.

In der linken Hälfte befand sich Nobles Wohnbereich mit einem Sofa, das aus der Rückbank eines VW-Käfers bestand, bei dem Dach und Vorderteil entfernt worden waren. Darüber hing ein riesiger Kristallleuchter.

Rechts befand sich eine Küche und ein Essbereich, ähnlich wie im Bunker der City Heroes.

Weiter hinten auf der linken Seite des Lagers war neben der Sofaecke ein Arbeitsbereich eingerichtet, dessen Regale vor Büchern überquollen und in dessen Mitte auf einem Metalltisch Nobles PC-Station aufgebaut war. Sie war um einiges ordentlicher als bei Obi, der Computer hatte ein Gehäuse aus durchsichtigem Plexiglas, Maus und Tastatur waren drahtlos und es gab drei hochauflösende Siebenundzwanzig-Zoll-Bildschirme neben einem Fenster mit Blick über die Themse.

Ansonsten stand auf seinem Schreibtisch nur noch ein Bild von Serene. Serene war Nobles Schwester. Sie lebte in Amerika, kam aber gelegentlich herüber, um ihnen bei Missionen zu helfen. Sie hatte einen Abschluss in Chemie, einen in Physik und einen in Wirtschaftswissenschaften. Sie war klug. Unglaublich klug. Jack vermisste sie.

Noble hängte seinen Mantel an einen Ständer aus zusammengeschweißten Lampenfassungen und ging in seinen Arbeitsbereich. Unter dem Fenster befanden sich eingebaute Schränke mit Schubladen aus dem gleichen Holz wie in der Küche. Noble machte einen Schrank auf, nahm einen Aktenkoffer aus Metall heraus und legte ihn auf den Tisch.

»Kommt und seht euch an, was ich hier habe.«

Sie versammelten sich um ihn, während er die Schnallen öffnete und den Koffer aufklappte.

Jack neigte sich vor und sah hinein. In schwarzen Schaumstoff eingebettet lag eine Videobrille, Handschuhe mit Sensoren und Drähten und eine Metallkiste mit Verbindungen auf der Rückseite.

»Was ist das?«

Noble reckte das Kinn vor.

»Das ist die Ausrüstung, die ihr braucht, um euch mit dem Nexus zu verbinden.«

»Die verwenden dazu solche Virtual-Reality-Geräte?«, fragte Charlie. »Damit klinken sie sich ein?«

Ihre Augen leuchteten bei dem Gedanken daran, wieder ein neues Gerät in die Finger zu bekommen, um es auseinanderzunehmen und zu untersuchen.

Noble nickte.

»Wie ihr euch vorstellen könnt, war es extrem schwierig, an das hier heranzukommen.«

Charlie ließ die Schultern hängen, als sie erkannte, dass sie diese Geräte wohl nicht zerlegen würde.

»Soweit ich weiß, haben sie nur eine begrenzte Anzahl davon hergestellt«, fuhr Noble fort und deutete auf eine Acht auf einer Metallplakette an einem Brillenbügel.

»Dann sollten wir es lieber nicht kaputt machen«, meinte Slink und nahm die Brille hoch. »Die ist schwer.«

»Ich würde zur Vorsicht raten«, mahnte Noble.

Jack nahm Slink die Brille weg, legte sie wieder in den Kasten und sah Noble an.

»Warum müssen wir das benutzen?«

»Es ist der einzige Weg hinein«, erklärte Noble. »Es gibt keine anderen Schnittstellen.«

Charlie sah ihn verwirrt an.

»Keine Tastatur, keine Maus, kein Display?«

Noble schüttelte den Kopf.

»Nichts. Nur die Brille und die Handschuhe.« Er sah Jack an und sagte: »Du musste in den Nexus gehen und nach dem Virus suchen.«

»Und dann?«

Noble zuckte mit den Achseln.

»Dann musst du einen Weg finden, ihn herauszuholen. Wie ich schon sagte, weiß ich nicht, wie der Nexus letztendlich aussieht, weil mein Vertrag endete, bevor er fertiggestellt wurde. Du musst es herausfinden, wenn du dort bist.«

Jack deutete auf die Drähte und Verbindungen.

»Glaubst du, du kannst dich daran anschließen?«, fragte er Charlie.

Sie überlegte einen Moment lang, dann verstand sie, was er meinte. »Ja. Aber warum willst du das tun? Was ist, wenn der Virus wieder ins Internet entwischt?«

»Wird er nicht«, sagte Jack. »Wir werden mit unsern Telefonen eine direkte Verbindung zum Computer im Bunker herstellen.«

Er drückte einen Finger aufs Ohr.

»Obi?«

»Ich habe es gehört«, sagte Obi. »Und ich habe eine Idee.«

»Und was für eine?«

»Hero World.«

»Das ist brillant!«, rief Jack und sah Charlie an. Sie strahlte. »Obi, wie lange brauchst du dafür, das einzurichten?«

»Nicht lange. Es ist alles fertig, ich muss nur eine sichere Verbindung über die Telefone herstellen.«

Jack klappte den Koffer zu, machte die Schnallen fest und sah Noble an.

»Müssen wir sonst noch etwas wissen?«

Noble überlegte.

»Ich bin mir nicht sicher, auf welche Sicherheitsvorkehrungen ihr treffen werdet, aber der Buchladen selbst liegt in einem alten Haus.«

Jack lächelte Charlie, Slink und Wren an.

»Das ist ihr erster Fehler.«

Die anderen grinsten zurück.

Später am Nachmittag saßen Jack, Charlie, Hector, Slink und Wren an einem Fensterplatz im Café Vivaldi, das gegenüber von einem altmodischen Buchladen mit grünen Holzfenstern und dicken, unebenen Fensterscheiben lag. Er war seltsam anziehend, und kaum ein Passant konnte vorbeigehen, ohne einen Blick hineinzuwerfen.

Die anderen erklärten Hector, warum sie dort waren, obwohl Jack ein ungutes Gefühl dabei hatte, ihm so viel zu erzählen.

»Hier«, sagte Charlie zu Hector, nahm ein Headset aus der Tasche und reichte es ihm. »Nimm das und sag Obi Hallo.«

Hector steckte sich die Kopfhörer ins Ohr.

»Wer ist Obi?«

»*Ich* bin Obi.«

»Er ist im Bunker«, erklärte Wren.

»Ihr wohnt in einem Bunker?«, fragte Hector. »Wo ist der denn?«

»Wren!«, fuhr Jack sie an.

Sie runzelte die Stirn.

»Warum ist das denn so wichtig?«

»Ist es eben!«, erwiderte Jack. Er hatte jetzt keine Zeit für Erklärungen.

»Wie cool«, fand Hector. »Den würde ich gerne einmal sehen.«

Jack schnaufte empört. Die anderen waren einfach unmöglich.

Slink lehnte sich über den Tisch zu Hector.

»Willst du wissen, warum er Obi heißt?«

Hector nickte.

»Das ist die Kurzform von Obi-Wan Kenobi«, erklärte Obi. »Obi-Wan war ...«

»Unsinn«, unterbrach ihn Slink. »Obi ist die Kurzform von OBerIdiot.«

Obi begann zu fluchen, während Slink kicherte.

Ein Kellner trat an den Tisch, sah sie an und wirkte nicht gerade begeistert über die fünf Kinder, die unbeaufsichtigt an einem Tisch saßen.

»Was möchtet ihr?«, fragte er mit gestelztem italienischem Akzent.

»Fünf Limonaden«, bestellte Slink grinsend.

Der Kellner nickte und schrieb sich die Bestellung auf seinen Notizblock.

»Möchtet ihr auch etwas essen?«

»Nur die Limonade.«

Der Kellner kniff die Augen zusammen, machte auf dem Absatz kehrt und marschierte ab.

Jack konzentrierte sich wieder auf den Buchladen gegenüber. Nach ein paar Minuten kam der Kellner mit einem Tablett mit den Getränken wieder, stellte die Gläser ab und schlurfte davon.

»Während wir warten, könnten wir doch das *Jack*-Spiel spielen?«, schlug Charlie vor.

»Nein!«, wehrte Jack ab.

»Ach, kommt schon!«

»Ich habe Nein gesagt!«

»Was ist denn das *Jack*-Spiel?«, wunderte sich Hector.

»Man muss Worte finden, in denen *Jack* vorkommt«, erklärte Slink. »So wie … Jackpot!«

Charlie unterdrückte ein Grinsen und sagte: »Jack the Ripper.«

Jack schüttelte den Kopf.

»Ihr wisst schon, dass das kindisch ist, oder?«

»Black Jack«, sagte Obi in seinem Ohr.

Alle außer Jack lachten.

Wren richtete sich auf und rief: »Jack Russell Terrier!«

»Nicht du auch noch!«, beschwerte sich Jack.

»Oh, oh«, machte Obi. »Captain Jack Sparrow.«

»Michael Jackson«, ergänzte Charlie.

Laut lachend fiel Slink ein: »Ist doch alles *Jack*e wie Hose!«

»Es reicht!«, fuhr Jack auf. »Game over!«

Slink runzelte die Stirn und murmelte »Jacka…«

»*Slink*!«, fiel Charlie mit einem unterdrückten Lachen ein.

Jack nahm einen Schluck Limonade und stand auf. Er fischte in seiner Hosentasche nach etwas Geld und warf es auf den Tisch. Dann sah er Hector, Slink und Wren an.

»Ihr drei wartet hier, während Charlie und ich uns im Buchladen umsehen.«

Wren und Slink wollten protestieren, doch Jack brachte sie mit einer Handbewegung zum Schweigen.

»Ich muss sehen, mit was wir es zu tun haben, und falls wir geschnappt werden, brauchen wir euch drei, um uns herauszuholen.«

Bevor die anderen etwas einwenden konnten, liefen Jack und Charlie zur Tür hinaus und über die Straße in den Buchladen.

Innen standen deckenhohe Regale voller Bücher. Jack und Charlie gingen nach hinten, wo der Laden sich plötzlich zu einer beeindruckenden Galerie mit hohen Fenstern und Oberlichtern erweiterte.

Jack sah sich um. Noble hatte wohl recht – hier oben war der Zugangspunkt zum Nexus sicher nicht.

»Komm«, flüsterte er, und sie liefen eine Treppe hinunter.

Auch der Keller stand voller Bücherregale, doch Kunden waren keine zu sehen.

»Kameras«, wisperte Jack und zog die Kapuze über den Kopf und das Bandana vor das Gesicht.

Charlie tat es ihm nach, und die beiden gingen zur hinteren Wand. In der Ecke befand sich ein Notausgang, aber keine weiteren Räume.

Charlie sah sich um.

»Glaubst du, es ist hinter einem dieser Regale?«

»Ja.«

»Aber wie sollen wir es finden?«

»Ventilation«, meinte Jack.

»Hä?«

»Der Raum muss doch belüftet sein, oder? Es muss einen Luftzug geben.«

»Wahrscheinlich. Warum?«

Jack nahm den Rucksack ab und holte einen kleinen Beutel Kalkpulver hervor, das sie zum Klettern verwendeten.

Er nahm eine Prise davon und legte sie auf die rechte Handfläche. Dann sah er sich um und ging zu einem Regal. Vorsichtig blies er den Kalkpuder von der Hand in die Luft, wo er langsam zu Boden fiel.

Jack trat ein paar Schritte zur Seite und wiederholte den Vorgang.

Immer noch konnten sie keinen Luftzug bemerken.

Er ging weiter zu den Regalen am Notausgang und blies noch eine Kalkwolke in die Luft. Der Puder sank herunter und schwebte auf den Rand der Regale zu.

»Ich hab's!«, flüsterte er Charlie zu. »Es ist hinter diesem Regal.« Er nahm ein paar der Bücher heraus und untersuchte die Wand dahinter. »Irgendwo muss es doch einen Auslöser dafür geben.« Er suchte Decke und Wände ab, dann ging er zum anderen Ende des Regals zurück, an dem er den Luftzug wahrgenommen hatte. Zwischen dem Regal und der Ecke der Wand befand sich ein kleiner Spalt, doch einen Hebel oder Riegel konnte er nicht erkennen.

»Moment mal«, wisperte Charlie. »Behalt mal den Laden im Auge!«

Jack sah sich um, doch es waren immer noch keine anderen Kunden zu sehen.

Charlie suchte in ihrem Rucksack und nahm ein Gerät heraus, das etwa so groß war wie ein Handy. Vorne befanden sich drei Lampen, eine rote, eine orange und eine grüne, und an der Seite hatte es ein kleines Display, einen Drehknopf und mehrere Schalter.

»Was ist das denn?«, fragte Jack leise.

»Das kann ganz unterschiedliche Dinge«, erklärte Charlie. »Aber ich kann damit auch Leitungen in Wänden finden.«

»Super Idee.«

Charlie ging zum Regal und schwenkte den Detektor langsam über die Bücher. Das Licht am Gerät blieb grün.

Am oberen Rand des Regals, auf der Seite, wo Jack den Luftzug gespürt hatte, zeigte es endlich ein rotes Licht.

»Augenblick«, verlangte Charlie und drehte an dem Schalter. »Ich stelle es so ein, dass es einen Funkimpuls aussendet.« Nachdem sie eine Weile das Display betrachtet hatte, drehte sie den Schalter wieder und flüsterte: »Das habe ich mir gedacht. Auf der anderen Seite dieses Regals ist ein Funkempfänger. Sie müssen eine Art Sender haben, um die Tür zu öffnen.«

»Verschlüsselt?«, fragte Jack.

»Ja, aber ich glaube, das kriege ich hin.«

Charlie hielt das Gerät einen Augenblick über ihren Kopf, dann sah sie auf das Display, merkte sich die Nummer, nahm einen Fernsteuerschlüssel aus der Tasche und gab die entsprechenden Zahlen in ein winziges Tastenfeld ein.

Schließlich trat sie zurück.

»Okay, ich habe den Funkcode hier eingespeichert«, sagte sie. »Sollen wir ihn gleich verwenden?«

Jack schüttelte den Kopf.

»Das ist zu riskant. Wir kommen heute Nacht wieder. Gehen wir.«

Sie liefen hinauf, durch den Buchladen und auf die Straße, wo Hector, Slink und Wren schon auf sie warteten.

»Was ist passiert?«, wollte Slink wissen, als sie losgingen.

Jack erklärte es ihnen.

»Werden wir einbrechen?«, fragte Hector.

»Natürlich«, nickte Jack und überlegte fieberhaft.

»Und wie genau stellen wir das an?«, wollte Slink wissen.

Sie bogen in eine Gasse zwischen den beiden Gebäuden und blieben dort stehen.

Entschlossen kniff Jack die Augen zusammen.

»Wir müssen zurückkommen, wenn es dunkel ist. Charlie, wir brauchen unsere Ausrüstung. Bis du im Bunker bist, habe ich einen Plan.«

Zumindest hoffte er das.

»Ich laufe so schnell wie möglich«, versprach Charlie, zog das Bandana und die Kapuze hoch und lief die Gasse entlang.

Als sie fort war, wandte Jack sich an Slink.

»Geh in den Laden und pass dort auf.«

»Okay.«

»Sag Bescheid, wenn du irgendetwas Verdächtiges siehst.«

Slink nickte, gab Jack den silbernen Aktenkoffer, zwinkerte Hector zu und lief davon.

Jack stellte den Koffer an die Wand und lief nachdenklich auf und ab. Nach einer Minute drückte er einen Finger auf sein Ohr.

»Obi, kannst du mir die Überwachungsbilder aus der Gegend um den Buchladen zeigen?«

Es klickte, als Obi den Trackball bearbeitete.

»Ich schicke sie dir gerade rüber.«

Jack nahm sein Telefon und sah auf das Display. Es zeigte vier verschiedene Ansichten aus der Gegend.

Jack betrachtete sie blinzelnd.

»Bild drei«, sagte er. »Die Kamera hinter dem Buchladen. Sitzt die auf einer elektrischen Halterung? Kannst du sie nach oben drehen?«

»Nein«, antwortete Obi. »Sieh auf Kamera zwei.«

Jack vergrößerte das Bild. Es stammte aus einer Kamera, die ein Stück weiter entfernt stand.

»Ich habe es.«

Das Bild schwenkte und drehte sich, bis der Buchladen wieder zu sehen war.

»Mach weiter«, verlangte Jack. »Zeig mir das Dach.«

Obi kippte die Ansicht nach oben.

»Weiter geht es nicht.«

»Das reicht schon. Kannst du zoomen?«

Obi vergrößerte die Ansicht, sodass Jack die Schornsteine auf den Dächern zu beiden Seiten des Buchladens sehen konnte.

So weit, so gut.

Jack stapfte hin und her und überlegte fieberhaft.

»Worüber denkst du nach?«, fragte Hector. »Kann ich helfen?«

Jack blieb stehen und schloss die Augen. Er dachte an den Augenblick, als er mit Charlie den Laden betreten hatte.

Vor seinem geistigen Auge sah er jedes Detail – wie viele Schritte es bis zur Treppe nach unten gewesen waren, die Farbe des Teppichs, die Regale, die Hauptgalerie im hinteren Teil des Ladens.

Über dem Buntglasfenster an der Rückwand war ein Wärmesensor gewesen und an der Wand im vorderen Laden hatte es einen alten Alarmknopf gegeben.

Dann erinnerte Jack sich an die Milchglas-Oberlichter. Sie waren alt und hatten keine Doppelverglasung und die hölzernen Rahmen waren im Laufe der Jahrzehnte immer wieder überstrichen worden.

Es gab keine Riegel, man konnte die Oberlichter nicht öffnen, aber das spielte keine Rolle. Die Tatsache, dass man sie von innen nicht öffnen konnte, war der entscheidende Vorteil. Es bedeutete, dass man dort keinen Alarm auslösen würde. Sie mussten nur auf den Wärmesensor aufpassen.

Lächelnd machte Jack die Augen auf.

Er sah auf die Uhr an seinem Telefon. Sie hatten noch eine Stunde, bis der Laden schloss. Charlie musste schnell zurückkommen. Je eher sie hineingehen und wieder verschwinden konnten, desto besser. Jack schrieb ihr eine Nachricht mit einer Liste der Dinge, die sie aus dem Bunker mitbringen sollte.

Als er fertig war, sah er Wren an.

»Hast du Lust auf eine Erkundungsmission?«

Sie lächelte.

Als Charlie außer Atem wieder zu ihnen stieß, hatte der Buchladen seit zwanzig Minuten geschlossen. Slink war bereits wieder zurückgekommen und hatte berichtet, dass er nichts Ungewöhnliches bemerkt hatte.

»Kommt«, sagte Jack, nahm den Aktenkoffer und lief mit Charlie, Slink und Hector die Straße entlang.

Vor dem Buchladen spähte Jack durch die Ritzen in den Läden. Drinnen war es dunkel. Gut, die Angestellten waren nach Hause gegangen.

Er betrachtete das Gitter vor der Tür. Sein erster Gedanke war richtig gewesen: Es durchzuschneiden, hätte zu viel Aufmerksamkeit erregt. Und der Alarm würde ausgelöst, bevor sie ihn ausschalten konnten.

Wren kam zu ihnen. Ihr Auftrag war es gewesen, das Gelände hinter dem Laden zu erkunden. Schnell erklärte sie, dass die Hintertür durch eine isolierte Kamera gesichert war.

Das bedeutete, dass sie auch dort nicht auf dem schnellen Weg hineinkamen. Daher blieb ihnen nur Jacks ursprünglicher Plan.

Charlie reichte Slink eine Tasche.

»Die Geräte, die du wohl brauchst.«

Slink nickte und hängte sie sich über die Schulter.

Jack sah Charlie, Wren und Hector an.

»Ihr drei wartet hier und passt auf«, befahl er.

»Ich will mitkommen«, widersprach Hector und trat vor.

»Nein«, erwiderte Jack bestimmt. »Wir lassen euch rein, wenn wir drin sind.«

Er gab Charlie den Koffer und eilte mit Slink um die Ecke.

Hinter dem Gebäude neben dem Buchladen stand

Jack Wache, während Slink über den Zaun stieg und an einer Regenrinne hinaufkletterte. Von oben winkte er Jack zu.

Jack zögerte. Er hasste Höhen und Klettern, aber sie mussten beide auf das Dach. Einen Augenblick lang überlegte er, ob er mit Charlie tauschen sollte, doch er wollte, dass sie Hector im Auge behielt.

Jack holte tief Luft, trocknete die Hände mit ein wenig Kalkpuder, stieg über den Zaun und begann zu klettern.

Als er oben war, brannten seine Arme und Beine wie Feuer. Er atmete schwer und das Herz hämmerte in seiner Brust.

Slink schüttelte den Kopf.

»Du solltest mal ins Fitnessstudio gehen oder so.«

Jack sah ihn finster an, war aber zu erledigt, um sich zu streiten. Sobald er wieder zu Atem kam, kletterten Jack und Slink über das Dach des Gebäudes hinüber zu dem Haus, in dem der Buchladen lag.

Dort untersuchten sie das Oberlicht. Es war schräg im Dachgiebel angebracht und bestand aus acht Fensterscheiben, je vier zu einer Seite des Giebels. Das Glas war rau und uneben.

Jack fragte sich, wie alt es wohl war.

Slink nahm einen Glasschneider aus der Tasche, die Charlie ihm gegeben hatte, und drückte ihn gegen das Glas. Die Diamantspitze verursachte ein kratzendes Geräusch und holperte über die Oberfläche.

»Das funktioniert nicht«, flüsterte Slink. »Das Glas ist zu uneben. Es schneidet nicht richtig.«

Jack betrachtete die anderen Scheiben im Oberlicht. Die oben rechts war glatt, ein Ersatz aus neuerer Zeit. Das Problem war nur, dass Slink über die anderen hinwegkriechen musste, um dorthin zu gelangen.

Leise und schnell erklärte er Slink die Sachlage.

Der zuckte mit den Achseln.

»Es gibt wohl nur einen Weg, herauszufinden, ob das Glas mein Gewicht trägt.«

Jack verzog das Gesicht. Eine falsche Bewegung, und Slink würde in das Gebäude stürzen. Ein Zwölfjähriger im Hackfleischformat war nichts, was man gerne aufräumen würde. Oder einfach erklären könnte.

Doch bevor Jack ihn aufhalten konnte, legte sich Slink flach auf die unteren Scheiben und schob sich mit weit gespreizten Armen und Beinen, um sein Gewicht besser zu verteilen, das Glas hinauf.

Er hatte die obere Scheibe fast erreicht, als ein Splittern zu hören war.

Slink erstarrte.

Die Glasscheibe unter ihm durchzog sich mit stern- und blitzförmigen Rissen.

Mit schreckgeweiteten Augen sah Slink Jack an.

9

Eine halbe Ewigkeit rührten sich weder Jack noch Slink.

»Vorschläge?«, flüsterte Slink.

Jack schüttelte den Kopf.

»Fantastisch.«

Slink beruhigte sich und kroch dann seitwärts. Wieder knackte es im Glas, doch er schaffte es, sein Gewicht auf die danebenliegende Scheibe zu verlagern.

Jack atmete auf.

Millimeter für Millimeter schob sich Slink voran, bis er schließlich oben ankam. Er nahm den Glasschneider aus der Tasche und schnitt am Rahmen entlang.

»Hier klappt es wohl«, flüsterte er.

Gott sei Dank.

Mit einem Saugnapf hielt Slink das ausgeschnittene Stück der Scheibe und schlug einmal kräftig darauf, sodass das Glas sich herauslöste. Vorsichtig hob er es heraus und legte es zur Seite.

Dann nahm er ein Seil aus dem Rucksack, befestigte das eine Ende an seinem Gurt und warf das andere Jack zu.

Jack lief zum Schornstein auf dem anderen Dach, band das Seil darum und zog daran. Plötzlich fluchte er.

»Was ist los?«, flüsterte Slink.

Jack deutete auf den Schornstein. Aus der Kameraperspektive, die Obi ihm gezeigt hatte, hatte er stabil genug gewirkt, um ihr Gewicht zu tragen, doch als er am Seil zog, bewegten sich mehrere Ziegel.

Er sah sich um.

So sollte die Mission eigentlich nicht laufen. Aber woher hätte er wissen sollen, dass es hier oben keine Verankerungspunkte gab?

Sie hatten nur eine Alternative.

Widerwillig band sich Jack das Seil um die eigene Taille und stemmte die Füße gegen den unteren Rahmen des Oberlichts. Dann sah er hoch. Das Seil würde über den Rahmen verlaufen. War der stark genug, um Slinks Gewicht zu tragen? Wenn das Holz morsch war …

Slink sah ihn an und fragte: »Bist du sicher, dass das klappt?«

Jack nickte.

»An der Ecke, gleich über dem Buntglasfenster, ist ein Wärmesensor. Deck ihn ab.«

Slink zögerte einen Moment, dann holte er tief Luft und zog einen Teleskopstab mit einem schwarzen Stück Klebeband am Ende hervor, mit dem er den Sensor abdecken konnte.

»Na gut«, sagte er. »Ich bin so weit.«

Damit ließ er sich durch das Oberlicht gleiten.

Augenblicklich schoss Jack ein scharfer Schmerz durch die Arme und die Rückenmuskeln, sodass er den Drang, aufzuschreien, unterdrücken musste. Jeden Moment fürchtete er, ein Ploppen in seiner Schulter zu hören, wenn ihm die Arme ausgerenkt wurden.

Mit ungeheurer Willenskraft legte er den Kopf schief und fragte gepresst über sein Mikro: »Slink?«

»Ich blockiere den Wärmesensor ... Okay, geschafft. Seile mich weiter ab.«

Jack schloss die Augen, als die Schmerzen schlimmer wurden.

»Bist du bald unten?«

Bitte lass ihn fast da sein!

»Noch einen Meter.«

Jack verlagerte sein Gewicht. Ganz plötzlich ließ der Druck nach.

»Bin unten.«

Jack machte die Augen auf und stieß einen Riesenseufzer aus.

Er bewegte die Beine, bis die schmerzende Steifheit nachließ, ließ dann die Arme kreisen und rollte die Schultern. Als er sich ein wenig erholt hatte, band er das Seil von seiner Taille los.

»Achte auf andere Sensoren. Im Hauptteil des Ladens ist eine Alarmanlage. Schneid die Leitung durch und mach dann die Tür auf.«

Jack kletterte über das Dach, glitt die Regenrinne hinunter und stieg über den Zaun. Als er vorne am Laden ankam, hatte Slink bereits den Alarm ausgeschaltet, das Schloss geknackt und schob das Gitter hoch.

Er winkte Charlie, Wren und Hector hindurch.

»Obi?«, flüsterte Jack in sein Mikro. »Ist die Hero World bereit?«

»Ja, und die sichere Telefonverbindung auch.«

»Gut! Pass gut auf!«

»Mache ich doch immer.«

Jack sah die Straße entlang, dann schlüpfte er ins Haus und schaltete die Taschenlampe ein.

Sie gingen zum hinteren Teil des dunklen Ladens und blieben an der Treppe stehen.

»Die Fernbedienung«, flüsterte Jack Charlie zu.

Sie gab ihm die Aktentasche und holte den Schlüsselanhänger hervor.

»Wartet hier!«, befahl Jack Hector, Slink und Wren.

»Auf keinen Fall«, erklärte Slink und lief die Treppe hinunter. »Ich will diesen geheimen Nexus-Ort sehen. Das muss irre sein.«

»Ich auch!«, rief Wren und eilte ihm nach.

Hector schob sich an Jack vorbei und folgte ihnen nach unten. Jack sah Charlie an und stieg wütend ebenfalls in den Keller hinunter.

An der hinteren Wand suchte Jack die Regale nach Kameras ab. Da er keine entdecken konnte, nickte er Charlie zu.

»Jetzt.«

Charlie drückte auf den Knopf an der Fernbedienung, woraufhin sich das ganze Regal einen halben Meter von der Wand löste und dann zur Seite glitt. Dahinter befand sich eine Metalltür.

Charlie leuchtete auf das Schloss.

»Das kriege ich hin.«

Sie nahm ihr Werkzeug und machte sich an die Arbeit. Plötzlich klickte es. Charlie richtete sich auf, drehte am Griff und zog.

»*Nicht!*«, warnte Hector und packte sie am Arm. Er deutete durch den Spalt in der Tür. »Sieh doch, da ist eine Alarmanlage!«

Stirnrunzelnd leuchtete Charlie sie mit der Taschenlampe an.

»Er hat recht. So eine habe ich noch nicht gesehen.«

»Sieht aus wie eine von den neuen Galloway-Anlagen«, meinte Hector. »Seht ihr? Ein Feder-Auslöser mit einem zusätzlichen Vibrationsmelder.« Er sah Charlie an. »Wenn du die Tür mehr als ein paar Zentimeter öffnest, wird der Alarm ausgelöst.«

»Irgendeine Ahnung, wie wir daran vorbeikommen?«

»Allerdings.«

Charlie reichte ihm die Taschenlampe und trat zurück.

»Dann mal los.«

Jack knirschte mit den Zähnen.

»Versau das nicht!«

»Keine Angst«, erwiderte Hector und wandte sich an Charlie. »Hast du einen langen, flachen Schraubenzieher?«

Charlie nahm eine Tasche mit mehreren Schraubenziehern aus ihrem Rucksack und zog den Reißverschluss auf. Hector kam ihr zuvor und nahm einen davon aus seiner Halterung.

»Außerdem brauche ich etwas Klebriges.«

»Klebeband?«

Hector betrachtete die Tür, nahm einen Kaugummi aus der Tasche, wickelte ihn aus und steckte ihn in den Mund. Während er kaute, faltete er das Papier geschickt zu einem Elefanten und reichte ihn Wren.

Die riss die Augen auf.

»Der ist ja cool! Danke!«

»Ich brauche ein Fünf-Pence-Stück«, verkündete Hector.

Slink warf ihm eine Münze zu.

Hector nahm ein Stück Kaugummi aus dem Mund und steckte es auf die Spitze des Schraubenziehers.

»He!«, protestierte Charlie. »Das ist teuer!«

»Ich mache ihn ja wieder sauber«, versprach Hector, klebte die Münze an den Kaugummi und wandte sich wieder zur Tür.

»Was machst du jetzt damit?«, wollte Wren wissen.

»Stellt euch hinter mich, dann zeige ich es euch.«

Sie sahen zu, wie Hector vorsichtig den Schraubenzieher durch den Spalt steckte. Als der Vibrationsschalter wackelte, erstarrte Hector und schob den Schraubenzieher erst weiter nach oben, als der Schalter wieder stillstand. Dann steckte er ungeheuer vorsichtig die Münze zwischen die beiden Kontakte und hielt sie so auseinander. Schließlich zog er die Tür auf.

»Beeindruckend«, fand Charlie.

Hector wischte den Schraubenzieher an seinem Hosenbein ab und gab ihn ihr wieder.

»Danke.«

Slink und Wren sahen Jack an, als wollten sie sagen: *Siehst du? Hector ist cool* und *clever.*

Jack seufzte verärgert und leuchtete mit der Taschenlampe in den dunklen Raum hinter der Tür.

»Was zum …«, stieß Slink hervor und sah Jack an. »Das ist alles?«

Abgesehen von einem Tisch und einem Stuhl an der Wand und einem Sessel in der Mitte war der Raum leer.

Jack fand einen Lichtschalter und betätigte ihn. An der Decke hing eine einzelne, nackte Glühbirne, die trübes gelbes Licht verbreitete.

»Bleibt hier«, flüsterte er Slink und Wren zu.

Die beiden nickten und behielten die Treppe zum Keller im Auge. Die anderen schlüpften in den Raum.

An der Wand neben der Tür befand sich ein kleiner Bildschirm. Er zeigte die Rückseite der Regale aus der Perspektive einer Kamera, die Jack nicht gesehen hatte. Er fragte sich, ob es noch mehr Kameras im Gebäude gab und ob diese hier Aufzeichnungen machte, doch er bezweifelte es. Sie war wahrscheinlich nur dafür da, nachzusehen, ob die Luft rein war, wenn jemand den verborgenen Raum verlassen wollte.

Er drehte sich um und ging zu dem Sessel.

»Ich hätte mehr erwartet«, meinte Charlie.

»Ich auch.«

Aber es machte Sinn. Mehr war nicht notwendig. Jack stellte den silbernen Koffer ab, öffnete ihn und winkte Charlie zu sich. Sie nahm die Brille heraus und verband alle Drähte mit dem Metallkasten. Es schien eine Eingabeeinheit zu sein, die die Signale von den Handschuhen verarbeitete und an den Nexus weiterleitete.

Ein weiteres Kabel verband Charlie mit ihrem Telefon.

»Wozu ist das?«, fragte Hector.

»Wir schaffen eine sichere Verbindung zu einem der Computer im Bunker«, erklärte Charlie.

»Ich hoffe, ihr wisst, was ihr tut.«

»Natürlich wissen wir das«, erwiderte Jack. »Wir sind nicht so dumm, den Virus entwischen zu lassen.«

Er nahm die Handschuhe aus dem Koffer, streifte sie vorsichtig über und ließ sich in den Sessel fallen, während Charlie die restlichen Verbindungen einsteckte.

»Warte mal«, fragte Hector. »Warum machst *du* das eigentlich?«

»Du bist nur hier, weil ich es erlaubt habe«, antwortete Jack, der langsam die Geduld verlor. »Du kannst von Glück sagen, dass …«

»Jungs!«, zischte Charlie. »Nicht jetzt!«

»Weißt du was, Hector?«, meinte Jack und nahm eine Münze aus der Tasche. »Kopf, ich gehe, Zahl, du gehst. Klingt das fair?«

Hector zuckte mit den Achseln.

Jack warf die Münze hoch, fing sie auf dem Handrücken und zeigte sie Charlie.

»Kopf«, sagte sie.

»Welche Überraschung«, murrte Hector.

Jack setzte die Videobrille auf.

Augenblicklich tauchte ein leuchtender Ball vor seinen Augen auf. Fasziniert starrte er ihn an.

Der Ball wurde immer größer und heller, bis er völlig in buntes Licht getaucht war, aus dem sich Formen und Gestalten herausbildeten.

Jack keuchte überrascht auf.

»Was ist?«, fragte Charlie. »Was siehst du?«

»Eine Stadt.«

Jack stand auf einer breiten Straße zwischen glänzenden Hochhäusern, die sich in einen leuchtend blauen Himmel reckten. Instinktiv drehte er die Hand und legte die Finger zusammen. Das Bild zoomte auf einzelne Steine in der Straße.

»Es ist so real«, verkündete er. Die Härchen an seinen Armen richteten sich auf. »Die Auflösung ist unglaublich.«

Das Einzige, was verriet, dass er sich in einer virtuellen Welt befand, war, dass das Licht ein wenig künstlich erschien, so als wäre alles von einer leichten Aura umgeben. Außerdem gab es keine Geräusche. Kein Wind, keine Vögel, nichts.

»Das ist unglaublich«, sagte Jack und schüttelte sich. »Obi?«

»Ja?«

»Siehst du das auch?«

»Ich bekomme nur eine Vogelperspektive von dem Gebiet um dich herum, kann aber nicht zoomen oder so. Warte mal.«

Er hörte Obi klicken und tippen.

»Ich schicke dir die Bilder aufs Telefon, Charlie.«

»Ja, ich habe sie.«

»Obi, ist hier noch jemand?«, fragte Jack.

»Nicht, soweit ich sehen kann.«

»Auf dem kleinen Bildschirm ist es schwer zu erkennen, aber es scheint niemand da zu sein«, bestätigte Charlie. »Nichts rührt sich.«

»Kannst du irgendetwas sehen, das der Virus sein könnte?«

»Nein.«

»Obi, wahrscheinlich haben sie versucht, ihn zu verstecken, du musst also nach irgendwelchen Unregelmäßigkeiten Ausschau halten, die uns zeigen könnten, wo er ist.«

»Okay.«

Jack blickte die Straße entlang, bewegte dann die rechte Hand und glitt weiter, wobei er sich nach rechts und links umsah. In den spiegelnden Scheiben der Gebäude konnte er kein Spiegelbild von sich erkennen und vermutete, dass das daran lag, dass er keinen Avatar hatte. Wählte man selbst einen, wenn man herkam? Und wenn ja, woher bekam man ihn?

Sich in dieser Welt zu bewegen, war für Jack so natürlich, als sei er ein Teil davon.

Ein paar Blocks weiter bog er ab und erreichte einen großen, quadratischen und von Bäumen umgebenen Platz.

In der Mitte befand sich ein Jahrmarkt.

Es gab ein Riesenrad, eine Achterbahn und ein Piratenschiff, das an einer langen Halterung schaukelte. Alles war in grellbunten Farben gehalten und bildete einen starken Kontrast zu der klinisch sauberen Stadt darum herum.

»Was soll das?«, fragte Charlie.

»Keine Ahnung.«

Jack sah sich um. Immer noch war alles gespenstisch still.

»Vielleicht gehört das zu einem Antiterrortraining.«

»Das ist seltsam«, fand Obi. »Moment, Jack, vor dir ist etwas. Auf dem Jahrmarkt.«

Jack sah zum Eingang, über dem ein großes Banner mit der Aufschrift *Captain Rat's Wonderland* hing.

»Was siehst du?«

»Etwas Leuchtendes.«

»Den Virus?«

»Ich bin mir nicht sicher.«

Jack holte tief Luft und ging auf den Eingang zu.

Doch gleich darauf blieb er abrupt stehen.

Dort stand ein Clown mit weißem Gesicht und grellrotem Haar und hob die Hand, als begrüße er unsichtbare Kinder.

Jack schauderte, ging vorsichtig um ihn herum und betrat den Jahrmarkt.

Er folgte einem gepflasterten Weg, der sich durch die Attraktionen wand – es gab Fahrgeschäfte, Autoscooter, Schießbuden und verschiedene andere Stände, alle menschenleer und still.

Jack ging weiter, bis er in der Mitte des Jahrmarktes an einem Karussell ankam.

»Obi?«

»Das Leuchten kommt von einer Stelle direkt vor dir.«

Jack blinzelte. »Ich kann nichts sehen.«

Er ging um das Karussell herum und achtete auf Bewegungen.

Irgendetwas glitzerte. Jack blieb stehen und sah genauer hin. Eines der Pferdeohren war aus Gold und glitzerte im künstlichen Licht. Jack streckte die Hand aus, zögerte aber, es zu berühren.

»Moment«, sagte Obi. »Mach das noch mal.«

Wieder streckte Jack die Hand aus und hielt sie in der Schwebe.

»Es verändert sich etwas, wenn du das tust«, verkündete Obi. »Oben auf dem Karussell wird das Blinken schneller.«

Jack betrachtete das golden glitzernde Ohr des Pferdes, sah sich nach rechts und links um und berührte es.

In seinem Finger vibrierte es und er zog schnell die Hand zurück.

»Was ist passiert?«, fragte Charlie.

»Schon gut«, antwortete Jack und schüttelte den Finger. »In den Handschuhen sind Feedback-Sensoren für Berührungen eingebaut.«

Plötzlich begann sich das Karussell zu drehen.

»Was passiert da?«, wollte Obi wissen.

»Ich weiß nicht«, antwortete Jack und trat zurück.

Immer schneller und schneller drehte sich das Karussell, bis die Pferde nur noch ein verschwommener Farbstreifen waren. Jack wollte sich eigentlich umdrehen und fortlaufen, konnte jedoch den Blick nicht davon wenden.

Plötzlich explodierte das Karussell in einem Farbschauer, und an seiner Stelle erschien ein steinerner Torbogen.

Jack sah sich um. Der Rest des Jahrmarktes hatte sich nicht verändert. Er wandte sich wieder dem Torbogen zu.

Dahinter erstreckte sich eine Kiesauffahrt zu einem Fachwerkhaus im Renaissance-Stil mit weißem Putz und dicken schwarzen Balken. Das obere Geschoss ragte etwa einen halben Meter über das untere hinaus.

»Was ist da?«, fragte Charlie.

»Ein Haus.«

Es war merkwürdig – der steinerne Bogen stand ganz allein mitten auf dem Jahrmarkt, doch durch das Tor konnte er in eine völlig andere Welt blicken.

»Jack«, meldete sich Obi. »Wir sehen nicht, was du siehst. Für uns ist da drin alles nur schwarz.«

»Es ist eine Art Portal«, erklärte Jack. »Das führt wohl zu einem verborgenen Teil des Nexus.«

»Was für ein verrückter Ort«, fand Charlie.

Jack betrachtete die Tür des Hauses.

»Ich gehe rein.«

Er holte tief Luft, trat durch den Bogen und blieb einen Augenblick stehen. Doch nichts geschah.

»Obi?«

»Ich kann nicht sehen, wohin du gegangen bist.«

»Wir auch nicht«, bestätigte Charlie.

Jack trat wieder zurück durch den Bogen.

»Seht ihr mich jetzt?«

»Ja.«

Erneut ging Jack durch den Bogen.

»Jetzt bist du wieder weg«, sagte Obi. »Wir können dir nicht helfen. Wenn du auf dieser Seite bleibst, bist du allein.«

»Alles klar.«

Jack blickte sich nach rechts und links um. In der Ferne sah er Felder und Bäume und berichtete den anderen davon, während er sich vorwärtsbewegte.

»Was hast du vor?«, fragte Charlie.

»Ich gehe weiter.«

Jack lief auf das Haus zu. Als er an die Haustür kam, schwang sie nach innen auf.

»Was passiert da?«, fragte Charlie. »Was siehst du?«

»Nichts.«

Jack schüttelte seine dunklen Vorahnungen ab und trat ein.

Hinter der Tür lag ein schmaler Gang mit einer Treppe und Parkettboden. An den Wänden hingen einige Ölgemälde. Es waren alles Portraits, aber Jack erkannte keine der abgebildeten Personen.

Er sah sich um. Sowohl links als auch rechts von ihm war eine Tür. Er hatte keine Ahnung, wohin er gehen sollte, also wandte er sich zur linken Tür, die wie schon die Haustür automatsch aufging.

»Das ist ein Esszimmer.«

»Wieso gibt es da ein Esszimmer?«, fragte Hector. »das ist doch völlig witzlos.«

Es war ein Raum mit niedriger Decke und einem Tisch mit sechs Stühlen, der mit silbernen Tellern und Besteck gedeckt war.

Jack drehte sich um, überquerte den Gang und ging durch die andere Tür.

Hier befand er sich in einem gemütlichen Wohnzimmer, in dem zwei Sessel vor einem Kamin standen. Flammen flackerten darin, und zum ersten Mal vernahm Jack ein Geräusch – das Knistern von brennendem Holz.

»Hier ist auch nichts.«

Er wollte schon wieder gehen, als er im Augenwinkel ein Schimmern wahrnahm. Er drehte sich um. Jetzt, wo er genauer hinsah, bemerkte er, dass das Feuer die Farbe wechselte und pulsierte, ja fast tanzte.

Er machte einen Schritt darauf zu und starrte es an. Kleine Lichtblitze zuckten darüber. Er hockte sich davor. In den Flammen tanzten Buchstaben, Zahlen und Symbole.

»Ich glaube, ich habe den Virus gefunden«, verkündete er. »Obi, mach die Tür zur Hero World auf.«

Die Hero World war ihre eigene virtuelle Umgebung. Jack und Obi hatten sie entworfen, um für Missionen üben zu können, doch sie hatten sie nie benutzt. Hero World war eigentlich nur ein leerer Raum. Aber das spielte keine Rolle, sie brauchten nur eine leere Welt, in die sie den Virus locken konnten. Sie bot eine Möglichkeit, ihn festzuhalten. Wenn er drinnen war, würde Obi Hero World herunterfahren, bevor der Virus ihre Computer beschädigen konnte.

»Ich habe das Portal erzeugt«, sagte Obi. »Ich habe Nexus mit der Hero World verbunden, aber ich kann sie nicht in deine Nähe bringen.«

»Wo ist sie denn?«, fragte Jack.

»Ungefähr da, wo du zuerst aufgetaucht bist – in der Mitte der Straße. Irgendetwas hindert mich, das Portal näher zu bringen.«

Jack beugte sich zu dem Virus vor.

»Ich kann den Code erkennen«, stieß er hervor.

Die Programmiersprache sah aus wie Python, vermischt mit Ruby, aber irgendwie auch anders, als hätte sie sich zu etwas Höherem entwickelt.

»Jack?«

Er sah, wie ein blauer Streifen mit Zahlen und Buchstaben über die Oberfläche des Virus zuckte.

»Jack!«, schrie ihn Charlie an, um ihn aus seiner Andacht zu reißen.

Jack fiel fast vom Stuhl.

»Was ist?«

»Finde einen Weg, den Virus dort hinauszubringen! Bring ihn zum Portal!«

Jack riss sich von dem Anblick los, sah sich nach rechts und links um und betrachtete den Raum eingehend.

»Ich weiß nicht wie.«

»Lass es mich versuchen«, schlug Hector vor.

»Nein.«

Jack streckte die Hand aus, und der Virus schien unter seiner Berührung zu vibrieren. Dann schloss er die Hände darum und trat zurück. Der Virus kam mit ihm.

»Ich kann ihn tragen!«

Er wandte sich zur Tür, ging durch den Flur und ins Freie.

Dann lief er den Pfad entlang, den pulsierenden Virus vor sich her tragend.

Als er den Bogen erreichte, zögerte er. Er konnte den Jahrmarkt auf der anderen Seite sehen, aber würde der Nexus es ihm erlauben, den Virus auf die andere Seite mitzunehmen?

Es gab nur eine Möglichkeit, das herauszufinden.

Jack riss sich zusammen und trat über die Schwelle.

Der Virus kam mit ihm.

»Ich bin unterwegs«, lächelte er.

»Wir können dich wieder sehen«, sagte Obi.

Jack lief durch den Vergnügungspark, und als er durch den Haupteingang wieder auf die Straße trat, fragte er: »Obi, ist das Portal noch da?«

»Ja, wir haben eine sichere Verbindung zur Hero World.«

Jack lief weiter die Straße entlang und bog um die Ecke. Vor sich sah er eine große grüne Tür – sein Ziel.

»Jack, pass auf!«, schrie Charlie plötzlich.

Etwas schoss an Jack vorbei und schlug ihm fast den Virus aus der Hand.

Er sah sich um und erkannte den Clown, der mit wutverzerrtem Gesicht die Arme schwang und versuchte, den Virus zu greifen.

Jack rannte los, so schnell er konnte.

»Beeil dich!«, rief Obi.

Vor ihm öffnete sich einladend die grüne Tür. Auf der anderen Seite sah er nur ein schwarzweißes Schachbrettmuster – die Hero World.

Plötzlich schlug der Clown zu und stieß Jack den Virus aus der Hand. Er wollte ihn wieder aufheben, doch der Clown kam ihm zuvor und lief, den Virus fest an die Brust gepresst, zurück zum Jahrmarkt.

Jack wollte ihm folgen, doch plötzlich wurde das Gesicht des Clowns so rot wie seine Haare und ein Alarm schrillte los.

»Ich habe die Verbindung verloren!«, rief Obi.

Jack sah, wie die grüne Tür verschwand und die Welt um ihn herum schwarz wurde.

Er riss sich die Brille vom Kopf.

»Sie sind hinter uns her!«

Schnell sprang er auf und zog leise fluchend die Handschuhe aus.

Sie waren so nah dran gewesen!

»Du hättest mich das machen lassen sollen«, warf ihm Hector vor.

»Halt die Klappe!«, fuhr Jack ihn an.

»Und was jetzt?«, fragte Charlie.

»Keine Ahnung.« Jack sah sich in dem kahlen Raum um. »Lasst mich nachdenken.«

»Dafür haben wir jetzt keine Zeit.«

Hector trat hinter den Stuhl und nahm Charlies

Telefon. Es war immer noch mit dem Nexus verbunden, und er tippte schnell etwas ein.

»Was machst du denn da?«, fragte Jack und versuchte, es ihm wegzunehmen.

»Ich korrigiere deine Fehler«, erwiderte Hector und drückte *Senden*.

Slink streckte den Kopf zur Tür herein.

»Verschwinden wir jetzt oder was?«

»Noch ein paar Sekunden«, verlangte Hector, dessen Blick auf Charlies Telefon geheftet blieb.

»Wir haben keine Sekunden mehr«, widersprach Jack und riss das Kabel heraus. »Raus. Sofort!«

»Du Idiot!«, schrie Hector. »Ich hatte es fast!«

»Du hattest gar nichts«, sagte Jack. »Los, raus!«

Hector sah aus, als wolle er Jack ins Gesicht schlagen, doch stattdessen drehte er sich um und rannte hinaus. Charlie steckte schnell Brille, Handschuhe und Metallkiste wieder in den Koffer und hob ihn auf.

»Den lasse ich auf keinen Fall hier.«

Die anderen folgten Hector die Treppe hinauf und durch den Laden. Draußen hörten sie in der Ferne Polizeisirenen.

Slink zog das Gitter wieder herunter und sie liefen die Straße entlang.

Hinter ihnen hielt ein Auto mit quietschenden

Reifen. Jack sah über die Schulter hinweg, wie ein Mann in einem dunklen Anzug heraussprang und zum Laden rannte. Er hatte einen Schlüssel in der Hand.

Jack und die anderen bogen in die Gasse ein.

Erst als sie in sicherer Entfernung waren, fragte Charlie: »Das war es dann wohl? Es ist vorbei?«

»Wir haben den Alarm ausgelöst«, sagte Jack. »Jetzt wissen sie, dass jemand versucht hat, sich in den Nexus einzuhacken. Sie werden alle Zugangspunkte schließen.«

»Es muss doch noch einen anderen Weg geben«, meinte Slink.

Jack antwortete nicht. Die Wahrheit war, dass es keinen anderen Weg gab. Zumindest fiel ihm keiner ein.

»Das ist deine Schuld«, behauptete Hector. »Hättest du mich in den Nexus gehen lassen, hätten wir den Virus jetzt.«

»Es ist deine Schuld, dass er wieder ins Internet entkommen ist«, warf ihm Jack vor. »Ohne dich hätten wir das ganze Problem gar nicht!«

Charlie sah Jack böse an und legte Hector beschwichtigend die Hand auf die Schulter.

»Wir geben dir nicht die Schuld daran. Das konntest du ja nicht wissen.«

»War schön, euch kennenzulernen«, sagte Hector und schüttelte ihnen allen die Hand, außer Jack. »Wenn ihr mal wieder in der Nähe seid…«

Er sah Jack noch einmal an und ging dann fort.

Jack ließ ihn gehen. Es gab keinen Grund mehr, ihn in der Nähe zu halten. Wen interessierte es, ob er jemandem vom Nexus erzählte? Das spielte jetzt auch keine Rolle mehr.

»Bist du sicher, dass es keine andere Möglichkeit gibt, an den Virus zu kommen?«, fragte Charlie.

»Nein. Sobald sie erkennen, was passiert ist, werden sie alle Zugangspunkte zum Nexus schließen und die Sicherheitsmaßnahmen verdoppeln.«

Jack zog die Kapuze hoch und senkte den Kopf.

Es war vorbei.

10

Auf dem Weg durch die Tunnel zurück zum Bunker lief Wren neben Jack her und bemerkte: »Ich mag ihn.«

»Wen?«

»Hector.«

»Oh«, machte Jack und eilte weiter.

»Hey«, rief Slink, »warum zeigen wir ihm nicht den Bunker?«

Jack hatte die äußere Luftschleuse erreicht und starrte ihn finster an.

»Bist du verrückt? Wir können ihm nicht trauen!«

Er packte den Griff und zog die Tür auf.

»Warum nicht?«, fragte Wren.

»Weil wir ihn kaum einen Tag kennen«, antwortete Jack.

»Er hat Slink das Leben gerettet«, erinnerte ihn Wren. »Und Charlie hat mich ja auch gleich hergebracht, als sie mich kennengelernt hat, stimmt's?«

Charlie nickte.

»Ja, aber das ist auch etwas anderes«, fand Jack. »Du bist schließlich nur …«

»Nur was?«, grollte Wren.

Jack zögerte, sah Charlie an und seufzte.

»Wir können ihm nicht trauen, klar?«

Slink winkte zur Kamera und gab den Code in die Tastatur ein, sodass die Tür aufglitt.

»Ich schlage vor, wir stimmen darüber ab.«

Die anderen eilten ihm nach.

»Abstimmen? Worüber denn genau?«

»Ob wir Hector zu einem Mitglied unserer Gruppe machen oder nicht.«

Jack riss die Augen auf.

»Wir machen ihn ganz sicher nicht zu einem von uns! Auf keinen Fall!«

Das ging eindeutig zu weit – bislang hatten sie nur davon gesprochen, ihm den Bunker zu zeigen. Jetzt wurde es lächerlich.

»Wir könnten ihn brauchen«, meinte Wren. »Er hat einige nützliche Fähigkeiten.«

Slink ging zu Obi und fragte ihn: »Was meinst du? Sollten wir Hector den City Heroes beitreten lassen?«

Obi richtete den Blick zur Decke und überlegte. Dann sah er Jack an.

»Ich bin mir nicht sicher.«

»Danke«, sagte Jack. »Wenigstens einer, der es einsieht.«

»Obi!«, stöhnte Wren.

»Was denn? Er ist nun mal ein Fremder!«

»Nein, ist er nicht«, widersprach Wren. »Ein Fremder ist jemand, den man noch nie gesehen hat. Aber wir haben Hector doch schon kennengelernt, oder?«

»Dagegen kann man nichts sagen«, grinste Slink.

Obi deutete auf den Bildschirm.

»Ich kann ihn ja mal eine Weile beobachten, wenn ihr wollt. Mal sehen, was er so macht. Und …« Mit einem Mausklick öffnete er ein Fenster. »Ich habe getan, um was du mich gebeten hast.«

Wren stemmte die Hände in die Hüften und sah Jack an.

»Du hast ihn ausspioniert?«

»Überprüft«, wehrte sich Jack.

»Hector geht seit zwei Jahren an die Granger High.«

Obi klickte ein weiteres Fenster an. »Seht ihr? Sein Vater ist Vertreter und seine Mutter ist vor ein paar Jahren gestorben.«

»Und was hast du noch herausgefunden?«, wollte Slink wissen. »Ist Hector ein Axtmörder oder so?«

»Nein, er ist ein ganz normales Kind.«

»Er ist nicht normal«, behauptete Wren. »Er ist echt schlau.«

Charlie sah Jack an und meinte: »Das passt zu dem, was er uns erzählt hat.«

»Nicht du auch noch!«, stöhnte Jack.

Charlie hob entschuldigend die Hände.

»Ich sag's ja nur…«

Am nächsten Morgen saß Jack auf einem der Sofas im Wohnbereich des Bunkers und dachte darüber nach, was bisher passiert war.

Die Regierung war jetzt wahrscheinlich dabei, den Virus auseinanderzunehmen, um zu sehen, wie er funktionierte, und sobald sie das wussten, würden sie über das beste Hacker-Tool der Welt verfügen.

Wie lange würde es dauern, bis sie herausfanden, wie man den Virus kopierte? Wie lange, bevor sie begannen, Geheimnisse zu stehlen und das Internet zu kontrollieren? Kein Hacker wäre mehr sicher und die City Heroes auch nicht. Eine falsche Bewegung, und die Regierung würde den Bunker finden.

Jack verbarg den Kopf in den Händen und seine Gedanken wanderten zu Hector.

War es nicht so, dass Jack ihm so misstraute, weil er eifersüchtig auf ihn war? Sah er ihn als Bedrohung? Er musste selbst zugeben, dass es beeindruckend gewesen war, wie Hector ihnen im Kraftwerk beim Virus zuvorgekommen war. Wie er an ihnen allen vorbeigekommen war. Und jemanden mit seinen Fähigkeiten, einen guten Allrounder, konnten sie in ihrem Team gut gebrauchen.

Doch *so* schlau war Hector nun auch wieder nicht, erinnerte sich Jack. Er hatte den Virus durch seine Firewalls schlüpfen lassen.

Plötzlich hörte er ein Quietschen, und Wren schoss aus dem Gang durch den Bunker, knallte gegen das Sofa gegenüber von Jack und fiel über die Lehne.

Charlie rannte hinterher und sah sich um.

»Wren?«

Hinter dem Sofa reckte sich eine Hand empor.

Charlie eilte zu ihr.

»Alles in Ordnung?«, fragte sie und half Wren auf die Füße.

Wren wackelte ein wenig und hielt sich an der Sofalehne fest.

»Was treibt ihr beide denn da?«, erkundigte sich Jack.

Wren tastete sich um das Sofa herum und deutete auf ihre Füße, an denen sie Rollerblades trug.

Slink saß am Esstisch und hielt ein Blatt Papier mit einer großen Sieben hoch.

»Ich hätte dir ja acht von zehn möglichen Punkten gegeben«, erklärte er, »aber für die Landung habe ich einen abgezogen.«

»Du bringst ihr das Skaten bei?«, fragte Jack Charlie.

»Eher die Bruchlandungen«, meinte Obi.

Slink kicherte.

»Sie will sich nur etwas ablenken nach unserer letzten Mission«, erklärte Charlie. »Und wenn ich es mir recht überlege, könnte ich selbst auch etwas Spaß brauchen.«

Jack nickte und stand auf.

»Ihr habt recht. Und ich habe auch schon eine Idee für eine Mission, die wir alle zusammen unternehmen können.«

Er sah sich um.

»Obi?«

»Ja?«

»Charlie sagt, du hättest die Pläne für noch ein weiteres eurer alten Häuser. Können wir uns das mal ansehen?«

Obis Augen leuchteten auf.

»Im Ernst?«

»Ja, im Ernst.« Jack ging zu Obis Stuhl hinüber.

»Aber bevor wir das alles noch einmal durchgehen«, meinte Slink zu Obi, »bist du dir sicher, dass es noch ein Testament gibt? Wirklich, richtig sicher?«

»Ich weiß, dass es eines gibt«, bestätigte Obi mit voller Überzeugung. Dann rief er den Grundriss des Hauses auf dem Hauptbildschirm auf.

Jack betrachtete ihn voller Staunen. Es handelte sich um eine Villa mit neun Schlaf- und sieben Badezimmern, fünf Empfangsräumen und zwei getrennten Büros, verteilt auf drei Stockwerke inklusive Keller. Das Haus hatte sogar seinen eigenen Aufzug.

Jack sah die anderen an, die nicht minder erstaunt waren.

»Mensch, Obi«, sagte Slink, dem immer noch der Mund offen stand. »Da hast du echt gewohnt?«

Er sah sich im Bunker um.

»Dagegen sieht das hier ja aus wie ein Sch …«

»*Schuppen*«, unterbrach ihn Charlie.

»Ja«, bestätigte Slink, »genau das wollte ich sagen: Schuppen. Dagegen sieht das hier aus wie ein Schuppen.«

Er zwinkerte Wren zu und sie grinste.

»Wartet mal«, verlangte Jack, beugte sich zum Bildschirm vor und deutete auf die rechte untere Ecke, wo der Architekt den Namen des Hauses verzeichnet hatte. Jack richtete sich auf und sah Obi an.

»Wo genau liegt das denn?«

Obi sah zur Seite und spielte mit seinen Fingern.

»Obi?«, drängte Jack. »Wo steht dieses Haus?«

»Frankreich«, stieß Obi hervor.

»Ha!«, rief Slink und warf die Hände hoch. »Ist ja fantastisch. Und wie sollen wir nach Frankreich kommen?«

Jack betrachtete den Plan genauer. Das Anwesen hieß Château Gailan.

»Und wo in Frankreich ist das?«, wollte er wissen.

»Ungefähr sechzig Kilometer von Calais entfernt.«

»Na, dann ist es ja gut«, meinte Slink und lief los. »Ich gehe nur eben meinen Pass holen.«

Doch nach ein paar Schritten blieb er stehen.

»He, Moment mal! Mir ist gerade eingefallen: *Ich habe gar keinen Pass!*«

Jack begann auf und ab zu laufen und dachte über das Problem nach.

»Ich habe auch keinen Pass«, verkündete Wren.

»Keiner von uns hat einen«, meinte Charlie.

»Ich schon«, behauptete Jack.

»Woher denn?«, fragte Charlie stirnrunzelnd.

»Weißt du noch, wie meine Klasse vor ein paar Jahren mal einen Ausflug nach Belgien gemacht hat?«

»Na, dann schick uns eine Postkarte aus Frankreich«, lästerte Slink und lehnte sich an eine Säule.

»Ich dachte, du seist Brite«, sagte Wren verwirrt zu Obi.

»Das war das Sommerhaus meiner Eltern«, erklärte Obi.

»Wow«, machte Wren. »Das war nur das Sommerhaus?«

»Meistens haben wir in Windsor gewohnt«, erzählte Obi. »Mum und Dad haben die Wohnung in London nur genutzt, wenn sie für geschäftliche Treffen dort übernachten mussten.«

»Drei Häuser?«, stieß Wren hervor. »Wer braucht denn so was?«

Obi zuckte mit den Achseln und wand sich ein wenig verlegen.

»Es ist gut möglich, dass mein Dad eine Kopie des Testaments in Frankreich aufbewahrt hat.«

Charlie sah Jack an.

»Können wir das alle zusammen machen?«

»Eine Möglichkeit gibt es«, antwortete Jack und begann zu grinsen.

Slink stöhnte auf, als ihm klar wurde, was Jack plante.

»Ich habe das Gefühl, das wird echt schmerzhaft.«

Wren begann zu strahlen.

»Wir fahren wirklich nach Frankreich? Echt? Ich war noch nie im Ausland!«

Jack sah Obi an und verkündete: »Wir fahren alle. Einschließlich Robbie«, fügte er zu Charlie gewandt hinzu.

Vier Stunden später saß Jack auf dem Beifahrersitz eines pink-weißen Eiswagens und sah die Zollkontrollen von Calais vorbeiziehen.

Niemand hielt sie an oder durchsuchte den Wagen.

Eine Meile vor dem Château Gailan sah Noble in den Rückspiegel.

»Na gut«, meinte er. »Ich glaube, es ist an der Zeit, nach unseren Passagieren zu sehen.«

Jack stand auf und ging in den hinteren Teil des Wagens, wo er eine Abdeckung öffnete, die den Leuten im Wagen dahinter die Sicht in den Kofferraum versperrte.

Dann drehte er sich um und sagte: »Jetzt ist es sicher.«

Der Griff der Eismaschine drehte sich und die ganze Front schwang auf. Slink kam heraus und ließ den Kopf kreisen.

»Sind wir schon in Frankreich?«

»Ja.«

Erleichtert atmete Slink auf.

Neben der Eismaschine ging ein großer Schrank auf, aus dem Charlie herauskletterte.

»Das war lustig – oder auch nicht.«

Stirnrunzelnd sah sie sich um.

»Wo ist Wren?«

Jack kniete sich hin und schob die Tür zu einem Schrank unter der Spüle auf. Darin lag Wren, ganz klein zusammengerollt, und schlief friedlich. Jack schüttelte sie, bis sie aufwachte und sich zu den anderen gesellte.

Slink sah sich um.

»Ich habe das Gefühl, als hätten wir etwas vergessen.« Aus der Gefriertruhe kam ein ersticktes Geräusch, und Slink setzte sich auf den Deckel. »Na, vielleicht doch nicht. He, gibt es hier etwas zu trinken?«

Jack schubste Slink von der Truhe und machte sie auf. Ein rundes Gesicht und zwei große Augen sahen ihm entgegen.

»Holt mich hier raus!«

»Hey«, meinte Slink, »es hätte auch schlimmer kommen können – zumindest war sie nicht eingeschaltet.«

»Das ist nicht witzig.«

Mit einiger Anstrengung hievten Jack und Slink Obi aus der Gefriertruhe. Taumelnd versuchte er, sein Gleichgewicht wiederzufinden.

»Da gehe ich nie wieder rein!«

»Ich sage es dir ja nicht gerne, aber für die Rückfahrt wird es wohl nicht anders gehen«, warnte ihn Jack.

Als sie das Château Gailan endlich fanden, wurde es bereits dunkel. Das Haus lag auf einem Hügel und war von einer hohen Mauer umgeben, die von Metallspitzen gekrönt wurde.

Noble lenkte den Eiswagen von der Hauptstraße und parkte an einem kleinen Wäldchen.

»Gut«, meinte Slink. »Und was jetzt?«

»Was glaubst du, wo das Testament ist?«, fragte Jack Obi.

»In einem Safe im Büro meines Vaters.«

Charlie verdrehte die Augen.

»Schon wieder ein Safe?«

»Schon gut«, beruhigte sie Obi. »Das ist einer von den alten mit so einem Drehschloss.«

»Kannst du das knacken?«, fragte Jack Charlie.

»Ja, kein Problem.«

Jack wandte sich an Obi.

»Erzähl uns etwas über die Sicherheitseinrichtungen.«

Obi betrachtete das Haus durch das Fenster, als rufe er sich Dinge aus seiner Vergangenheit ins Gedächtnis. Dann wandte er sich wieder an die anderen.

»Das Büro meines Vaters liegt rechts hinten.«

Jack nickte und dachte an die Pläne, die er sich eingeprägt hatte.

»Bist du sicher, dass dein Onkel nicht da ist?«

»Ja«, antwortete Obi. »Ich habe es überprüft, als wir noch im Bunker waren – er war in der Wohnung am Hyde Park.«

»Okay«, sagte Jack und betrachtete das Haus durch das Fenster. »Könnte sonst noch jemand da sein?«

»Nein, ich glaube nicht«, erwiderte Obi kopfschüttelnd.

»Wir sollten uns das mal ansehen, um sicherzugehen«, schlug Jack vor und winkte Obi und Charlie zu. »Zeit für Robbie.«

»Ah, Robbie«, sagte Noble liebevoll. »Er hat sich schon so oft als nützlich erwiesen.«

Wren runzelte die Stirn.

»Wer?«

Obi nahm ein Netbook aus der Tasche. Es hatte zwei Joysticks und eine Antenne an der Rückseite. Damit hatte Jack bei einer früheren Mission die Shadow Bee gelenkt, eine funkgesteuerte Drohne.

Obi schaltete das Netbook ein und versicherte sich, dass alles lief. Dann sah er Charlie an.

»Alles klar.«

Charlie griff in ihre Tasche.

»Wren, darf ich dir Robbie vorstellen?«

Sie nahm ein ferngesteuertes Fahrzeug heraus, etwa acht Zentimeter hoch, zwölf breit und zwanzig lang. Zu beiden Seiten hatte es Raupenketten und vorne waren zwei winzige Kameras angebracht, die die Front aussehen ließen wie ein Gesicht.

Wren starrte es an und wusste nicht recht, was sie davon halten sollte.

»Das ist Robbie?«

»Yep.«

Charlie betätigte einen Schalter und setzte Robbie auf den Boden. Alle versammelten sich um Obi, der ein paar Befehle eingab.

»Verbunden.«

Auf dem Bildschirm des Netbooks tauchte ein Bild auf – Robbies Ansicht von der Welt in das grüne Licht eines Nachtsichtgeräts getaucht.

Obi berührte das Mousepad und schob den Finger vor. Robbie bewegte sich ebenfalls vorwärts. Obi schob den Finger nach links und rechts und Robbie folgte seinen Befehlen.

»Alles klar«, verkündete Obi und sah Jack an.

»Na gut«, antwortete der, »dann lasst uns mal sehen.«

Noble setzte Robbie draußen ab. Obi schob den Finger vor und Robbie raste durch die Bäume.

»Der ist ja schnell«, stieß Wren hervor.

Robbie schlängelte sich zwischen den Bäumen hindurch, rollte einen umgestürzten Baumstamm hinauf, sprang ab und landete auf einem unbefestigten Weg.

»Woohoo!«, rief Obi.

»Pssst!«, machte Jack und winkte Noble, die Tür wieder zu schließen.

Obi leitete Robbie an der äußeren Mauer entlang.

»Da oben gibt es noch einen Weg auf das Grundstück. Etwa zehn Meter weiter. Das ist abgesehen vom Haupttor der einzige Zugang.«

Kurz darauf blieb Robbie vor einem Tor in der Mauer stehen und wandte sich ihm zu.

»Kannst du das scannen?«

Obi richtete die Kameras nach oben. Im Eisentor befand sich ein altmodisches Schloss und zusätzlich eine Kette mit einem Vorhängeschloss.

»Da komme ich durch«, meinte Charlie. »Aber ich brauche dafür eine Säge.«

»Das ist nicht gut«, wandte Jack ein. »Sägen erregt zu viel Aufmerksamkeit.«

»Kannst du die Kamera noch weiter nach oben schwenken?«, fragte Noble.

Obi zog an einem der Joysticks und die Kamera bewegte sich nach oben.

Es gab keinen Weg hindurch.

»Ich kann drüberklettern«, erklärte Slink.

»Du vielleicht«, erwiderte Jack, aber wir anderen nicht. Wie kommen wir also rein?«

»Die Angeln«, sagte Charlie.

Die anderen sahen sie an.

»Zeig mir die Angeln.«

Die Kamera schwenkte nach links und fuhr am Tor herunter.

»Da!«, deutete Charlie. »Das ist der Schwachpunkt. Da komme ich ganz leise damit durch.«

Sie nahm eine dicke, flache Eisenstange aus ihrer Tasche und stand auf.

»Lasst mir fünf Minuten Zeit.«

»Ich komme mit dir«, verkündete Slink.

Sie stiegen aus dem Wagen und verschwanden zwischen den Bäumen.

Noble setzte sich auf den Fahrersitz und hielt Ausschau, ob sie jemand beobachtete. Jack hielt den Blick auf das Netbook gerichtet, auf dem ein paar Minuten später Charlie und Slink auftauchten.

Slink sprang am Tor hoch und kletterte auf die

Mauer, wo er sich an den Dornen festhielt und in den Garten sah. Er hielt den Daumen hoch und Charlie machte sich an die Arbeit.

Sie steckte die Eisenstange zwischen Angel und Mauer und zog. Kurz darauf schüttelte sie den Kopf und versuchte es erneut und stemmte dieses Mal die Füße gegen das Mauerwerk.

Dann zog sie kräftig und stolperte zurück.

Robbie veränderte seine Position, und sie konnten sehen, dass sie die erste Angel herausgebrochen hatte. Sie kniete sich nieder und klemmte die Stange hinter die zweite Angel. Sie sah Slink an und zog dann. Die zweite Angel löste sich leichter. Charlie drehte sich um, grinste in die Kamera und stieß das Tor auf.

Slink sprang herunter und die beiden sahen in den Garten.

»Sieht alles ruhig aus«, flüsterte Charlie.

Ohne zu zögern und bevor die beiden auf dumme Gedanken kommen konnten, befahl Jack Obi, Robbie durch das Tor und über eine Wiese zum Haus zu leiten.

Ein paar Minuten später gingen die Türen des Eiswagens auf und Charlie und Slink stiegen wieder ein.

»Einen Augenblick lang habe ich schon befürchtet,

dass ihr beide euch das Haus ansehen wolltet«, sagte Jack.

»Wir haben darüber nachgedacht«, bestätigte Charlie. »Es scheint leer zu stehen.«

Jack sah auf das Display. Es brannte tatsächlich nirgendwo Licht. Das Haus war vollkommen dunkel. Château Gailan war wirklich leer.

Aber sie konnten nicht vorsichtig genug sein. Auch wenn niemand zu Hause war, hieß das nicht, dass es nicht andere Sicherheitsvorkehrungen gab, wie zum Beispiel Kameras, die sie beobachteten.

Obi leitete Robbie einen Kiespfad entlang und zur Rückseite der Villa.

Ein gepflegter Rasen erstreckte sich von dort aus, gesäumt von gut gestutzten Hecken. In der Mitte stand ein großer runder Springbrunnen.

Obi stoppte Robbie und zögerte.

»Was ist los?«, fragte Jack.

»Ich weiß nicht recht, welchen Weg wir nehmen sollen.«

Er schwenkte die Kamera zur Hintertür.

»Entweder durch die Küche, den Gang entlang und zu Dads altem Büro, oder …«, er zeigte mit der Kamera auf die rechte Seite des Hauses und auf ein großes Fenster, »wir gehen einfach da durch.«

Jack sah Charlie an.

»Vorschläge?«

Sie neigte sich über Obis Schulter und betrachtete das Bild.

»Gibt es da eine Alarmanlage?«

»Ich glaube schon.«

»Wo ist sie?«

»Die Tastatur ist an der Tür.«

Charlie setzte sich zurück.

»Kann ich noch mal das Bürofenster sehen?«

Obi führte Robbie zum Fenster und schwenkte mit der Kamera hinauf und hinunter. Aus ihrem Blickwinkel konnten sie keine weiteren Alarmanlagen erkennen.

Keine Drähte.

Keine Sensoren.

Nichts.

Charlie runzelte die Stirn.

»Gut, und jetzt zur Vorderseite.«

Obi steuerte Robbie am Gebäude entlang und zum Haupteingang, einer massiven Eichentür mit einem Klopfer und einem Türgriff aus Messing.

Immer noch konnten sie keine Sicherheitseinrichtungen erkennen, und Robbie war zu dicht am Boden, als dass sie mit seiner Hilfe hätten durch die Fenster sehen können.

Jack sah Charlie an.

»Und?«

Sie zuckte mit den Achseln.

»Ich weiß nicht, Jack. Wir könnten es einfach versuchen.«

Jack zog die Augenbrauen hoch.

»Und wie? Durch das Bürofenster oder die Vordertür?«

»Beides«, warf Noble ein und drehte sich auf seinem Sitz zu ihnen um. »Nehmt beides.«

»Er hat recht«, fand Jack. »Charlie kann den Alarm am besten am Schalter neben der Tür deaktivieren. Ich gehe mit ihr vorne herum rein. In der Zwischenzeit können Slink und Wren durch das Bürofenster einsteigen und nachsehen, ob sich dort der Safe befindet. So können wir uns wenigstens gut umsehen, auch wenn Charlie Probleme mit der Alarmanlage bekommt.«

Dann wandte er sich an Obi.

»Du kannst mit Robbie das Gelände abfahren und aufpassen. Bei jeder Bewegung sagst du uns Bescheid.«

Charlie reichte ihnen allen Kopfhörer und Mikros.

»Ich bleibe hier und passe auf«, bot Noble an. »Ich sorge dafür, dass wir keine ungebetenen Besucher bekommen.«

»Ich auch«, ergänzte Obi. »Ich lasse Robbie auf dem Grundstück patrouillieren.«

Jack, Charlie, Slink und Wren stiegen aus dem Eiswagen und liefen durch das Wäldchen, bis sie an das Tor kamen und über den Rasen eilten. Als sie am Haus ankamen, wandten sich Jack und Charlie zum Haupteingang, während Slink und Wren nach hinten gingen.

Sobald alle in Position waren, fragte Jack über sein Mikro: »Slink, kannst du jetzt, wo du einen besseren Blick hast, eine Alarmanlage erkennen?«

Nach einer kurzen Pause antwortete Slink: »Ja, am Fenster ist ein Sensor.«

Jack sah Charlie an.

»Und jetzt?«

Charlie legte ihre Hände an die Glasscheibe in der Eingangstür und sah in den Gang.

»Die Alarmanlage ist dort an der Wand.«

Leise fluchte sie.

»Was ist los?«, fragte Jack.

»Die ist alt. So was habe ich noch nie gesehen.«

»Aber alt ist doch gut, oder?«, erkundigte sich Jack. »Ist sie so nicht leichter zu knacken?«

»Ich bin ein bisschen fortschrittlichere Systeme gewohnt.«

Sie nahm eine Tasche mit Einbruchswerkzeugen hervor und machte sich an die Arbeit.

Jack legte einen Finger an sein Ohr.

»Slink.«

»Das Fenster kriege ich leicht auf. Kein Problem.«

»Warte, bis wir es sagen«, verlangte Jack und sah sich noch einmal um, ob er irgendwelche Kameras entdecken konnte.

Es klickte, als Charlie die Tür aufbekam und sich aufrichtete.

Jack nickte ihr zu.

»Los!«

Sobald sie die Tür weiter aufschob, begann die Alarmanlage zu piepen. Charlie lief zur Schalttafel hinüber.

»Los, Slink!«, sagte Jack in sein Mikro, bevor er ihr nacheilte.

Charlie hatte recht – die Alarmanlage an der Wand hatte große graue Knöpfe und sah aus wie eine alte Schreibmaschine.

Das Piepen wurde immer schneller.

»Und?«, fragte Jack und sah zwischen Charlie und der Tafel hin und her.

Charlie nahm die Abdeckung ab und sah sich die Teile darunter an. Stirnrunzelnd murmelte sie vor sich hin, während sie die einzelnen Drähte verfolgte.

Das Piepen wurde immer schneller.

Wie viel Zeit hatten sie noch? Zwanzig Sekunden? Zehn?

»Braucht ihr Hilfe?«

Jack zuckte zusammen und wirbelte herum.

Noble kam zu ihnen.

»Aha, der Go-Secure 2000«, stellte er fest. »Ich kann mich daran erinnern, als die auf den Markt kamen.« Er sah Charlie an. »Darf ich?«

Charlie trat beiseite.

Das Piepen war jetzt so schnell, dass es sich nur um Sekunden handeln konnte, bis der Alarm ausgelöst wurde.

»So etwas wird heutzutage nicht mehr gebaut«, meinte Noble und betrachtete das Innenleben der Anlage.

Jack verkrampften sich die Eingeweide.

Noble räusperte sich.

»Na, dann lasst uns mal sehen.«

Er packte den Kasten mit beiden Händen. Das Piepen war in einen langen Pfeifton übergegangen. Mit einer schnellen Bewegung zerrte Noble die Kiste von der Wand, riss dabei alle Drähte ab und ließ Putz auf den Boden rieseln.

Jack starrte ihn ungläubig an.

Noble sah an die Decke und lauschte einen Moment lang.

Da es still blieb, sagte er: »Das war's wohl.«

Er warf die Alarmanlage aus der Tür auf die Auffahrt. Dann verneigte er sich.

»Wir sehen uns im Lieferwagen«, sagte er und ging.

Jack löste sich mit einem Ruck aus seiner Starre.

»Slink?«, flüsterte er in den Kopfhörer.

»Wir haben den äh…«, antwortete Slink zögernd, »… den Safe gefunden.«

Jack und Charlie eilten den Gang entlang und traten durch die letzte Tür auf der rechten Seite.

Das Büro hatte holzvertäfelte Wände, und an den Wänden hingen mehrere Ölgemälde. Neben dem Fenster stand ein großer Schreibtisch.

Slink hatte eines der Holzpaneele aufgeschoben. Dahinter war eine zwei Meter hohe und einen Meter breite Metalltür mit einem großen Drehschalter in der Mitte.

»Das ist kein Safe, das ist ein verdammter Tresor«, stellte Charlie fest.

Ein scharrendes Geräusch ließ Jack herumfahren und er sah Robbie hereinrollen.

»Obi! Du sollst doch die Umgebung überwachen«, mahnte Jack.

»Ich wollte doch nur mal sehen.«

Robbies Kamera schwenkte nach oben. Jack ging zur Metalltür und stellte sich neben Charlie. Die kniete sich hin und öffnete ihre Tasche. Sie setzte einen Kopfhörer auf, der mit einem Mikrofon verbunden war, das in einem Saugknopf steckte. Sie presste den Saugnapf an die Kammertür und begann langsam den Knopf zu drehen.

Sie schloss die Augen und lauschte dem Mechanismus in der Tür.

Jack hielt den Atem an.

Auf einmal murmelte Charlie: »Neun!«

Dann drehte sie den Knopf langsam in die andere Richtung, bis sie erneut innehielt.

»Siebenundzwanzig.«

Wieder drehte sie den Knopf in die andere Richtung.

»Siebzehn.«

Es klickte. Sie entriegelte die Tür, packte Kopfhörer und Saugnapf wieder in die Tasche und stand auf. Jack sah die anderen an und zog dann die Tür zur Kammer ganz auf.

Sie war leer.

Nichts als leere Regale.

Robbie rollte vor und schwenkte mit der Kamera von links nach rechts und von oben nach unten.

»Na, das ist ja fantastisch!«, sagte Slink und brachte sein Gesicht ganz dicht vor Robbies Kameras. »Wieder leer!«

»Wir kriegen Gesellschaft«, verkündete Noble in ihren Headsets. »Auf der Einfahrt.«

Jack wirbelte herum.

»Raus hier!«, rief er und rannte vom Büro durch den Gang.

Als er zur Haupteingangstür kam, sah er ein Auto die Einfahrt entlangkommen.

11

Der Wagen kam die gewundene Einfahrt hinauf auf das Haus zu.

Jack legte einen Finger ans Ohr.

»Obi, wer ist das?«

»Mein Onkel.«

»Was? Ich dachte, der sei in London?«

»War er ja auch.«

Jack betrachtete die Alarmanlage auf dem Boden vor der Treppe. Die Zeit reichte nicht, sie zu holen und ungesehen wieder ins Haus zu kommen.

Er knallte die Tür zu und rannte den Gang entlang. Zu seinem Erstaunen sah er, dass Charlie immer noch in dem Büro stand.

»Was machst du noch hier?«, fragte er. »Raus hier!«

»Augenblick.«

Charlie drehte sich langsam im Kreis und suchte den Raum ab. »Es muss hier sein. Ich weiß es.«

»Wovon sprichst du?«

»Nein«, meinte Charlie und deutete auf die Kammer. »Da hätte er keine Kopie des Testaments aufbewahrt.«

»Warum nicht?«

»Weil Obi gesagt hat, dass sein Vater seinem Onkel immer misstraut hat«, antwortete Charlie und sah sich weiter suchend in dem Zimmer um.

»Charlie, wir haben keine Zeit mehr dafür«, mahnte Jack und packte sie am Arm. Doch Charlie riss sich los.

Sie rannte zur anderen Seite des Zimmers und nahm das Bild von einem alten Schiff von der Wand, sah dahinter, hängte es wieder auf und ging dann zum Porträt eines französischen Generals weiter.

»He Leute, was ist da los?«, meldete sich Obi über den Kopfhörer.

Jack antwortete nicht, sondern stand wie angewurzelt da und beobachtete Charlie.

Sie ließ die Finger über den Rahmen des Porträts gleiten und murmelte leise vor sich hin.

Jack hörte eine Autotür zuknallen.

Charlie fluchte und ging zum nächsten Regal. Sie nahm ein paar Bücher heraus und betrachtete sie, dann stellte sie sie wieder hinein.

»Charlie!«

Sie hob die Hand.

»Nur noch ein paar Sekunden.«

Jack hörte leise, wie jemand mit einem Schlüssel klimperte.

»Wir haben aber keine paar Sekunden mehr!«

Er eilte zur Bürotür, machte sie zu und schloss sie ab, dann wandte er sich wieder Charlie zu.

Sie saß mittlerweile hinter dem Schreibtisch, zog alle Schubladen auf der linken Seite auf, dann die auf der rechten. Dann öffnete sie die mittlere Schublade und tastete unter der Tischplatte herum.

»Ja!«

Es klickte leise, als sie auf einen Knopf drückte, der ein verborgenes Fach öffnete.

»Ich wusste es doch!«

Erstaunt starrte Jack sie an, als sie einen Stapel Papiere und Umschläge herausnahm und sie durchsah.

Die Eingangstür knallte zu und eine Stimme rief: »Wer ist da?«

»Unsere Zeit ist um«, sagte Jack.

Charlie sah weiter die Papiere durch und las die Titel.

Im Gang erklangen eilige Schritte.

Endlich riss Charlie einen Umschlag auf, betrachtete den Inhalt, steckte ihn dann unter die Jacke und stand auf.

Jemand rüttelte an der Tür.

»Wer ist da drin? Ich habe die Polizei gerufen!«

Sie rannten zum Fenster und Jack half Charlie hinaus.

Plötzlich flog die Tür auf und die Silhouette eines großen Mannes tauchte im Licht aus dem Flur auf. Er stürmte ins Zimmer, sodass Jack sein Gesicht deutlich erkennen konnte. Es war das von Obis Onkel, und es war wutverzerrt. Sein Blick fiel auf Jack und er stürzte sich mit ausgestreckten Armen auf ihn.

Jack schnellte zur Seite und sprang durch das Fenster.

Obis Onkel brüllte ihnen nach.

Jack und Charlie rannten den Weg entlang, über die Wiese und durch das Seitentor. Dort hielten sie sich dicht an der Mauer, bis sie wieder zur Straße gelangten. Doch der Eiswagen war fort.

Jack drehte sich herum und suchte ihn.

»Wo sind sie denn?«

Charlie packte ihn an der Schulter und zeigte nach vorne: »Da!«

Der Eiswagen kam im Höchsttempo auf sie zu. Jack sah ihn entsetzt an.

»Was macht Noble da?«

Plötzlich schwenkte der Lieferwagen von der Straße

ab und prallte in schrägem Winkel in das Tor, das unter dem Aufprall nachgab.

»Er ist verrückt geworden«, stellte Charlie verwundert fest.

»Nein«, sagte Jack. »Sieh doch!«

Der Lieferwagen setzte zurück. Das eiserne Tor in der Auffahrt war verbogen und verzogen.

»Jetzt kann uns Obis Onkel nicht mehr verfolgen.«

»Da wäre ich mir nicht so sicher«, meinte Charlie, rannte auf den Lieferwagen zu und winkte über die Schulter.

Jack sah zurück.

Obis Onkel lief hinter ihnen her.

»Kommt sofort zurück!«, schrie er.

Jack wirbelte herum, rannte zum Lieferwagen und stieg ein.

»Los, Beeilung!«

Noble rammte den ersten Gang ein.

»Ich wollte uns ein wenig Zeit verschaffen. Da habe ich mich wohl geirrt.«

Durch die Windschutzscheibe sah Jack Obis Onkel, der ihnen nachrannte wie ein T-Rex seiner Beute.

»Er sieht aber wild entschlossen aus«, fand Slink.

Jack sah Obi an und warnte: »Lass dich nicht blicken!«

Obi duckte sich.

Als es einen lauten Knall gab, sah Jack wieder nach vorne. Obis Onkel hing quer über der Kühlerhaube. Er schäumte vor Wut und starrte sie durch die Scheibe an wie ein tollwütiges Tier.

Noble rührte in der Gangschaltung, legte den Rückwärtsgang ein und fuhr die Straße zurück, doch Obis Onkel ließ nicht los.

Charlie beugte sich vor und schaltete die Scheibenwischer ein, die Obis Onkel ins Gesicht peitschten. Doch er ließ immer noch nicht los. Bei jedem Schlag der Scheibenwischer schien er noch wütender zu werden.

Falls das überhaupt möglich war.

Noble trat auf die Bremse, schaltete wieder in den ersten Gang und raste die Straße hinunter. Obis Onkel hing immer noch auf der Kühlerhaube.

»Der gibt wohl nicht auf, oder?«, fragte Charlie.

»Ich kriege ihn da runter!«, verkündete Slink und kletterte aus dem Seitenfenster, bevor Jack ihn daran hindern konnte.

Ein paar Sekunden später trat ein Fuß Obis Onkel auf die Hand. Der brüllte wieder auf, dieses Mal nicht nur vor Wut, sondern hauptsächlich vor Schmerz.

Wieder trat der Fuß zu, und Obis Onkel versuchte, danach zu greifen, verfehlte ihn aber. Dieses Mal kam der Fuß von links und traf ihn an der Schläfe.

Der Mann schrie vor Schmerz auf und lockerte seinen Griff.

Noble ergriff die Gelegenheit.

»Halt dich fest, Slink!«, schrie er aus dem Fenster und riss dann das Steuer herum, woraufhin Obis Onkel an der Windschutzscheibe entlangglitt und verschwand.

Jack beobachtete durch die Windschutzscheibe, wie der Onkel auf die Straße rollte. Dort richtete er sich auf die Knie auf und schüttelte die Faust hinter ihnen her, als sie um die nächste Kurve verschwanden.

Plötzlich schrie Wren auf.

»Was ist?«, rief Jack erschrocken.

Sie deutete aufs offene Seitenfenster, vor dem Slink kopfüber baumelte.

Jack und Charlie sprangen zu ihm und packten ihn.

»Meine Hose hat sich im Eiswagenschild verfangen«, erklärte Slink. »Habt ihr mich?«

Jack fasste nach Slinks Gürtel und hielt ihn gut fest.

»Ich glaube schon.«

Slink verlagerte sein Gewicht und rollte sich zurück, sein Fuß löste sich vom Schild, und Jack und Charlie zogen ihn durch das Fenster, wo sie alle drei keuchend zu Boden fielen.

Slink grinste.

Charlie boxte ihn in den Arm.

Als sie mehrere Kilometer vom Château Gailan entfernt waren, nahm Charlie den Umschlag unter ihrer Jacke hervor und reichte ihn Obi.

»Hast du das hier gesucht?«

Obi riss die Augen auf. Mit zitternden Fingern nahm er die Papiere heraus und blätterte die Seiten durch.

Schließlich sah er die anderen an.

»Nun?«, fragte Charlie.

»Das ist Dads richtiges Testament.« Obis Augen wurden feucht, doch er weinte nicht, sondern sah sie nur an.

»Danke«, sagte er mit zittriger Stimme.

Auf der Rückreise durch den Tunnel unter dem Kanal blieb Obi schweigsam. Er hielt den Umschlag fest in der Hand und starrte ihn an.

»Also los, komm schon«, forderte Slink ihn schließlich auf.

Obi sah auf.

»Was ist denn?«

Slink verdrehte die Augen.

»Wir sind den ganzen Weg gefahren, wurden fast geschnappt – mehrmals – ganz zu schweigen von der Tatsache, dass ich noch tagelang einen Muskelkater haben werde. Zumindest könntest du uns sagen, was da drinsteht.«

Obi hielt Charlie den Umschlag hin.

»Soll ich es vorlesen?«, fragte sie.

Er nickte.

Charlie nahm die Papiere heraus und räusperte sich.

»Letzter Wille und Testament von Mark Brian Harlington. Hiermit widerrufe ich alle bisherigen Testamente und Anhänge.«

Charlie sah zu Obi auf und fuhr dann fort zu lesen.

»Ich benenne Anthony James Harlington zum Vollstrecker und Treuhänder meines Testaments.« Charlie überflog die Seite. »Deine Mum und dein Dad haben ihn auch zu deinem gesetzlichen Vormund gemacht. Moment mal …« Sie sah Obi an. »Du hattest recht, das Unternehmen und alles Vermögen haben sie dir und deiner Schwester hinterlassen.«

»Wie kann denn das gehen?«, fragte Slink. »Er ist doch noch ein Kind.«

»Hier steht, dass Obis Schwester das Unternehmen leiten soll, bis er achtzehn ist«, las Charlie weiter vor, »danach sollen sie sich die Verantwortung teilen.«

»Lies das über meinen Onkel«, verlangte Obi tonlos.

Charlie las noch weiter, dann sah sie voller Mitgefühl auf.

»Er bekam dreißigtausend Pfund und einen Rolls Royce. Etwas anderes sollte er nie erben. Du und deine Schwester, ihr seid die rechtmäßigen Erben.«

Sie steckte die Blätter wieder in den Umschlag und reichte ihn Obi.

Der starrte ihn abwesend an.

»Ich schlage vor, alle verkriechen sich wieder in ihre Verstecke«, sagte Noble. »Wir sind fast in England.«

Noble fuhr vom Zug herunter, folgte den Schildern und gelangte zur letzten Zollkontrolle. Der gelangweilte Mann hinter der Glasscheibe warf einen Blick auf Jacks und Nobles Pässe und reichte sie ihnen dann zurück.

Die Schranke hob sich, und Noble wollte schon losfahren, als ihnen ein anderer Zollbeamter den Weg verstellte und die Hand hob.

»Gibt es ein Problem?«, fragte Noble aus dem Seitenfenster.

Der Mann betrachtete missbilligend die Beulen und Kratzer in der Motorhaube und an der Stoßstange des Eiswagens. Mit strenger Miene deutete er an die Seite, wo zwei weitere Uniformierte warteten.

»Bitte fahren Sie dort hinüber.«

Jack rutschte das Herz in die Hose.

Noble fuhr vorsichtig an den Straßenrand.

Jack sah Noble von der Seite an. Offensichtlich überlegte er, ob er durchbrechen sollte, aber damit würden sie nicht davonkommen, schon gar nicht in einem Eiswagen.

Noble fuhr wie befohlen an den Straßenrand. Die beiden Männer gingen um den Wagen herum und hielten Spiegel, die an langen Stangen befestigt waren, unter den Wagen.

»Keiner atmet!«, zischte Noble über die Schulter hinweg.

Der erste Zollbeamte stellte sich vor den Wagen und untersuchte die Beulen. Dann ging er zu Noble ans Fenster.

»Wo haben Sie denn die her?«

»Ich wollte einen Zusammenstoß vermeiden und bin von der Straße abgekommen«, erklärte Noble. »Dabei bin ich gegen einen Baum gefahren.«

Der Mann runzelte die Stirn.

»Sind Sie Amerikaner, Sir?«

»Jawohl«, lächelte Noble. »Obwohl ich jetzt auch vollwertiger Bürger des Vereinigten Königreichs bin.«

Der Zollbeamte betrachtete erneut die Beulen. Selbst Jack musste zugeben, dass sie aussahen, als hätten sie weit mehr als nur einen Baum getroffen.

Der Mann streckte die Hand aus.

»Die Pässe bitte!«

Noble deutete nach hinten.

»Die haben wir doch schon vorgezeigt.«

Der Beamte sah ihn finster an.

»Die Pässe!«

Seufzend reichte Noble sie ihm.

Der Mann nahm sich genüsslich Zeit, sie zu prüfen und betrachtete die Seiten mit den Bildern so eingehend, als wolle er untersuchen, ob die Pässe echt waren oder nicht.

Die Männer mit den Spiegeln machten eine zweite Runde um den Wagen. Jacks Magen verkrampfte sich. Es schien, als wüssten sie, dass Noble und er etwas verbargen. Er versuchte, sich zu entspannen und sich seine Nervosität nicht anmerken zu lassen.

Schließlich reichte der Beamte Noble die Pässe wieder.

»Wie lange waren Sie in Frankreich?«

»Weniger als einen Tag.«

»Was haben Sie dort gemacht?«

»Sightseeing.«

»Und was haben Sie gesehen?«

»Ein Château.«

»Ein Château? Welches?«

Noble sah ihn verwirrt an.

»Den Namen habe ich vergessen.«

Die beiden anderen kamen zur Vorderseite des Wagens.

»Untendrunter ist nichts. Sollen wir innen nachsehen?«

Der erste Beamte schien von irgendetwas abgelenkt zu sein. Jack folgte seinem Blick und bemerkte, dass an der Schranke ein bärtiger Mann in einem weißen Lieferwagen eine hitzige Auseinandersetzung mit dem Schalterbeamten führte.

Der Zollbeamte blickte erst zu Jack, dann in den hinteren Teil des Wagens, winkte Noble schließlich weiter und ging auf den Aufruhr zu. Noble legte den ersten Gang ein und fuhr los. Jack sah zum Rückfenster hinaus und seufzte erleichtert auf.

»Das war verdammt knapp!«

Als sie weit genug weg waren, kletterten die anderen aus ihren Verstecken und streckten die verspannten Gliedmaßen.

»Ich dachte schon, jetzt sind wir dran«, meinte Slink.

Obi rieb sich den Nacken.

»Das mache ich nie wieder. Nie wieder!«

»Ich fand es lustig«, grinste Wren.

Charlies Telefon fiepte. Sie sah auf das Display und blickte Jack an.

»Wer ist es?«, fragte er.

»Hector.«

»Bist du verrückt, ihm deine Telefonnummer zu geben?«

»Was will Hector denn?«, erkundigte sich Wren und warf Jack einen bösen Blick zu.

»Er will sich mit uns treffen«, sagte Charlie und las die Nachricht. »Er sagt, er hätte herausgefunden, wo der wirkliche Nexus ist. Wo die Regierung die Server versteckt hat.« Sie sah Jack an. »Er glaubt, dass wir direkt dort einbrechen können.«

Ein paar Stunden später stand Jack an der Tür des Bunkers und überprüfte den Inhalt seines Rucksacks. Er sah nach, ob er ein paar voll aufgeladene Taschenlampen dabeihatte.

Er traute Hector immer noch nicht und wollte ihn nicht aus den Augen lassen, aber wenn er recht hatte, dann war das ihre einzige Chance, den Virus ein für alle Mal in die Finger zu bekommen.

Charlie, Slink und Wren gesellten sich zu ihm, jeder mit seinem eigenen Rucksack über der Schulter.

»Hector hat uns die Koordinaten geschickt«, verkündete Obi von seinem Platz aus. »Ich leite sie dir weiter, Jack.«

Jack betrachtete sein Telefon, auf dem eine Karte erschien.

»Nordlondon«, sagte er zu den anderen.

Dem GPS nach war es ein Ort, an dem er noch nie gewesen war. Auch der Straßenname war ihm unbekannt: Swain's Lane. Er betrachtete die Gegend darum herum. Dort schien es viele Fluchtmöglichkeiten zu geben, falls etwas schiefgehen sollte. Von diesem Gedanken ließ er sich ein wenig beruhigen.

»Gehen wir«, sagte er zu den anderen, und sie marschierten durch die Luftschleuse.

Jack, Charlie, Slink und Wren standen vor einem zweistöckigen Backsteinhaus mit einem großen Eisentor in der Mitte und hohen Bleiglasfenstern. Es sah merkwürdig aus, wie ein Zwischending zwischen einer Kirche und einem Schloss.

Es war der Eingang zum Westteil des Highgate-Friedhofs.

Es war gespenstisch ruhig.

»Und Hector glaubt, dass der Nexus hier ist?«, zweifelte Jack.

Zu beiden Seiten des Gebäudes ragten Mauern mit Metallspitzen auf. Auf der linken Seite befand sich ein großes Metalltor.

»Hi Leute!«

Hector kam auf sie zugelaufen.

Charlie lächelte ihn an.

»Hi. Wie geht's?«

Hector lächelte zurück. »Mir geht's gut.« Er sah die anderen der Reihe nach an, bis sein Blick an Jack hängen blieb. »Alles klar?«

Jack nickte. »Hallo, Hector.«

Slink deutete auf das Gebäude.

»Sind die Nexus-Server da drin?«

»Nein.« Hector deutete daran vorbei. »Sie sind irgendwo auf dem Friedhof.«

Jack runzelte die Stirn.

»Bist du sicher?«

»Definitiv.«

»Woher weißt du das?«, wollte Jack wissen. Es schien ihm ein unwahrscheinlicher Ort als Versteck für eine der kompliziertesten Virtual-Reality-Umgebungen der Welt zu sein.

Hector nahm ein Notebook aus dem Rucksack und klappte es auf.

»Wisst ihr noch, was geschah, als wir den Zugangspunkt zum Nexus verlassen haben?«

»Ich weiß noch, dass du nicht auf mich hören wolltest«, sagte Jack. »Was hast du getan?«

»Ich habe Charlies Telefon benutzt, um mich mit dem Computer bei mir zu Hause zu verbinden. Dann habe ich ein Trackingprogramm laufen lassen und versucht, herauszufinden, woher das Nexus-Signal kommt«, erzählte Hector, holte Luft und sah Jack an. »Aber du hast mich unterbrochen, bevor ich Zeit hatte, den gesamten Suchlauf durchlaufen zu lassen.«

Jack sah die anderen unsicher an.

»Weiter.«

»Nun, das Programm hat eine vollständige IP-Adresse gefunden.« Er deutete auf den Bildschirm des Notebooks. »Dann habe ich ein Programm geschrieben, das das Internet auf Aufzeichnungen zu dieser

Adresse hin durchsucht.« Er sah die anderen an und meinte: »Ehrlich gesagt, hatte ich nicht viel Hoffnung, aber dann habe ich einen Treffer gelandet.«

Er klickte auf das Touchpad und rief eine Karte der Umgebung auf.

»Das Signal kam von hier, und nach einiger Mühe konnte ich es ein wenig eingrenzen.«

Die anderen sahen ihn stumm vor Bewunderung an.

»Natürlich kann ich beim genauen Ort nicht ganz sicher sein«, meinte er langsam und schluckte. »Aber ich weiß, dass das Signal vom Friedhof kam. Ich kann es bis auf etwa zehn Meter eingrenzen.«

»Das ist brillant«, fand Charlie.

Slink boxte Jack in den Arm und flüsterte: »Wenn du nicht aufpasst, bist du bald deinen Job los.«

Jack erstarrte und presste die Lippen aufeinander.

»Also«, sagte Hector, steckte das Netbook wieder in die Tasche und machte sie zu. »Glaubt ihr, es lohnt sich, mal nachzusehen?«

Slink klatschte in die Hände.

»Das ist ganz mein Ding!«

Jack hielt ihn zurück.

»Wir müssen erst sicher sein, dass niemand da ist.«

»Ich sage es ja nicht gerne, aber ich fürchte, da drin sind alle tot«, meinte Slink.

»Wo er recht hat, hat er recht«, grinste Hector.

»Na gut«, sagte Jack und ließ Slink los. »Aber seid vorsichtig.«

Slink lief zur Mauer und betrachtete die Spitzen darauf. Es war unmöglich, hinüberzugelangen, ohne aufgeschlitzt zu werden.

Charlie betrachtete das Haupttor daneben.

»Da geht es auch nicht«, meinte sie. »Das Vorhängeschloss ist auf der anderen Seite.«

Jack betrachtete die Mauer. Wenn sie alle ihre Mäntel auf die Spitzen legten, konnte Slink vielleicht unbeschadet darüberklettern. Doch noch bevor er es vorschlagen konnte, hatte sich Slink umgedreht und ging zum Hauptgebäude zurück.

»Wohin willst du denn?«, fragte Jack.

»Es gibt einen besseren Weg.«

Slink kletterte am Gebäude hinauf. Zuerst stieg er an den Fenstern hoch und hielt sich dicht an der Ecke, dann steckte er seine Schuhspitzen in die Lücken zwischen den alten Steinen und zog sich schließlich aufs Dach. Er rannte über den Giebel und verschwand.

Jack, Charlie, Hector und Wren warteten schweigend ab. Nach einer Minute tauchte Slink wieder auf, knackte das Vorhängeschloss auf der anderen Seite des Tores und öffnete es, sodass die anderen hindurchschlüpfen konnten.

Jack sah sich auf der Straße nach rechts und links um. Es war immer noch still, und irgendwie beunruhigte ihn das. Er drehte sich um und eilte den anderen hinterher.

Sie folgten den von alten Gräbern gesäumten Weg, die Grabsteine waren von Moos und Efeu überwachsen. Der Mond schien durch die uralten Bäume und ihre Zweige warfen verzerrte Schatten auf den Weg.

»Gut gemacht, Hector«, sagte Charlie. »Du hast gerade den gruseligsten Ort der Welt gefunden.«

Sie schalteten die Taschenlampen ein und schritten durch einen von ägyptischen Obelisken flankierten Bogen.

Dahinter befanden sich in einem tieferliegenden Kreis die Türen zu einer Reihe von Gräbern, und in der Mitte stand eine große Zeder.

»Das ist ja irre hier«, fand Slink.

Hector hob die Hand, sah auf die Karte auf seinem Telefon und deute auf die Stufen, die in den Kreis führten.

»Hier ist es irgendwo«, flüsterte er.

Er deutete nach rechts und folgte dem Pfad.

Ein paar Minuten schlichen sie weiter, dann suchte sich Hector einen Platz, von wo aus sie einen guten Überblick über den Gräberkreis hatten, und sie setzten sich auf den Boden.

Ein letztes Mal warf er einen Blick auf sein Telefon, dann deutete er auf einige Türen.

»Ich nehme an, es ist eine von denen.«

Er sah Jack an.

Dem gefiel die Idee, in jemandes Grab einzubrechen, überhaupt nicht. Hector hatte bestimmt unrecht, aber es blieb ihnen nicht viel anderes übrig – einer von ihnen musste nachsehen gehen.

Er wollte gerade aufstehen, als er ein Geräusch hörte.

»Taschenlampen aus!«, zischte er.

Sie sahen, wie eine der Türen zu den Gräbern aufging und rötliches Licht herausfiel. Ein Schatten erschien.

Jack hielt den Atem an.

Er hörte das Klicken eines Feuerzeugs, in dessen Schein das Gesicht eines Mannes erschien. Er hatte eine Narbe auf einer Wange und trug eine Kappe tief ins Gesicht gezogen. Es schien sich um eine Art Wache zu handeln.

Das Feuerzeug erlosch und wurde vom rötlichen Glühen einer Zigarette ersetzt.

Jack schätzte, dass sie etwa fünf Minuten hatten, und sah Charlie an.

»Wir brauchen den Erkundungs-Stift.«

Sie suchte in ihrer Tasche nach dem silbernen

Stift. Darin verborgen waren eine drahtlose Kamera, ein Sender und eine Batterie, die mehrere Stunden durchhielt. Charlie hielt ihn Jack hin.

»Wie sollen wir ihn anbringen?«

Jack nahm ihn und fragte Slink: »Hast du eine Idee?«

»Ich kann es tun«, bot Hector an und streckte die Hand aus.

Jack zögerte und sah Charlie an.

»Vertrau ihm«, riet sie.

Jack stieß den Atem aus und reichte Hector zögernd den Stift. Der verschwand in der Dunkelheit, und die anderen richteten ihre Aufmerksamkeit auf das Grab und den Wächter.

Plötzlich erschien Hector auf dem Absatz über ihm. Er sah auf den Mann herunter und zog sich dann wieder zurück. Leise nahm er den Rucksack ab und holte eine Spule mit Angelschnur hervor. Das eine Ende der Schnur band er an den Stift, legte sich flach auf den Bauch und sah wieder hinunter.

Langsam ließ Hector die Schnur nach und der Stift senkte sich zum Wächter hinunter. Er zielte auf die obere Jackentasche. Der Stift begann sich am Ende der Schnur zu drehen, und obwohl Hector versuchte, ihn mit der anderen Hand ruhig zu halten, rotierte er weiter.

Jack sah den Wachmann an. Noch ein paar Züge an der Zigarette, dann war er fertig.

Hector ließ den Stift weiter herunter, verfehlte die Tasche jedoch.

Jack fluchte leise.

Wieder versuchte Hector es, doch er schaffte es nicht, den Stift in die Tasche gleiten zu lassen. Dann wandte der Wachmann den Kopf und Hector musste den Stift nach oben außer Sichtweite ziehen.

Jack schätzte, dass Hector noch einen Versuch hatte.

»Was macht er denn?«, flüsterte Slink.

Hector zog die Schnur wieder ein.

»Er hat aufgegeben«, vermutete Jack.

Was sollten sie jetzt tun?

»Nein«, sagte Wren. »Sieh doch!«

Hector schraubte das Ende des Stiftes auf.

Jack ballte die Fäuste.

»Er wird ihn kaputt machen.«

Er wollte schon aufstehen, doch Charlie zog ihn wieder herunter.

»Sieh doch!«, zischte sie.

Hector nahm die kleine Kamera und den Sender aus dem Kugelschreiber, betrachtete sie und bog einen kleinen Draht an der Rückseite heraus. Dann sah er wieder nach unten, schob sich zum Rand und hing mit dem Kopf kaum einen Meter über dem des

Wachmannes. Sich mit einer Hand am Mauerwerk festhaltend, griff Hector nach der Kappe des Wachmanns und setzte die Kamera mit ausgestreckten Fingern auf dessen Spitze.

Der Wachmann spürte etwas und sah auf, doch Hector hatte sich rechtzeitig zurückgezogen und war in der Dunkelheit verschwunden.

Der Wachmann trat die Zigarette aus und machte auf dem Absatz kehrt.

Charlie nahm einen Monitor mit einer Antenne aus ihrer Tasche und schaltete ihn ein. Jetzt konnten sie aus der Kameraperspektive sehen, wie der Mann die Tür zum Grab hinter sich zumachte.

Dahinter tauchte eine rote Glühbirne den Raum in gespenstisches Licht. Drei Särge standen zu beiden Seiten des Grabes, und an der hinteren Wand prangte eine Tafel mit den Namen der Verstorbenen.

Der Mann schob die Tafel zur Seite. Dahinter lag eine Tastatur. Er gab einen sechsstelligen Code ein, woraufhin ein Piepen erklang, und beugte sich zum Monitor vor.

»Biometrisch«, erklärte Charlie. »Über dem Bildschirm ist eine Kamera, die sein Auge scannt.«

Es piepte ein zweites Mal, und im Grab erschien ein weißer Lichtstreifen, der immer breiter wurde, als sich die ganze Wand zur Seite schob.

Dahinter lag ein Gang, von dem eine Metalltreppe ein paar Stufen nach unten führte. An der Decke verliefen dicke Rohre, und in der Mitte des Ganges befand sich eine Überwachungskamera.

Das Bild begann zu flackern.

»Wir verlieren das Signal«, sagte Charlie und sprang auf. »Wir müssen näher heran.«

Sie liefen um die Gräber herum, wo ihnen Hector entgegenkam.

»Was ist los?«, fragte er.

»Reichweite«, zischte Charlie.

Sie eilten zu dem Gelände über den Gräbern, und Charlie atmete erleichtert auf, als das Bild wieder erschien.

Der Wachmann lief einen Gang entlang. Rechts von ihm lag eine Tür mit einem großen Fenster daneben. Durch das Glas konnte man viele Reihen von schwarzen Serverschränken erkennen, an denen blaue Lichter blinkten wie Millionen Glühwürmchen.

Der Wachmann ging am Fenster vorbei bis zu einer anderen Tür am Ende des Ganges. Er zog eine Karte durch ein Schloss und betrat einen Überwachungsraum mit drei Monitoren an der Wand. Einer zeigte das Gebiet vor dem Grab in der Nähe der Tür, der nächste den Gang vor der Treppe.

Auf dem dritten Monitor waren Temperaturanzeigen zu sehen, und in der linken oberen Ecke stand in großen goldenen Buchstaben ein Wort.

»Nexus«, sagte Jack und sah Hector an. »Du hattest recht.«

Vor den Monitoren standen zwei Sessel, und in einem davon saß ein zweiter Wachmann. Er sah von seinem Buch auf, als sich der andere setzte, doch die kleine Kamera auf der Mütze seines Freundes bemerkte er nicht.

Zumindest noch nicht.

Der erste Wachmann nahm ein Telefon aus der Tasche.

Jack neigte sich vor. Das Telefon bekam kein Signal, daher spielte der Wachmann ein Spiel.

»Und?«, flüsterte Hector Jack zu. »Glaubst du, dass es möglich ist, da reinzukommen?«

»Ich habe keine Ahnung«, sagte Jack. »Aber wir müssen es versuchen.«

12

Im Bunker verbrachte Jack die nächste Stunde damit, sich das Video von dem Wächter anzusehen, wie er durch die Nexus-Einrichtung ging. Jedes einzelne Bild sah er sich an, um sicherzugehen, dass er nichts übersah. Als er schließlich überzeugt war, alles gesehen zu haben, konzentrierte er sich auf sein erstes Objekt – die Kamera vor dem Eingang des Grabes. Die sollte kein Problem darstellen. Charlie sagte, sie hätte ein Gerät, das sich darum kümmern würde.

Als Nächstes bat er Obi, das Bild von der Tastatur im Grab festzuhalten, und rief Charlie hinzu.

»Sieh dir das an«, verlangte er und zeigte über die Tastatur, wo sich eine kleine Kameralinse befand.

»Sieht aus wie eine Standardkamera«, meinte Charlie. »Wahrscheinlich läuft darauf die Biometrie-Software *Gnome* im Hintergrund.« Sie richtete sich auf. »Ich bin sicher, dass ich daran vorbeikomme.

Ich habe ein ähnliches Overlay, das ich abwandeln kann. Dazu brauche ich etwa eine Stunde. Aber es wird nicht leicht.«

»Wann war jemals etwas leicht bei uns?«, fragte Jack.

»Auf jeden Fall nicht so schwer«, erwiderte Charlie und betrachtete den Bildschirm. »Hast du schon etwas von Slink und Hector gehört?«

Jack schüttelte den Kopf.

»Das ist wahrscheinlich ein gutes Zeichen.«

»Ja«, stimmte ihm Charlie zu. »Ich schätze, es bedeutet, dass sie kein Problem haben, das Zeug zu kriegen, das wir brauchen.«

Sie wandte sich zum Gehen.

»Warte!«, rief Jack. »Das ist noch nicht alles.«

Obi spulte die Aufnahme vor, bis zu der Stelle, an der die Wache das Ende des Ganges erreicht hatte, und klickte dann auf »Start«. Der Wachmann zog seine Karte durch das Schloss an der Tür und begann mit seinem Telefon zu spielen. In der oberen Hälfte des Bildes sahen sie die drei Überwachungsmonitore.

Die Kamera im Gang schwenkte pausenlos von einer Seite zur anderen.

»Es ist genau, wie du gesagt hast«, lobte Jack.

»Gut«, stellte Charlie fest. »So lange Slink und Hector ihre Aufgabe erledigen, schaffe ich den Rest. Wir brauchen meinen Mikroprojektor.«

Sie wandte sich um und eilte in ihre Werkstatt.

Jack widmete sich wieder dem Bildschirm.

»Warum konnten wir Hector dieses Mal nicht mit hierhernehmen?«, fragte Wren.

»Das hatten wir doch schon besprochen«, erwiderte Jack gereizt. »Wir zeigen ihm den Bunker nicht.«

»Aber warum denn nicht?«

Jack wollte schon antworten, hielt dann jedoch inne. Es war sinnlos, immer wieder dieselben Argumente durchzugehen.

»Es ist kein guter Zeitpunkt«, sagte er. »Und Hector hat eine Aufgabe.«

Er sah die anderen an, doch die schienen von seiner Antwort nicht überzeugt.

»Was ist, wenn sie ihn schnappen?«, fragte Wren.

»Wer?«

»Del Sartos Leute.«

»Er ist bei Slink«, sagte Jack. »Die kommen schon klar.«

»Aber die sind hinter demselben her wie wir«, warf Obi ein. »Die wollen auch den Virus.«

»Das wissen wir nicht sicher«, erwiderte Jack. Doch Connor und seine Kumpane hatten sich in letzter Zeit erstaunlich ruhig verhalten. Er sah Obi an.

»Du kannst Slink ja eine Nachricht schicken, wenn du willst. Sag ihm, er soll vorsichtig sein.«

Obi schrieb schnell eine Nachricht und schickte sie ab.

»Zufrieden?«, sagte Jack zu Wren.

Sie verschränkte die Arme.

Jack konzentrierte sich wieder auf das Bild des Ganges im Nexus. Das würde eine Herausforderung für Charlie werden.

Später erwarteten Slink und Hector die anderen vor dem Highgate-Friedhof.

»Wie war eure Einkaufstour?«, erkundigte sich Charlie. »Habt ihr alles bekommen?«

»Kein Problem«, grinste Hector.

»Kinderspiel«, ergänzte Slink.

»Okay«, sagte Jack und stellte klar: »Das ist Charlies Mission.«

Charlie sah die anderen an und fragte: »Ist jedem klar, was wir zu tun haben?«

Sie nickten.

Slink öffnete das Tor und sie betraten den Friedhof.

Auch beim zweiten Mal war es dort noch gruselig

genug. Der Himmel war jetzt bewölkt, und ohne den Mond kam das einzige Licht von ihren Taschenlampen, die merkwürdige Schatten auf das alte Mauerwerk und die Grabsteine warfen.

Als sie den Platz gegenüber dem Grabeingang erreichten, duckten sich Jack und Hector in die Hocke. Slink legte sich flach auf den Bauch zwischen sie und zog sich an die steinerne Kante über der kreisrunden Ebene vor den Gräbern. Hector und Jack nahmen seine Beine und verhinderten so, dass er kopfüber hinunterstürzte. So hing Slink hinter der Kamera, die auf den Eingang des Grabes gerichtet war.

»Siehst du es?«, fragte Charlie.

Slink deutete auf einen Riss im Mauerwerk, genau an der Stelle, die Jack ihnen gezeigt hatte.

»Es ist eine drahtlose Kamera«, verkündete Slink im Flüsterton. »Ich kann die Antenne sehen.«

Charlie neigte sich vor und reichte ihm eine kleine Digitalkamera.

»Ich sehe aber nicht, wo die Stromquelle ist«, sagte Slink.

»Das spielt keine Rolle«, erklärte Charlie, nahm ein Gerät mit zwei Antennen aus ihrer Tasche, legte es auf den Boden und schaltete es ein.

»Was ist das?«, flüsterte Wren.

»Signalverstärker.« Charlie machte das Netbook

auf und legte einen Finger an ihr Ohr. »Obi? Sind wir verbunden?«

»Ja.«

»Du müsstest uns jetzt sehen können, wenn wir hineingehen.«

Sie öffnete ein Fenster und teilte die Ansicht in zwei Hälften. Links sahen sie die Perspektive des Wächters im Überwachungsraum. Er spielte immer noch auf seinem Telefon, während der andere ein Buch las.

Gut. Keiner der beiden hatte die Kamera auf der Kappe bemerkt.

Slink brachte die Digitalkamera so dicht wie möglich an die Überwachungskamera heran, achtete auf den richtigen Winkel und drückte den Aufnahmeknopf, um ein Bild zu machen.

Dann reichte er Charlie die Kamera zurück.

Charlie verglich das Bild mit dem aus dem Überwachungsraum und schüttelte den Kopf.

»Der Winkel stimmt nicht« , sagte sie und gab Slink die Kamera wieder. »Der Ausschnitt war ansonsten in Ordnung. Du musst sie nur ein klein wenig weiter nach unten richten.«

»Warum können wir nicht einfach die Aufnahme der Überwachungskamera abgreifen?«, fragte Slink keuchend und verlagerte sein Gewicht.

»Weil ihnen der Qualitätsunterschied der Aufnahmen sofort auffallen würde«, antwortete Charlie. »Wir brauchen schon ein hochaufgelöstes Bild, um sie hereinzulegen.«

Slink holte tief Luft, nahm die Kamera und machte ein neues Bild. Dann gab er sie Charlie zurück, die sie mit der Überwachungsaufnahme verglich. Dieses Mal schienen die beiden Bilder identisch zu sein. Schnell verband Charlie die Kamera mit dem Netbook und lud das Bild hoch, das Slink gemacht hatte. Als sie fertig war, zog sie einen schwarzen, etwa fünf Zentimeter langen Alu-Zylinder mit einem Knopf an einem Ende aus der Tasche und steckte ihn in einen leeren Port an ihrem Notebook.

Charlie lud das Standbild hoch und überprüfte es, bevor sie den Zylinder wieder entfernte und ihn Slink gab.

»Das sollte reichen.«

Slink steckte den Zylinder in die Mauerspalte über der Überwachungskamera. Dann zog er sich zurück.

Der Zylinder war eine von Charlies Erfindungen. Er enthielt einen starken Sender, der das Signal der Überwachungskamera überlagerte und die Aufnahme durch das Bild ersetzte, das sie gerade hochgeladen hatte.

Das Problem war nur, dass, sobald Slink es aktivierte, der Monitor im Überwachungsraum wahrscheinlich kurz flackern würde.

Slink holte ein paar Mal tief Luft und machte sich bereit.

»Sag mir, wenn es so weit ist«, sagte er.

Alle beobachteten die Aufnahme auf dem Netbook.

Der erste Wachmann spielte immer noch an seinem Telefon, der andere las, doch sie hatten beide Monitore direkt im Blickfeld.

Charlie wollte Slink schon das Signal geben, hielt jedoch plötzlich inne.

»Warte!«

Der erste Wachmann ließ das Telefon sinken und sah zu den Monitoren, dann wandte er seine Aufmerksamkeit wieder seinem Spiel zu.

»Jetzt!«

Slink streckte die Hand aus und drückte auf den Knopf an dem Zylinder. Der Monitor vor den Wachen flackerte, als die Bilder wechselten.

Jack hielt den Atem an, als der erste Wachmann das Telefon sinken ließ.

Ein paar quälend lange Sekunden rührte er sich nicht, dann hob er das Telefon wieder hoch.

Jack atmete auf. Slink und Charlie hatten es geschafft.

Das Bild auf dem Monitor im Überwachungsraum war jetzt nur noch eine statische Aufnahme.

Jack und Hector zogen Slink wieder über das Grab hoch und richteten sich auf.

»Phase eins abgeschlossen«, sagte Charlie und reichte Jack das Netbook. »Und jetzt zum nächsten Teil.« Sie sah die anderen an. »Gehen wir auf unsere Positionen.«

Jack, Slink und Hector liefen zur Mitte der kreisförmigen Rasenfläche und legten sich gegenüber vom Grabeingang unter der Zeder auf den Bauch, während Wren und Charlie nach rechts liefen und im Dunkeln verschwanden.

Jack beobachtete das Bild aus dem Überwachungsraum auf dem Netbook. Jetzt wäre der perfekte Zeitpunkt, dass der Wachmann eine Zigarette rauchen ging, doch das wäre wohl zu viel verlangt.

Die Sekunden zogen sich zu Minuten, die Minuten schienen sich zu Stunden zu dehnen, und noch immer rührte sich keiner der Wachmänner.

Vielleiht war er ja kein starker Raucher. Vielleicht hatte er gerade erst eine Zigarette gehabt. Oder wollte er heute gar nicht mehr rauchen?

Zwanzig Minuten später stand der Wachmann auf und ging zur Tür.

»Es ist so weit«, flüsterte Jack in sein Mikro. Sein

Herz schlug schneller. Sie hatten nur einen Versuch. *Einen einzigen Versuch*. Es musste perfekt ablaufen.

Er sah, wie der Wächter aus dem Grab kam, sich umschaute, das Feuerzeug aus der Hosentasche nahm und sich eine Zigarette anzündete.

»Obi«, flüsterte Jack in sein Mikro. »Zeig mir die anderen Kameras.«

Auf dem Bildschirm des Netbooks tauchten zwei weitere Einstellungen auf. Eine war von einer Kamera aus aufgenommen, die sich auf Wrens Schulter befand, die andere aus Charlies Perspektive.

»Los, Wren«, flüsterte Charlie.

Wren ging um die Gräber herum und schlich sich geduckt um die Ecke, sodass sie den Wachmann gerade noch sehen konnte.

Dann nahm sie einen Stein und warf ihn an die Tür des Grabes.

Der Wächter wirbelte herum, nahm seine Taschenlampe und leuchtete in Wrens Richtung, doch die hielt sich verborgen.

Der Strahl der Taschenlampe schwenkte von rechts nach links. Wren warf einen zweiten Stein.

Der Wachmann sah in die Richtung, aus der der Stein gekommen war und machte ein paar Schritte von der Tür weg, um nach der Quelle des Geräusches zu sehen.

Charlie schlich leise um die Ecke und schlüpfte blitzschnell hinter ihm durch die Tür.

Wren hielt sich verborgen und außerhalb der Reichweite der Taschenlampe des Wächters, der sich weiter umsah.

Jack verfolgte die Ansicht aus Charlies Schulterkamera, als sie zur Tastatur eilte und die Duplikate der Tastatur und der Kamera hervorholte, die sie angefertigt hatte. Der einzige Unterschied war, dass ihre Geräte ein bisschen größer waren.

Charlie installierte die falsche Tastatur über der echten und schloss sie an. Sie leuchtete bläulich und soweit Jack sah, ließ sich so leicht kein Unterschied feststellen.

Dann nahm Charlie ein Smartphone aus der Tasche und sah auf den Bildschirm.

»Mist«, murmelte sie.

»Was ist?«, fragte Jack.

»Die Kamera an der umgebauten Tastatur funktioniert nicht.«

Obi rief ein neues Pop-up-Fenster auf dem Netbook auf und dort zeigte sich tatsächlich anstelle des Bildes nur ein schwarzes Viereck.

Charlie trat vor und schaltete das Gerät aus und wieder ein.

Wrens Kamera zeigte, dass der Wachmann draußen die Suche aufgegeben hatte und wieder zum Grabeingang ging.

Jack fluchte und flüsterte: »Charlie! Die Wache kommt zurück!«

»Ich mache, so schnell ich kann«, zischte sie. Sie tippte auf die Seite der Attrappe, aber das Bild blieb schwarz.

»Du blödes Ding!«

Sie nahm es ab und überprüfte die Drähte auf der Rückseite.

»Es hat funktioniert. Ich habe es tausendmal überprüft!«

Jack sah nach links. Der Wachmann kam um die Ecke.

»Keine Zeit mehr, Charlie«, flüsterte er ins Mikro. »Verschwinde da!«

»Moment, ich habe es gleich.«

Charlie zog an einem Draht und bekam ein Bild. Jetzt sah es auch Jack auf dem Bildschirm des Netbooks.

Schnell schob Charlie das Gerät wieder über die Tastatur und nahm ihre Tasche.

Der Schein der Taschenlampe des Wächters tanzte auf der Grabtür. Jack war klar, dass Charlie nicht ungesehen hinauskommen konnte.

Auch Charlie war das offensichtlich klar geworden, denn sie drehte sich im Kreis und suchte nach einem Versteck. Rechts und links waren je drei Särge übereinandergestapelt. Sie waren so dicht an die Wand geschoben, dass sie sich nicht dahinter verstecken konnte.

Plötzlich sprang Hector auf und rannte davon.

»Na toll«, flüsterte Jack. »Gerade ist er abgehauen.«

Charlie hockte sich in eine Ecke des Grabes und schaltete die Taschenlampe aus. Doch das war nicht genug, der Wachmann würde sie sofort entdecken. Ihre einzige Hoffnung war, dass sie ihm entwischen konnte.

Jack legte den Kopf schief und wollte ihr schon sagen, dass sie einfach losrennen sollte, als er ein Knacken vernahm.

Er erstarrte.

Auch der Wachmann blieb stehen und leuchtete mit der Taschenlampe zur Zeder.

Jack zögerte keine Sekunde.

»Raus da, Charlie!«, keuchte er.

Wieder knackte es, dieses Mal weiter entfernt, und der Taschenlampenschein des Wächters bewegte sich in Richtung des Geräusches.

Charlie sah aus der Tür, schlüpfte dann leise hindurch und rannte in die entgegengesetzte Richtung davon.

Aus der Kameraperspektive des Wächters sah Jack, wie dieser das Grab betrat und die Tür hinter sich schloss.

»Warst du das?«, fragte Jack Hector, als der wieder auftauchte.

Hector nickte.

»Danke.«

»Kein Problem.«

Der Wächter gab den sechsstelligen Code ein und neigte sich zu der Kamera. Auf dem Display des Netbooks erschien sein Auge riesig.

Einen Augenblick später wurde die LED-Anzeige grün. Die Tür glitt auf und der Wächter ging die Treppe hinunter.

Nur eine Minute darauf standen Jack, Charlie, Hector, Slink und Wren vor der Tür zum Grab.

»Obi, du hältst uns auf dem Laufenden«, flüsterte Charlie in ihr Mikro.

»Werde ich. Der Wächter ist wieder bei seinem Kollegen. Alles ist ruhig.«

Charlie machte die Tür zum Grab auf und sie gingen hinein. Dort löste sie das Overlay und verband es mit ihrem Smartphone.

»Ich versuche es mit dem Code, den er zuerst eingegeben hat. Er lautet sieben, sieben, drei, fünf, neun, zwei.«

Jack gab die Ziffern ein.

Und jetzt zum schwierigen Teil.

Die Kamera im Overlay hatte ein Bild vom Auge des Wächters gemacht. Dieses hielt Charlie mit ihrem Smartphone vor die Tastatur.

Die LED-Anzeige schaltete auf Grün und die Tür glitt auf.

»Schnell!«, forderte Charlie die anderen auf, und sie liefen über die Metalltreppe.

Charlie deutete auf die Kamera, die von links nach rechts schwenkte, aber nicht bis zu der Stelle reichte, an der sie standen.

Da die Kamera sich bewegte, konnte man sie nicht mit einem Standbild überlisten, und wenn sie sich an den Kabeln zu schaffen machten, würde ein Alarm ausgelöst werden. Daher war Charlie auf eine einzigartige Idee gekommen, um das Problem zu lösen.

Sie sah Slink an und sagte: »Sie gehört ganz dir!«

Slink trat auf das Geländer, zog sich hoch und hielt die Rohre unter der Decke fest umklammert. Mit nach hinten geneigtem Kopf hangelte er sich wie eine Spinne daran entlang.

Jack behielt die Tür zum Überwachungsraum am Ende des Ganges im Auge. Plötzlich rutschte Slink mit den Füßen ab und hing nur noch an den Händen. Ein Fuß schoss an der Kamera vorbei.

»Das war auf dem Überwachungsmonitor zu sehen«, bemerkte Obi.

Charlie zuckte zusammen.

»Haben es die Wachmänner auch gesehen?«

»Nein.«

Jack schüttelte den Kopf.

Charlie sah blass aus. Slink schlang die Beine wieder um die Rohre und zog sich weiter unter der Decke entlang. Dann stieß er eine Deckenplatte auf. Mit einem schnellen Blick auf die anderen zog er sich hoch und verschwand in der Öffnung.

Ein paar Sekunden später tauchte er wieder auf und bedeutete ihnen, dass alles okay war. Er hatte die Telefonleitung gefunden und durchtrennt, genauso wie den Hauptalarm. Jetzt konnten die Wachen keine Hilfe mehr holen.

Slink fasste wieder nach den Rohren und rutschte weiter daran entlang, bis er sich direkt über der an der Wand montierten Kamera befand.

Jack, Hector und Wren blieben zurück, während Charlie einen Teleskopstab aus ihrer Tasche holte. Sie zog ihn etwa einen Meter auseinander und befestigte eine speziell umgebaute Kamera und einen Projektor daran.

Während sie überprüfte, ob alles richtig funktionierte, bedeutete Jack Hector, sich bereit zu machen.

»Du bist dran!«

Hector legte den Rucksack ab und zog das Kapuzenshirt aus, unter dem er ein langärmeliges weißes Hemd trug. Dann legte er Schuhe und Jeans ab. Darunter hatte er eine weiße Jogginghose, deren Beine in weißen Socken steckten. Er nahm weiße Handschuhe aus der Tasche und streifte sie über.

Charlie stellte sich auf das Geländer und hielt Slink das Gerät auf dem Teleskopstab hin. Slink streckte die Hand danach aus, konnte es jedoch nicht erreichen. Er verlagerte sein Gewicht, hielt sich nur mit einer Hand fest und versuchte es erneut, schaffte es aber immer noch nicht.

Jack bedeutete Charlie, herunterzukommen. Er klippte das Gerät vom Stab ab, sah zu Slink auf und fragte lautlos: »Fertig?«

Slink nickte.

In einer gleitenden Bewegung warf Jack ihm die Kamera zu, die dieser geschickt mit der freien Hand fing.

Jack lächelte Charlie an. Die zog eine Augenbraue hoch.

Slink klippte das modifizierte Gerät in die Halterung über der Überwachungskamera.

Charlie hob ihr Smartphone und überprüfte das Display. Ihre Kamera zeigte genau das gleiche Bild wie die Überwachungskamera und folgte dieser, wenn sie hin und her schwenkte. Die Bilder sahen identisch aus.

Charlie zeichnete das Video auf, während die Kamera ein paarmal hin und her fuhr, dann sah sie Hector an.

»Fertig!«

Sie reichte ihm eine Schlüsselkarte mit einer Leiterplatte auf der Rückseite sowie einen Sender.

Hector steckte sie in die Tasche und zog sich eine weiße Skimaske über das Gesicht. Jetzt war er von Kopf bis Fuß weiß gekleidet, wie das Negativ eines Ninja. Nichts außer seinen Augen war von ihm zu sehen.

Charlie drückte auf einen Knopf an ihrem Telefon und der kleine Projektor über der Kamera schaltete sich ein und übertrug ein aufgezeichnetes Bild vom Gang. Sie richtete es aus, bis es das richtige Bild hundertprozentig überlagerte.

»Sieht gut aus«, sagte sie zu Hector.

»Ich verstehe nicht, wozu das gut ist«, meinte Wren stirnrunzelnd.

»Sieh einfach zu«, gab Charlie zurück.

Hector lief zum Ende der Treppe und schob sich mit dem Gesicht zur Wand den Gang entlang. Die Überwachungskamera schwenkte in seine Richtung und das Bild des Ganges wurde auf seinen Körper projiziert.

Hectors weiße Kleidung wirkte wie eine Leinwand. Aus Jacks Blickwinkel konnte man ihn deutlich sehen, aber für die Wachmänner war Hector unsichtbar.

»Auf dem Monitor der Wachen ist er nicht zu erkennen«, bestätigte Obi. »Ausgezeichnet, Charlie!«

Charlie grinste.

Sie hatte den Mikroprojektor im Jahr zuvor gebastelt, und seitdem hatte es sie in den Fingern gejuckt, ihn auszuprobieren.

Jack blickte weiter zwischen der Überwachungskamera und Hector hin und her.

Hector wählte jeden seiner Schritte langsam und sorgfältig und die Sekunden schienen sich ewig hinzuziehen.

Jack, Charlie, Slink und Wren warteten vollkommen bewegungslos und wagten kaum zu atmen.

Schließlich schaffte Hector es zum Ende des Ganges und wandte das Gesicht der Tür zu. Dort nahm er Charlies Schlüsselkarte mit dem Schaltkreis aus der Tasche und steckte sie leise in das Schloss.

Dann trat er beiseite und wedelte mit der Hand auf und ab.

Charlie verband ihr Telefon über Bluetooth mit

der Karte, drückte ein paar Knöpfe, und im Schloss klickte es.

»Geschafft«, sagte sie. »Jetzt können sie nicht mehr raus.«

Dann wandte sie sich an die anderen. »Kommt!«

Sie rannte die Stufen hinunter.

Hector zog sich die Maske vom Kopf und klopfte an die Tür.

»Alles klar da drinnen?«

»Was machst du denn, du Idiot?«, rief Jack und stürmte zu ihm.

Es wurde an der Tür gerüttelt und dahinter erklangen gedämpfte Rufe und Schläge.

Jack warf seine Arme in die Luft. »Toll, jetzt wissen sie, dass wir da sind.«

»Na und, was ändert das?«, meinte Hector.

»Die Wachmänner hätten vielleicht noch ewig da drin gesessen«, erklärte Jack verärgert. »Die Luft war rein. Aber jetzt wissen sie, dass wir hier sind und werden alles daran setzen, herauszukommen.«

Er sah Hector verächtlich an und marschierte zur Tür des Serverraumes, öffnete sie und winkte die anderen herein.

Sie standen vor den Reihen mit den Serverschränken.

»Nexus«, stieß Hector mit leuchtenden Augen hervor und sah Jack an. »Ich wünschte, ich hätte Zeit, ihn mir anzusehen.«

Jack ging zum Hauptterminal, griff in die Tasche und nahm einen USB-Stick heraus.

»Ich werde den Virus hierauf übertragen.«

»Ist das das Programm, mit dem du den Virus in den Proteus-Server geladen hast?«, wollte Hector wissen.

Jack zögerte.

»Was ist los?«, fragte Hector.

Jack schüttelte sich kurz.

»Nichts.«

Hector wandte sich wieder zu den Serverschränken, während Jack verstohlen einen anderen USB-Stick aus der Tasche nahm und in einen der Slots steckte.

Dann holte er tief Luft und machte sich an die Arbeit. Er schrieb ein kurzes Programm, überprüfte den Code und richtete sich auf. Ein Ladebalken tauchte auf und wurde schnell rot.

»Wir haben den Virus in knapp einer Minute«, verkündete er und wandte sich zu den anderen.

Hector betrachtete stirnrunzelnd die Serverschränke.

»Alles in Ordnung?«, erkundigte sich Charlie fürsorglich.

»Ich habe nachgedacht«, erwiderte Hector. »Ich wette, sie haben den Virus bereits kopiert.«

Er sah zu dem Monitor und dem Ladebalken und dann wieder zu den Schränken.

»Das würde ich an ihrer Stelle jedenfalls tun. Nur für den Fall, dass der Virus entkommt oder so. Ich würde dafür sorgen, dass es ein Back-up gibt.«

»Und wie, glaubst du, haben sie das gemacht?«, wollte Charlie wissen.

Hector deutete auf eine Reihe von Schränken im hinteren Teil des Raumes.

»Seht euch die Verbindungen an. Die sehen aus wie Back-up-Server. Ich schätze, sie haben den Nexus geklont und damit auch das Virusprogramm. Wir müssen sie zerstören.«

Charlie sah Jack an.

»Da hat er nicht unrecht.«

Jack starrte auf Hector und antwortete nicht.

»Zuerst müssen wir die Drähte herausziehen, die den Back-up-Nexus mit dem wirklichen Nexus verbinden«, schlug Hector vor. »Dann können wir die Festplatten löschen und die Kopie vernichten.«

»Okay«, stimmte Jack zu und beobachtete ihn scharf. »Lass uns sehen, was passiert.«

Charlie eilte zu den Schränken.

»Macht sie alle auf«, sagte sie.

Jack, Slink und Wren öffneten die Schranktüren, und Charlie begann, die Drähte abzuziehen.

Plötzlich knallte die Tür zu.

»Nein!«, schrie Slink, schoss zur Tür und rüttelte am Griff. »Sie ist verschlossen!«

Als Jack begriff, was gerade passiert war, schlenderte er zwischen den Schränken hindurch und sah durch das Fenster. Wie er erwartet hatte, waren keine Wachen zu sehen, doch auf dem Fensterbrett lag ein zu einer Krähe gefaltetes Kaugummipapier.

Draußen tauchte Hector vor dem Fenster auf, hielt einen USB-Stick hoch und wedelte damit hin und her.

»Was machst du da?«, schrie Slink.

Jack sah zum Computerterminal, doch die Mühe hätte er sich sparen können. Er wusste, dass Hector seinen Stick hatte. An dessen Stelle steckte jetzt ein blauer Stick. Offensichtlich hatte Hector sie ausgetauscht. Jack machte sich nicht die Mühe, den blauen Stick herauszuziehen. Hectors Programm hatte das System bereits befallen.

Er sah durch das Fenster.

Hector richtete seinen Kopfhörer gerade.

»So, so«, sagte er zufrieden. »Ihr seid genauso dumm, wie ich mir gedacht habe.«

Er trat ganz dicht vor das Glas.

»Ich habe gewonnen … *ich habe gewonnen*! Hast du das gehört, Jack?« Er trat zurück und fuhr fort: »Ich schätze, du fragst dich, was gerade passiert ist?«

»Eigentlich nicht«, gab Jack zurück.

Hector wirkte einen Moment verwirrt.

»Aber, aber Jack! Kein Grund, unhöflich zu sein. Niemand mag schlechte Verlierer. Ich bin sicher, die anderen würden gerne verstehen, was los ist, oder?«

Er sah Charlie, Slink und Wren an.

Keiner von ihnen antwortete.

Hector lief vor der Glasscheibe auf und ab.

»Mein richtiger Name ist Quentin del Sarto.«

Er hielt inne, um die Information wirken zu lassen.

Charlie sah Jack an und wiederholte: »Del Sarto!«

»Ich bin erfreut, dass ihr euch an den Namen erinnert«, sagte Hector spöttisch und voller Hass. »Benito del Sarto ist mein Vater.«

»Ist?«, fragte Slink. »Soll das heißen, dass er noch lebt?«

Hector richtete seinen kalten Blick auf Slink, dann sah er Jack wieder an.

»Ihr hättet meinen Vater damals im Theater beinahe umgebracht. Ihr habt ihn seinem Schicksal überlassen. Im Feuer!«

Er holte scharf Luft, um sich zu beruhigen.

»Er liegt im Koma. An achtzig Prozent seines Körpers hat er Verbrennungen dritten Grades.«

»Das hat er sich selbst zuzuschreiben!«, verwahrte sich Wren.

Hector sah sie böse an.

»Halt die Klappe!«

»Hey!«, rief Slink und stellte sich vor Wren. »Wenn ich dich in die Finger kriege, dann …«

»Du könntest mir gar nichts tun«, höhnte Hector.

»Ach ja?«, wütete Slink und ging zum Fenster. »Mach die Tür auf, dann werden wir schon sehen!«

Hector lachte ihn aus.

»Jämmerlich! Jetzt habe ich den Virus und ich werde beenden, was mein Vater angefangen hat. Ich werde euren Bunker finden und zerstören. Und dann werde ich dem Rest der Welt von eurer kleinen Gang erzählen«, grinste er. »Betrachtet es als Revanche.«

Er drehte sich auf dem Absatz um und ging die Treppe hinauf.

In diesem Moment schrillte ein Alarm los.

13

»Ich dachte, den hätte ich abgeschaltet?«, schrie Slink über den Lärm hinweg.

»Hast du auch.«

Jack eilte zum Computer und gab ein paar Kommandos ein, woraufhin der Alarm verstummte, doch der Schaden war angerichtet. Die Polizei war unterwegs.

»Ich habe nachgedacht, Jack«, erklärte Slink und lehnte sich mit verschränkten Armen an die Wand. »Ich habe meine Meinung geändert. Ich bin mir nicht sicher, ob wir Hector zu den City Heroes aufnehmen sollten.«

»Ich auch nicht«, bestätigte Wren.

»Bin ganz eurer Meinung«, sagte Obi in ihren Headsets.

Charlie sah immer noch fassungslos durch das Fenster.

»Er hat uns ausgetrickst.«

Sie sah Jack an.

»Er hat uns reingelegt. Wie konnte das passieren?«

Die Ventilatoren in den Schränken begannen schneller zu laufen.

»Was jetzt?«, fragte Charlie.

Jack betrachtete das Terminal.

»Das nenne ich Revanche«, murmelte er.

Da Hector gewusst hatte, dass sie den Hauptalarm des Gebäudes ausgeschaltet hatten, hatte er die Server infiziert und den internen Alarm ausgelöst. Außerdem hatte er sein eigenes Programm eingeschleust, das jetzt die Prozessoren überhitzte. Entweder wollte Hector die City Heroes hier drinnen rösten – wie Del Sarto Senior – oder, falls sie das überlebten, sie der Polizei überlassen, die kommen und sie verhaften würde.

Auf jeden Fall hatte Hector alles sorgfältig geplant.

Charlie untersuchte die Tür, doch es gab keine Möglichkeit, sie von innen zu öffnen.

Slink sah die Decke an.

»Es muss doch einen Weg hier raus geben.«

Doch sein Blick verriet, dass er genauso gut wie Jack wusste, dass sie in der Falle saßen.

Die Decke war aus massivem Putz, es gab keine

Roste, Luken oder Luftschächte, die groß genug waren, dass Slink hätte hindurchklettern können.

»Hector hat den Virus«, sagte Wren voller Panik zu Jack. »Wir müssen ihn aufhalten.«

»Nein, hat er nicht«, widersprach Jack und hielt einen USB-Stick hoch. Er riss Hectors Gerät aus dem Slot und warf ihn auf den Boden, steckte seinen eigenen Stick mit dem Programm hinein und begann mit dem Transfer. Eine Minute später würde der Virus wie geplant auf Jacks Laufwerk sein.

»He, Moment mal!«, warf Charlie ein. »Hector hat den Virus gar nicht?«

Jack schüttelte den Kopf.

Charlie deutete auf das Terminal.

»Er ist noch da drin?«

Jack nickte.

Empört stemmte Charlie die Hände in die Hüften.

»Okay. Wie lange hast du es schon gewusst?«

»Was gewusst?«, fragte Jack unschuldig.

»Seit wann hast du gewusst, dass Hector uns reinlegen würde? Dass er nicht der war, der er zu sein vorgab?«

»Dass er ein dreckiger Lügner ist«, fügte Slink hinzu.

»Das wusste ich nicht sicher«, sagte Jack. »Na, jedenfalls nicht bis vor fünf Minuten. Da habe ich gemerkt, dass irgendetwas nicht stimmt.«

»Du hast gemerkt, dass irgendetwas nicht stimmt?«, hakte Charlie nach und ihre Stimme wurde eine Oktave höher. »Wann? Wie?«

»Kurz bevor ich mein Laufwerk eingesetzt habe«, sagte Jack. »Hector hat mich gefragt, ob das derselbe Stick sei, mit dem ich den Virus auf die Proteus-Server geladen habe.«

Charlie nickte.

»Ja, ich erinnere mich. Hector wusste also über Proteus und das Programm Bescheid. Na und?«

»Genau. Er weiß, dass der Regierungscomputer Proteus heißt«, sagte Jack und sah Slink und Wren an. »Und Hector weiß auch, dass ich ein Programm geschrieben habe, um den Virus anzulocken. Daher habe ich auch einen Augenblick gebraucht, um zu erkennen, was an dem, was er sagte, falsch war.«

Wren runzelte die Stirn.

»Was hat denn nicht gestimmt?«

»Er konnte nur wissen, dass ich das Programm benutzt habe, um den Virus in die Proteus-Server zu locken, wenn es ihm Connor, Monday oder Cloud erzählt haben. Außer uns waren sie die Einzigen, die dabei gewesen sind.«

Charlie schloss gequält die Augen.

»Ich habe Clouds Computer benutzt, als wir bei

Proteus waren«, erinnerte sie sich und sah Jack an. »Daher wussten sie es. Es ist alles meine Schuld.«

»Nein, ist es nicht. Ich habe dich gebeten, Clouds Computer zu nehmen.« Jack seufzte und lehnte sich an den Schreibtisch. »Und von da an ergab alles einen Sinn. Dass die Agenten bei Hector aufgetaucht sind und uns zwangen, ihn mitzunehmen. Und das Gleiche passierte beim Wissenschaftsmuseum.«

Wren verschränkte die Arme.

»Wenn das alles stimmt, warum hast du uns nichts gesagt? Warum hast du ihn entkommen lassen?«

»Es war ein wenig schwierig, etwas zu sagen, wenn er direkt daneben steht«, meinte Jack. »Außerdem wollte ich wissen, was er vorhat. Und ich wollte, dass er glaubt, er hätte den Virus.«

»Aber du hättest etwas sagen können!«

»Nein, konnte ich nicht.«

»Doch«, behauptete Wren. »*Hättest du*. Wir sind ein Team. Wir hätten helfen können.«

»Ich hätte ihm die Lichter ausgeknipst«, behauptete Slink.

Jack zog die Brauen hoch.

»Hättet ihr mir denn geglaubt, wenn ich euch gesagt hätte, dass Hector ein Verräter ist?«

»Ja«, sagte Wren und sah Charlie und Slink hilfesuchend an.

Beide nickten.

»Oh, kommt schon«, wandte Jack ein. »Ihr habt mich gepiesackt, ich solle Hector zu einem City Hero machen. Hätte ich gesagt oder auch nur angedeutet, dass er etwas im Schilde führt, hättet ihr …«

»Schon gut, schon gut«, sagte Charlie. »Darüber können wir auch später streiten.«

Die Ventilatoren wurden immer lauter, und sie holte tief Luft.

»Also, wie kommen wir hier raus?«

»Ich habe einen Plan«, verkündete Jack und sah auf den Monitor. Der Virus war auf seinen Stick übertragen worden. Er zog ihn ab und steckte ihn in die Tasche.

Wie viel Zeit hatten sie noch, bevor die Polizei kam und bevor es auf dem Highgate-Friedhof von bewaffneten Agenten nur so wimmelte?

Jack sah Charlie an.

»Wenn ich es dir sage, dann machst du das Schloss an der Tür der Wächter auf, ja?«

»Was?«, fragte sie ungläubig. »Hast du den Verstand verloren?«

»Ist die einzige Möglichkeit, hier schnell rauszukommen.«

»Ja?«, warf Slink ein. »Vielleicht schnell, aber dann stecken sie uns ins Gefängnis, Jack!«

»Hast du eine bessere Idee?«

Slink sah sich um und ließ die Schultern hängen.

»Nein.«

Jack drehte sich um.

»Charlie?«

»Bist du sicher, dass ich das Schloss aufmachen soll?«

»Ja, aber warte eine Minute, okay?«

Jack hatte einen Plan, aber er hatte seit dem Moment, in dem ihm klar geworden war, dass Hector falsch spielte, nicht genug Zeit gehabt, um gründlich darüber nachzudenken oder Alternativen zu finden. Entweder sie machten es so oder gar nicht.

Schnell gab Jack Charlie, Slink und Wren Anweisungen und sagte ihnen genau, was sie zu tun hatten.

Als er fertig war, sahen sie ihn verwundert an, aber sie nickten zustimmend.

»Auf eure Positionen«, verlangte Jack. »Und seht zu, dass eure Gesichter verdeckt sind!«

Sie zogen die Bandanas vor das Gesicht und die Kapuzen in die Stirn.

Wren eilte zwischen die Serverschränke und verschwand.

Slink kletterte auf einen Schrank neben der Tür und hielt sich oben in der Raumecke fest, wo man ihn nicht sehen konnte.

Charlie nahm ihre selbst gebaute Betäubungspistole aus der Tasche und legte sie auf den Boden hinter der Tür. Als sie sich aufrichtete, sah sie Jack an.

»Dir ist schon klar, dass das wahrscheinlich nicht funktioniert.«

Jack zuckte mit den Schultern.

»Etwas Besseres fällt mir im Augenblick nicht ein«, sagte er und trat zum Fenster. »Okay, mach die Tür auf.«

Charlie tippte einen Befehl in ihr Telefon, und Jack sah, wie das Licht an der Tür zum Überwachungsraum von Rot auf Grün schaltete.

Kaum eine Sekunde später sprang die Tür auf und die Männer stürmten mit gezogenen Waffen in den Gang. Durch das Glas sahen sie Jack und Charlie, und einen Augenblick lang rührte sich keiner.

Jack fragte sich, ob die Wachen sie nicht einfach im Raum lassen würden, bis Verstärkung kam.

Der erste Wachmann sah stirnrunzelnd über Jacks Schulter durch das Fenster, was ihn offensichtlich aus seinen Überlegungen riss.

Mit der Waffe im Anschlag schloss er die Tür auf und trat ein.

»Hände hoch!«

Jack und Charlie gehorchten und hielten die

Hände nach oben. Der Wachmann sah von ihnen zu den Servern und fragte: »Was habt ihr getan?«

Doch keiner von ihnen antwortete.

»Raus hier«, befahl der Wachmann. »Sofort!«

Er winkte mit seiner Waffe und trat zurück.

Langsam und mit immer noch erhobenen Händen gingen Jack und Charlie an ihm vorbei in den Flur.

»Da!«, schrie der andere und winkte mit seiner Waffe zum Fenster.

»Was ist?«, fragte der erste Wachmann.

»Da ist noch ein Kind drin!«

Sie starrten beide Wren an, die von einem Serverschrank hinter den nächsten huschte.

»Das ist nur ein kleines Mädchen«, sagte der erste Wachmann. »Geh sie holen!«

Der andere betrat den Serverraum und zögerte.

»Was ist denn los mit dir? Geh!«

»Ich will aber nicht auf ein Kind schießen«, sagte der andere.

»Das musst du ja auch nicht. Droh ihr nur ein bisschen, dann wird sie schon schön brav mitkommen.«

Der andere Wächter hielt die Waffe zwar gesenkt, aber schussbereit und betrat den Raum.

Plötzlich knallte die Tür hinter ihm zu und ein erstickter Schrei erklang.

»He!«, rief der erste Wachmann. »Was machst du denn da?«

Er bekam keine Antwort.

Die Waffe immer noch auf Jack und Charlie gerichtet, schob sich der Mann näher ans Fenster und sah hinaus. Da er offensichtlich nichts erkennen konnte, ging er zur Tür und fasste nach dem Griff.

Doch plötzlich erstarrte er und sein ganzer Körper zuckte. Jack und Charlie duckten sich, als die Pistole in seiner Hand hin und her schwenkte.

»Slink!«, rief Jack. »Das reicht!«

Der Wachmann ließ den Türgriff los und sank benommen in die Knie.

Charlie trat ihm die Pistole aus der Hand, sodass sie über den Boden außer Reichweite flog. Dann machte sie die Tür auf.

Slink hielt die Betäubungspistole in der Hand und betrachtete sie.

»So eine will ich auch haben.«

Jack nahm sie ihm ab.

Der andere Wachmann lag stöhnend im Serverraum.

»Ich glaube, ich habe ihm das Schlüsselbein gebrochen, als ich auf ihn gesprungen bin.«

Slink berührte den Mann an der Schulter, woraufhin er aufschrie.

»Ja, definitiv gebrochen.«

»Wo ist seine Waffe?«, fragte Jack.

Slink deutete unter einen der Serverschränke und Wren rannte zu ihnen.

»Äh, Leute!«, mahnte plötzlich Obi.

»Ja?«, antwortete Jack.

»Da kommen eine Menge Autos angefahren.«

»Was meinst du mit ›eine Menge‹?«

»Fünf. Nein, warte, sechs.«

»Polizei?«

»Schlimmer.«

Jack sah Charlie an. »Agenten.«

»Ja«, bestätigte Obi.

»Wie weit entfernt?«

»Ich schätze, ihr habt noch fünf Minuten.«

»Lasst uns hier verschwinden.«

Jack eilte zu Slink, und gemeinsam halfen sie dem verletzten Wachmann auf die Beine.

Wren und Charlie hoben derweil den anderen auf und bemühten sich, ihn die Treppe hinaufzuziehen.

Jack sah noch einmal in den Serverraum.

Über die Metalltreppe zogen sie sich in das Grab zurück. Schnell entfernte Charlie das Overlay über der Tastatur und sie traten in die Dunkelheit hinaus.

Die Wachen ließen sie auf den steinernen Stufen nach draußen sitzen.

»Dafür werdet ihr noch jede Menge Ärger bekommen«, knurrte der erste Wachmann.

»Aber nicht heute, mein Bester«, grinste Slink.

In der Ferne hörten sie Sirenen.

»Zeit zu gehen«, mahnte Charlie.

Sie wollten gerade loslaufen, als Jack zögerte und sich zum Grab umdrehte.

»Jack!«, zischte Charlie. »Komm schon!«

Jack reichte ihr den USB-Stick mit dem Virus.

»Was hast du denn vor?«, fragte Charlie erschrocken.

»Macht, dass ihr hier wegkommt«, sagte Jack zu seinen Freunden. »Lauft! So schnell ihr könnt!«

»Warum?«, fragte Wren. »Was machst du denn?«

Jack ignorierte ihre Frage.

»Geht zum Bunker. Sagt mir Bescheid, wenn ihr in Sicherheit seid.«

Ohne sich noch einmal umzudrehen ging er zum Grab zurück.

Als er den Eingang erreichte, sah er über die Schulter zurück, um sicherzugehen, dass die anderen weg waren, und eilte dann hinein. Er lief die Treppe hinunter, den Gang entlang und in den Serverraum.

Die Ventilatoren liefen immer noch auf höchster Stufe, aber bislang hielten die Server durch.

Das würde nicht mehr lange so gehen. Hectors

Programm griff offensichtlich die Hardware direkt an.

Er konnte nicht zulassen, dass der Nexus zerstört wurde. Es war das beste Virtual-Reality-Programm der Welt, und es gehörte nicht irgendwelchen Kriminellen – es war Eigentum der Regierung. Jack war kein großer Freund der Regierung, aber wenn er zuließ, dass erneut eines ihrer komplizierten Systeme zerstört wurde, würde man die City Heroes auf ewig jagen. Die Regierung würde ihnen ständig im Nacken hängen.

Außerdem konnte man nicht wissen, wie viele Menschenleben der Nexus mit den Antiterror-Trainingsprogrammen retten konnte.

Nein, Jack musste versuchen, Hectors Programm aufzuhalten, bevor es zu viel Schaden anrichtete.

Er setzte sich vor das Terminal und begann zu arbeiten. Er öffnete ein Befehlsfenster und tippte. Hectors Programm und die Art und Weise, wie es das System angriff und die Ventilatoren heiß laufen ließ, war clever. Hector hatte gewusst, dass die City Heroes die Alarmanlage ausschalten und die Telefonverbindungen kappen würden, doch Jack hatte etwas übersehen – den Wartungsalarm auf den Servern selbst. Im Augenblick sendeten sie ein Signal, dass sie Schwierigkeiten hatten.

Er öffnete mehrere andere Terminalfenster und begann, nach dem Hauptprogramm zu suchen, konnte es aber nirgendwo finden. Er sah an mehreren möglichen Orten nach der Datei und selbst in den Ordnerkopien, doch es war nirgendwo.

Wo konnte es sein?

»Jack?«, meldete sich Obi.

»Was ist?«

Jack öffnete ein neues Befehlsfenster und versuchte es mit einem neuen Suchlauf.

»Die Agenten sind vor dem Haupttor. Sie steigen aus und sind auf dem Weg zu dir.«

»Was ist mit den anderen?«

»Sie sind entkommen. Sie sind in Sicherheit.«

Jack atmete auf. Damit blieben ihm nur ein paar Minuten, bis die Agenten über den Friedhof gegangen waren und zum Nexus herunterstiegen.

Jack starrte den Bildschirm an. Das ergab keinen Sinn – Hectors Programm war eine Software, das bedeutete …

Er erstarrte.

»Das ist es!«

Schnell öffnete er ein weiteres Kästchen und suchte … und fand den Code. Es war kein vollständiges Programm als solches, es bestand nur aus ein paar einfachen Befehlen. Jack riss die Augen auf.

Er hörte die Agenten das Grab betreten und die Metalltreppe entlanglaufen.

Er fluchte. Durch Hectors Programm sollten die Serverventilatoren schneller laufen. Das war alles. Es griff nicht die Hardware an. Es konnte den Nexus gar nicht vernichten. Es war nur ein weiterer von Hectors kleinen Tricks gewesen.

Auf der Treppe hörte er Schritte.

Jack deaktivierte Hectors Programm, und die Lüfter wurden leiser. Im gleichen Augenblick stürmten mehrere Agenten den Raum und richteten ihre Waffen auf ihn.

»Geh sofort da weg!«

Ein großer Agent sprang auf ihn zu, schnappte ihn am Hemd und zerrte ihn vom Stuhl hoch. Jack stürzte zu Boden und sah auf den Bildschirm.

Hector hatte ihn schon wieder hereingelegt, stellte er zähneknirschend fest.

Der große Agent stand über Jack gebeugt und zischte mit wutverzerrtem Gesicht: »Du hast dir jede Menge Ärger eingehandelt, mein Junge!«

Dann packte er Jack am Kragen und zerrte ihn aus dem Raum.

Vor dem Haupttor legten die Agenten Jack Handschellen an und steckten ihn hinten in einen Wagen. Dort saß er und sah zu, wie immer mehr Agenten und Autos die Straße bevölkerten. Auch ein Lieferwagen tauchte auf, aus dem vier Techniker mit Werkzeugkisten stiegen und nach drinnen geführt wurden.

Mehrere Agenten standen in einer Gruppe zusammen und diskutierten offenbar hitzig. Wahrscheinlich fragten sie sich, wie ein Kind in eine ihrer sichersten Einrichtungen hatte einbrechen können.

Nach zwei Einbrüchen innerhalb der letzten Wochen mussten sie ihre Sicherheitsvorkehrungen höchstwahrscheinlich gründlich überdenken.

An diesem Punkt fragte sich Jack, ob sie ihn und die anderen mit dem Theater in Winchester in Verbindung bringen würden, das sie vernichtet hatten.

Hoffentlich nicht, denn wenn sie das taten, dann würden sie ihn wahrscheinlich für den Rest seines Lebens wegsperren.

Jack betrachtete die Türen im hinteren Teil des Wagens. Sie hatten weder Griffe noch Schlösser.

Seine Hände waren hinter seinem Rücken mit Handschellen gefesselt, und die Agenten hatten ihm Telefon, Kopfhörer und alles andere weggenommen, was er in den Taschen gehabt hatte.

Jack senkte den Kopf, schloss die Augen und fragte sich, was sie wohl mit ihm machen würden. Wohin würden sie ihn bringen? Ein geheimes Gefängnis?

Zur Befragung? Ob sie wohl einen Fünfzehnjährigen foltern würden?

Plötzlich ging die Fahrertür auf und jemand stieg ein.

Jack blickte auf und hätte fast aufgeschrien.

»Slink!«, keuchte er und beäugte die Agenten. Doch die sahen nicht zu ihnen herüber. »Was machst du hier?«

Slink legte grinsend einen Finger an die Lippen und deutete mit den Augen auf den Schlüssel im Zündschloss.

»Nein«, warnte Jack. »Denk nicht mal dran!«

»Das wäre die schnellste Möglichkeit.«

»Nicht, wenn wir nicht gesehen werden wollen.«

Jack warf einen Blick durch das Heckfenster. Slink müsste rückwärts zwischen drei Autos zurücksetzen und in einer engen Auffahrt wenden, bevor sie flüchten konnten. Er sah wieder nach vorne und versuchte, möglichst gelassen zu klingen.

»Du kannst nicht mal Auto fahren.«

»Ich habe aber schon zugesehen.«

»Bitte, Slink, hol mich einfach hier raus, ja?«

Slink stieß verärgert den Atem aus.

»Na gut.«

Er hieb auf einen Knopf am Armaturenbrett, der die Türen mit einem Klicken entriegelte.

Jack sah durch die Windschutzscheibe, aber die Agenten hatten nichts gehört. Sie unterhielten sich immer noch.

Slink zog den Schlüsselbund aus der Zündung und untersuchte ihn.

»Der für die Handschellen ist nicht dabei.«

»Den haben wohl die Agenten.«

»Soll ich Wren holen und sehen, ob sie …«

»Nein«, widersprach Jack. »Lass uns nur einfach verschwinden.«

Slink schlüpfte leise aus dem Auto und machte die hintere Beifahrertür auf.

Geduckt schob sich Jack über den Sitz und stieg aus, während sich Slink vor den hinteren Reifen hockte.

»Was machst du denn?«, flüsterte Jack.

Slink schraubte die Kappe vom Ventil und steckte ein kleinen Steinchen hinein, woraufhin es leise zu zischen begann. Er wollte schon dasselbe beim nächsten Wagen tun, als einer der Agenten rief: »He!«

Die anderen drehten sich um und bemerkten Slink und Jack.

»Los!«, rief Jack und rannte, die Hände immer noch auf dem Rücken gefesselt, die Straße entlang, dicht gefolgt von den Agenten.

»Charlie!«, schrie Slink in sein Mikro. »Unser Plan braucht etwas mehr Pep!«

Urplötzlich schoss sie zwischen den Bäumen hervor wie eine Gewehrkugel. Sie hatte Rollerblades an den Füßen und sauste zwischen Jack und Slink hindurch.

Jack blickte sich um und sah, wie sie den ersten Agenten rammte. Er stürzte schwer zu Boden und ein anderer stolperte über ihn.

Der Dritte schaffte es auszuweichen und rief eine Warnung. Dann griff er nach der Pistole in seinem Gürtel, doch Charlie drückte ihm die Betäubungspistole in den Rücken, woraufhin er vor Schmerz aufschrie und zusammenbrach.

Weitere Agenten kamen vom Haupttor her angelaufen und rannten auf sie zu.

Charlie sauste die Straße entlang und verschwand um die Ecke.

»Los, komm!«, forderte Slink Jack auf und zog ihn durch ein Seitentor. Dort gelangten sie auf einen kleineren Friedhof und Slink half Jack über eine niedrige Mauer.

»Warte!«, rief er. Sie drückten sich dicht an die Mauer.

Ein paar Minuten später gesellte sich Charlie zu ihnen.

»Sie kommen hierher«, flüsterte sie, reichte Slink die Tasche mit den Einbruchswerkzeugen, zog schnell die Rollerblades aus und steckte sie in die Tasche.

Slink versuchte, Jacks Handschellen zu öffnen.

»Ich schaffe es nicht«, flüsterte er.

»Gib her«, verlangte Charlie.

Ein paar Sekunden später sprangen die Handschellen auf.

Jack rieb seine Handgelenke und sah über die Mauer. Er konnte einen der Agenten erkennen, der zwischen den Grabsteinen suchte.

Er sah sich um und bedeutete dann Slink, ihm seinen Kopfhörer zu geben.

Jack streifte das von Slink gereichte Headset über und flüsterte: »Obi?«

»Hier!«

»Ruf ein Satellitenbild der Umgebung auf. Führe uns nach Hause, aber halte uns von Hauptstraßen und Überwachungskameras fern.«

Sie standen auf und folgten Obis Anweisungen, der sie durch Hinterhöfe, Gassen und gewundene Pfade leitete.

Nach einer Stunde erreichten sie die nächste U-Bahnstation, und Jack konnte endlich aufatmen.

Als sie später im Bunker um den Esstisch saßen und die Mission besprachen, erzählte Jack, wie Hector ihn mit den Nexus-Servern hereingelegt hatte.

Charlie nickte nachdenklich.

»Er hat uns alle an der Nase herumgeführt. Du warst der Einzige, der ihn durchschaut hat.«

Jack wollte etwas sagen, als Obi ihn zu sich winkte.

»Komm dir das mal ansehen. Es ist eine private Nachricht für dich, mit einem Video.«

Jack ging zu Obi, der auf den Bildschirm deutete.

Er sah ein Bild von Hector, auf dem er ziemlich wütend dreinblickte.

»Woher kommt das?«, fragte Jack.

»Cerberus Forum.«

Die anderen versammelten sich um Obis Stuhl herum. Jack holte tief Luft. Ihm war klar, dass Hector ihm keine Videobotschaft mit »Gratuliere, dass du mich ausgetrickst hast« geschickt hatte.

»Na gut«, meinte er und machte sich auf das Schlimmste gefasst. »Lass mal sehen.«

Obi drückte die Starttaste.

»Ich habe euren Freund«, verkündete Hector kalt und tonlos.

Die Kamera schwenkte herum und zeigte Noble, der mit Händen und Füßen an einen Stuhl gefesselt war. Sein Gesicht war zerschlagen, seine Lippe blutig und seine Kleidung zerrissen. Connor und Monday standen mit verschränkten Armen neben ihm.

»O nein!«, hauchte Charlie.

Jack spürte, wie sich seine Brust zuschnürte und die Welt um ihn herum versank.

Das Bild schwenkte zu Hector zurück.

»Wie du also siehst, habe ich die Kontrolle.«

Er neigte sich zur Kamera.

»Bring den Virus zum Shard«, verlangte er und brachte sein Gesicht so dicht vor die Kamera, dass man nur noch seine Augen sehen konnte. »Keine Tricks, Jack, ich meine es ernst! Ich will euch alle fünf hier im Wolkenkratzer vor mir sehen! Und ich merke es, wenn ihr versucht, mich hereinzulegen!«

Er hielt inne, als könne er Jack durch die Kamera hindurch in die Augen sehen. Dann lehnte er sich wieder zurück und wiederholte: »Eine Stunde!«

Er sah zu Noble hinüber.

»Und ich rate euch, nicht zu spät zu kommen.«

Der Monitor wurde schwarz.

Jack starrte ihn an.

Eine Stunde?

Das reichte niemals. Er sah die anderen an, die seinen Blick blass erwiderten.

»Warum will er sich mit uns im Shard treffen?«, fragte Wren.

»Ja«, meinte Obi. »Das ergibt doch keinen Sinn. Warum an einem so öffentlichen Ort?«

»Um diese Uhrzeit wird niemand da sein«, vermutete Charlie.

Jack trat zurück.

»Er weiß, dass das Gebäude nur wenige Ein- und Ausgänge hat.«

»Jack?«, fragte Charlie leise.

Er sah sie an.

»Du hast einen Plan, stimmt's?«

Jacks Blick richtete sich auf die Uhr auf dem Bildschirm. Er hatte noch zehn Minuten. Schnell griff er nach einer von Obis Tastaturen und begann zu schreiben.

14

Eine Stunde später standen die City Heroes im Aufzug des Shard, dem höchsten Gebäude Londons. Wie ein großer Glassplitter ragte es in den Himmel.

Sie hatten die Kapuzen aufgesetzt und die Halstücher über Mund und Nase gezogen. Begleitet wurden sie von zwei massigen Männern in grauen Anzügen, deren Jacken verräterisch ausgebeult waren – ein gutes Zeichen dafür, dass sie bewaffnet waren.

Wo bekam die Del-Sarto-Familie bloß immer diese Schläger her? Konnte man die telefonisch bestellen? Bei einer Hotline?

Jack sah, wie die Zahlen auf der Anzeige immer höher stiegen. Er fühlte sich in der Höhe gar nicht wohl, aber Slink hatte das Gebäude schon hinaufklettern wollen, seit es eröffnet worden war und war sehr enttäuscht gewesen, als ihm einige Demonstranten zuvorgekommen waren.

Im zweiunddreißigsten Stock hielt der Aufzug an, und Hectors Handlanger bedeuteten den fünfen, auszusteigen.

»Wieso steigen wir hier aus?«, fragte Charlie leise.

»Weiter geht es nicht«, erklärte Jack. »Um höherzufahren, müssen wir einen anderen Aufzug nehmen.«

Bei dem Gedanken daran drehte sich Jack fast der Magen um.

Einer der Männer ergriff Jack an der Schulter.

»Hört auf zu flüstern!«, befahl er.

Dann gingen sie um eine Ecke, hinter der ein weiterer Mann auf sie wartete.

Dieser war weniger dezent, er hatte ein Gewehr schussbereit vor der Brust.

Hectors Handlanger stießen die fünf gegen eine Wand und klopften sie ab. Danach strich einer von ihnen mit einem grauen Stab über ihre Kleidung und suchte nach Metallobjekten.

Schließlich trat er zurück und sagte: »Sie sind sauber.«

Die Männer schoben Jack und die anderen in den nächsten Aufzug, in dem sie bis ins achtundsechzigste Stockwerk fuhren.

Als sie schließlich ausstiegen, standen sie vor einer Glaswand. Sie befanden sich auf der Aussichtsplattform des Wolkenkratzers und unter ihnen breitete sich eine spektakuläre Stadtansicht aus. Millionen von Lichtern funkelten in der Dunkelheit und ein leicht oranger Nebel hing über der Stadt.

Jack trat zurück und versuchte, sich daran zu erinnern, ob er Hector von seiner Höhenangst erzählt hatte. Hatte er deshalb darauf bestanden, sie hier zu treffen? Um ihn einzuschüchtern? Jack ballte die Fäuste und weigerte sich, sich seine Angst anmerken zu lassen.

»Los!«

Einer der Männer stieß ihn und die anderen um eine Ecke zu einer Treppe nach oben.

Sie stiegen hinauf auf die obere Besucherterrasse, die kein Dach hatte. Der Wind pfiff über die Glaswände hinweg.

Links standen Connor, Cloud, Monday und Hector.

Hinter ihnen war Noble. Seine Hände waren auf dem Rücken gefesselt, sein Gesicht blutig und zerschlagen.

Jack zog das Bandana herunter und erkundigte sich: »Geht es Ihnen gut?«

»Dem geht's bestens«, bemerkte Connor und stellte sich vor Noble.

»Sie hat keiner gefragt«, erwiderte Jack gleichmütig und sah Noble an.

»Keine bleibenden Schäden«, sagte Noble. »Ich werde es überleben.«

»Seien Sie sich da mal nicht so sicher«, knurrte Connor.

Er sah aus, als hätte er sie am liebsten alle gleich auf der Stelle umgebracht.

Jack ignorierte ihn und sah Noble an.

»Es tut mir leid«, sagte er.

»Ist nicht deine Schuld.«

»So rührend das auch ist«, warf Hector ein. »Wir haben noch etwas zu erledigen. Habt ihr sie durchsucht?«, fragte er einen seiner Männer.

Der Mann nickte.

»Ja. Sie sind unbewaffnet.«

»Telefone? Funkgeräte? Irgendwelche versteckten Sender?«

Er schüttelte den Kopf.

»Keine Kommunikationsgeräte.«

»Gut. Wartet unten.«

Als die drei Handlanger verschwunden waren, wandte sich Hector an Jack.

»Du hältst dich ausnahmsweise mal an die Regeln. Das muss echt schmerzhaft sein.«

Dann sah er die anderen an, die immer noch ihre Halstücher vor dem Gesicht und die Kapuzen aufgesetzt hatten.

»Seid ihr kamerascheu? Das ist wirklich nicht nötig.«

Keiner von ihnen antwortete.

Hector streckte die Hand aus.

»Der Virus!«

Jack fischte den USB-Stick aus seiner Tasche und reichte ihn hinüber.

Hector schnappte ihn und gab ihn an Cloud weiter.

»Überprüfen Sie das!«

Cloud kniete sich hin, machte den Reißverschluss ihrer Tasche auf und holte einen Laptop hervor. Sie steckte den Stick in ein Laufwerk und begann zu arbeiten.

»Warum so still, Jack?«, fragte Hector.

Jack beobachtete Cloud und antwortete nicht.

»Jack!«, schrie Hector. »Antworte mir!«

Jack sah ihn an.

»Was willst du denn gerne hören?«

»Dass ich dich besiegt habe. Dass ich der bessere Hacker bin. Ich bin besser als du!« Hectors Augen leuchteten vor Aufregung.

»Gib es zu«, sagte er zähneknirschend. »Wie ist es denn so, überlistet zu werden? Ich wette, es zerfrisst dich, was?«

»Es ist der Virus«, bestätigte Cloud.

»Benutzen Sie das modifizierte Modem und übertragen Sie den Virus direkt auf meinen Server. Und sorgen Sie dafür, dass er nicht entwischen kann.«

Cloud steckte das Modem ein.

»Transfer beginnt«, sagte sie. »In sechzig Sekunden sollte er fertig sein.«

Hector sah Jack an und meinte: »Nun, dann müssen wir uns nur noch mit dir und deiner Gang befassen.«

Connor trat vor und meinte: »Das haben wir schnell erledigt.«

Hector sah weiterhin Jack an und schmunzelte: »Wie würden Sie es denn tun?«

»Ich würde sie da hinüberwerfen«, antwortete Connor und deutete auf die niedrigste Stelle in der Glaswand.

»Wie hoch sind wir denn hier?«, fragte Hector, als ob ihn das wirklich interessieren würde.

»Zweihundertvierundvierzig Meter«, antwortete Connor, »mehr oder weniger.«

Hector zog die Augenbrauen hoch.

»Das wäre aber eine ziemliche Schweinerei. Vielleicht könnten Sie sie einfach in luftdichte Säcke verpacken und in die Themse schmeißen.«

»Was hast du denn mit dem Virus vor?«, wollte Wren wissen.

»Was ich damit vorhabe?«, wiederholte Hector und sah sie einen Moment lang an. »Ich werde zu Ende bringen, was mein Vater angefangen hat, bevor ihr ihn ins Koma versetzt habt.« Er trat auf Wren zu und lächelte spöttisch. »Wenn ich euch alle umgebracht habe, werde ich jedes Geheimdokument stehlen, das ich kriegen kann und es meistbietend verkaufen.«

»Du bist doch verrückt«, stellte Wren fest.

»Nein«, erwiderte Hector leise. »Ich bin der Beginn einer neuen Ära der Weltgeschichte!«

Er streckte die Hand nach Wren aus, aber sie zuckte zurück.

»Der Transfer ist abgeschlossen«, stellte Cloud fest, schloss den Laptop, steckte ihn wieder in die Tasche und reichte Hector sein Telefon zurück.

»Sehr schön. Gut gemacht«, lobte Hector. »Zeit zu gehen.«

»Weißt du was, Hector«, sagte Jack, »du hast einen großen Fehler gemacht.«

»Wenn du mir einen Vortrag darüber halten willst, dass ich den Virus nicht einsetzen sollte …«

»Ach was«, wehrte Jack mit einer Handbewegung ab. »Das ist nur eine deiner Schwächen: Du stellst Vermutungen an.«

Hector runzelte die Stirn.

»Schwächen?«

»Ein weiterer Fehler ist, dass du dachtest, wir hätten keine Zeit, etwas zu planen, wenn du uns so kurzfristig hierherbestellst.«

»Du kannst schlecht bluffen«, stellte Hector fest. »Ich werde dir nicht zuhören, Jack.«

»Ich hatte nicht viel Zeit zum Planen«, gab Jack zu, »aber es hat gereicht.«

»Was auch immer du versuchst, es wird nicht klappen.«

Auf Hectors Gesicht machte sich ein selbstzufriedenes Grinsen breit.

»Du hast gar nichts. Dieses Mal gibt es keinen Ausweg.«

»Dein nächster Fehler ist …«, begann Jack, »du solltest deinen eigenen Augen niemals trauen.« Er sah die anderen an. »Raze.«

Hector sah ihn stirnrunzelnd an.

»Was hast du gerade gesagt?«

»Raze?«, wiederholte Jack.

»Oh, sorry.« Raze zog Bandana und Kapuze herunter und zwinkerte: »Alles klar, Kumpel?«

Hector riss die Augen auf.

»Wer bist du denn?«

Plötzlich fiel hinter Hector, Connor, Cloud und Monday ein dunkles Objekt vom Himmel.

Slink hing kopfüber an einem Seil herunter, schlang Noble einen Gurt unter den Armen hindurch und schloss ihn vor seiner Brust. Gleich darauf schwebten die beiden lautlos nach oben.

Charlies Schnellwinde funktionierte wie von Zauberhand, und Jack musste seine ganze Willenskraft aufbieten, um nicht nach oben zu sehen, als die beiden am Himmel verschwanden.

Langsam stieß er den Atem aus.

Hector machte einen Schritt vor und drohte Raze mit dem Finger.

»Wer bist du?«

Jack pfiff den Erkennungston der City Heroes: drei Töne, ein kurzer, tiefer, ein hoher und ein langer, mittlerer Ton.

Drei Pfeiftöne antworteten ihm, was bedeutete, dass Noble in Sicherheit war.

»Raze«, antwortete Jack. »Dein nächster Fehler ist: Du solltest nie das einzige Druckmittel, das du besitzt, aus den Augen lassen.«

Hector wirbelte herum.

»Wo ist er?«, fragte er und schrie Connor an: »Sie Idiot!«

Connor sah nach oben, aber Slink und Noble waren nirgends zu sehen.

»Hector«, mahnte Jack. »*Konzentrier dich!*«

Hector wandte sich mit wutverzerrtem Gesicht wieder um.

Connor deutete auf Charlie, Obi, Wren und Raze. »Ich bringe sie gleich hier um!«

»Nein, das werden Sie nicht tun«, erwiderte Jack.

Connor steckte die Hand ins Jackett.

»Und ob!«

Jack sah Cloud an und fragte: »Haben Sie das Virusprogramm überprüft?«

Sie nickte.

»Keine Tricks!«, warnte Hector. »Wir haben ihn. Du kannst uns nicht vom Gegenteil überzeugen.«

»Ja«, gab Jack zu. »Ihr habt den Virus.« Er konzentrierte sich weiter auf Cloud. »Aber haben Sie auch die Shell bemerkt?«

Hector sah sie an.

Cloud nahm Laptop und Modem wieder aus ihrer Tasche und fuhr den Rechner hoch. Einen Moment später stellte sie fest: »Sie ist verschlüsselt!«

»Was?«, rief Hector.

»Er hat den Virus mit einer kodierten Shell umgeben«, erklärte Cloud und starrte Jack an. »Er hat ein Programm geschrieben, das ihn wie eine schützende Hülle umgibt.«

»Warum haben Sie das nicht bemerkt?«, fuhr Hector sie an.

Cloud sah ihn zögernd an.

»Es … es war verborgen«, sagte sie. »Ich habe die Datei nicht gesehen. Jetzt ist es aktiviert und hat den Virus eingeschlossen. Ohne das Passwort funktioniert er nicht. Er ist tot.«

»Knacken Sie das Passwort«, verlangte Hector und sah sie finster an.

Cloud schüttelte den Kopf.

»Das kann ich nicht. Zumindest nicht so schnell. Ohne das Passwort brauche ich Tage, nur um …«

Hector wirbelte zu Jack herum.

»Gib es mir!«, verlangte er und brachte sein Gesicht ganz dicht vor Jacks. »Gib mir das Passwort!«

Doch Jack ließ sich nicht einschüchtern.

»Das bekommst du nicht«, sagte er bestimmt. Er versuchte, möglichst ruhig zu klingen, obwohl es in seinem Inneren kochte. Nicht wegen Hectors Drohungen, sondern weil dies der wichtigste Teil seines Plans war.

»Bringen Sie einen von den anderen um«, befahl Hector Connor und trat zurück. »Mal sehen, ob ihn das zum Reden bringt.«

»Das wird nichts nutzen«, behauptete Jack. »Das Passwort wird nach dem Zufallsprinzip erstellt und ist mit persönlichen Fragen verbunden, die nur ich beantworten kann. Es ist eine Kombination aus Fragen, zum Beispiel nach dem Mädchennamen meiner Mutter oder meinem Geburtsort. Dann muss man etwa den ersten, vierten und siebten Buchstaben aus der ersten Antwort nehmen und sie mit dem dritten, vierten und sechsten Buchstaben aus der zweiten kombinieren.« Jack zuckte mit den Achseln. »Ich habe keine Ahnung, welche Fragen das Programm stellen wird. Es gibt dreißig Fragen und tausend mögliche Kombinationen.«

Hector sah Cloud an.

»Ist das wahr?«

Sie nickte.

»Und ich kann den Virus auch nicht von deinem Server zurückholen. Er ist eingeschlossen«, seufzte sie, klappte den Laptop zu und stand auf. »Wir müssen schon dahin, wo er jetzt ist.«

Hector brüllte vor Wut.

»Ich gehe nirgendwo mit dir hin, wenn du die anderen vier nicht gehen lässt«, erklärte Jack gelassen und deutete auf seine Freunde.

»Nein«, wandte Connor ein. »Bring es zu Ende. Sofort!«

»Ich will den Virus!«

»Du bist dumm«, entgegnete Connor. »Lass doch dein Urteilsvermögen nicht von irgendeinem Programm beeinflussen! Dein Vater hat…«

»Mein Vater wollte dasselbe wie ich«, schrie Hector mit blitzenden Augen. »Er hat das hier angefangen und ich werde es für ihn zu Ende bringen. »Ich habe gesagt, ich will den Virus. Haben Sie mir nicht zugehört? Haben Sie eine Ahnung, was ich damit anstellen kann?« Langsam wandte er sich Jack zu. »Wenn ich diese jämmerlichen Gestalten gehen lasse, was habe ich dann für eine Garantie?«

»Gar keine«, meinte Jack. »Du hast nur mein Wort. Lass die anderen gehen, dann komme ich mit und setze den Virus frei. Dann kannst du mit mir machen, was du willst.«

»Jack!«, mahnte Charlie. »Du musst das nicht tun!«

»Ich tue es«, erklärte Jack und sah Hector wieder an. »Es ist deine Entscheidung.«

»Tu es nicht!«, warnte Connor.

»Halten Sie die Klappe«, befahl Hector. »Ich bezahle Sie, damit Sie tun, was ich sage. Vergessen Sie das nicht! Nicht mal für eine Sekunde! Wenn mein Vater aufwacht…« Er sah Monday an und befahl: »Bringen Sie die vier raus.«

»Los«, befahl Monday mit tiefer Stimme und stieß Charlie, Obi, Wren und Raze zur Treppe.

Hector stellte sich dicht vor Jack und drohte: »Wenn du mich betrügst, bringe ich dich um!«

Jack starrte zurück und bezweifelte das keine Sekunde.

Eine Viertelstunde später saßen Jack, Hector, Cloud und Monday in dem schwarzen Geländewagen, den Connor über die Waterloo Bridge lenkte.

Jack sah aus dem Fenster. Langsam kroch die Sonne über den Horizont und tauchte die Häuser in goldenes Licht.

Hinter der Brücke bogen sie erst links und dann scharf rechts ab. Connor hielt in einer Gasse neben einem Fünfsternehotel an, das bei Filmstars und Milliardären beliebt war.

Als sie ausstiegen, legte Monday Jack fest die Hand auf die Schulter und führte ihn hinein. Ein Portier in Frack und Zylinder hielt ihnen die Türe auf. Das Foyer hatte einen hellen Marmorfußboden, rote Samtsessel und Seidentapeten und alles war mit Gold verziert. Jack fühlte sich an einen Palast erinnert.

Der Concierge hinter dem Empfangstresen lächelte Hector an.

»Guten Morgen, Sir.«

Hector ging an ihm vorbei zum Aufzug.

Ein paar Sekunden später klingelte es und die Türen öffneten sich. Der Hotelboy fragte Hector nicht, in welches Stockwerk er wollte, sondern drückte nur auf den Knopf für den achten Stock und die Türen schlossen sich.

Schweigend fuhren sie nach oben, während leise klassische Musik spielte. Connor starrte Jack unentwegt an.

Zum ersten Mal war sich Jack nicht so sicher, ob er lebend aus der Sache herauskommen würde.

Als die Türen aufglitten, ging Hector den Gang entlang, zog eine Karte durch ein Schloss und betrat eine riesige Hotelsuite.

Der große Wohnraum war mit weichen Sofas möbliert und überall standen Antiquitäten und zerbrechliche Dekorationsgegenstände herum.

Sie brachten Jack in einen rechts angrenzenden Büroraum. An der Wand hing unter einer bronzenen Bilderleuchte ein dunkles Ölgemälde. Es zeigte ein kleines Holzboot auf stürmischer See, in dem sich dreizehn Männer festklammerten. Das Segel war gehisst und sie wurden gerade von einer großen Welle getroffen.

Jack ging näher heran. Es sah tatsächlich so aus, als würde einer der Männer sich über den Bootsrand übergeben.

Monday packte Jack an der Schulter und drehte ihn herum, während Hector an der anderen Wand einen Schrank mit zwei Computerservern öffnete. Er sah Cloud an und deutete auf den rechten davon. Cloud setzte sich an den Tisch und schaltete den Bildschirm ein. Ein paar Sekunden lang tippte und klickte sie, dann sah sie auf und sagte: »Fertig!«

Monday schob Jack vor.

Hector versperrte ihm den Weg.

»Noch mehr Tricks und …«

Er fuhr sich mit dem Finger über den Hals.

Jack hatte allerdings das Gefühl, dass Hector ihn sowieso umbringen wollte, Tricks hin oder her.

Cloud stand auf und trat beiseite, damit sich Jack an den Schreibtisch setzen konnte.

Er betrachtete den Bildschirm. Er zeigte ein Pop-up-Fenster, das nach dem ersten, dritten und vierten Buchstaben seiner größten Angst fragte und nach dem zweiten und dritten des Ortes, an dem er geboren wurde.

Er sah Hector an.

»Tu es!«, verlangte der.

»Bist du sicher, dass du das willst?«, fragte Jack. »Noch kannst du gehen. Es ist deine letzte Chance.«

»Nein«, behauptete Connor. »Es ist *deine* letzte Chance.«

Jack wandte den Blick nicht von Hector.

»Ich habe gesagt, du sollst es tun!«, wiederholte der.

Jack zog die Tastatur näher und gab die Buchstaben ein. Ein paar Sekunden später verschwand das Pop-up-Fenster und eine neue Meldung erschien.

Cloud riss die Augen auf und trat vor. Sie stieß Jack beiseite und beugte sich zum Bildschirm.

»Ist es fertig? Haben wir den Virus?«, erkundigte sich Hector.

»Nein.«

»Was?«

»Warte!«

Cloud tippte und klickte.

Hector ging mit geballten Fäusten und hochrotem Gesicht im Zimmer auf und ab.

Schließlich hielt Cloud inne und sah ihn ängstlich an.

»Was hat er gemacht?«, fragte Hector. »Was ist los?«

»Das Shell-Programm hat verhindert, dass der Virus funktioniert.«

»Ja und?«

Cloud schluckte. »Das Passwort hat nicht den Virus freigesetzt, es hat etwas anderes bewirkt.«

»Und was?«, fragte Hector und runzelte finster die Stirn.

»Es hat einen Port in deinem Netzwerk geöffnet, eine Internetverbindung hergestellt und das Programm mitsamt dem Virus hinausgeschickt.«

»Hinaus?«, rief Hector. »Wohin?«

»Ich weiß es nicht«, antwortete Cloud achselzuckend.

Hector sah Jack an. »Wo hast du ihn hingeschickt?«

Jack lehnte sich zurück und presste die Lippen zusammen.

Der Computer piepte einmal und der Bildschirm erstarrte. Cloud versuchte es mehrmals, doch die Tastatur reagierte nicht. Es half auch nichts, die Maus zu schütteln. Langsam drehte sie sich zu Jack um.

In der Ferne hörte man Polizeisirenen.

Jack lächelte leise. Der Plan funktionierte. Der Tracker in seinem Schuh übermittelte seine Position und die anderen hatten die Polizei gerufen.

Connor trat ans Fenster und zog den Vorhang beiseite, während die Sirenen lauter wurden.

»Er hat uns reingelegt!«, brüllte er und deutete auf Jack.

Hector rannte um den Schreibtisch und packte Jack an der Kehle.

»Ich werde mein Versprechen halten und dich umbringen!«

»Das halte ich für keine gute Idee«, meinte Cloud.

»Nennen Sie mir einen guten Grund«, verlangte Hector.

»Weil das hier deine Suite ist. Du wohnst hier. Wenn die Polizei hier die Leiche eines Fünfzehnjährigen findet, werden sie uns alle verhaften.«

Hectors Griff verstärkte sich.

»Ist mir egal!«

Die Sirenen gellten immer lauter, draußen quietschten Reifen und Autotüren knallten.

Connor sah aus dem Fenster.

»Wir haben keine Zeit mehr. Sie sind hier.«

Cloud drehte sich um und ging.

»Wohin gehen Sie?«, rief Hector ihr nach.

»Wir verschwinden hier!«

Hector fluchte und ließ Jack los. Im Gehen befahl er: »Nehmt ihn mit!«

Monday riss Jack aus dem Stuhl hoch und sie eilten durch die Suite zur Tür.

Cloud befand sich bereits im Gang und wartete auf sie. Sie deutete auf den Aufzug.

»Sie sind auf dem Weg nach oben.«

Daher lief sie zum nächsten Notausgangschild am Ende des Flurs und stürmte auf die Treppe.

Sie folgten Cloud die Treppe hinunter, erst Hector, dann Connor, Jack und Monday. Unten waren zwei Türen. Eine führte ins Foyer und auf der anderen stand ein Schild »Zutritt verboten. Nur für Personal«.

Connor machte die Tür zum Foyer einen Spalt breit auf und sah hindurch. Doch schnell zog er sich wieder zurück.

»Fünf Polizisten«, berichtete er. »Zwei am Haupteingang, zwei an den Aufzügen und einer gleich hier neben der Tür. Wenn wir da durchwollen …«

Hector sah Jack an und verzog höhnisch die Lippen.

»Wenn wir untergehen, kommst du mit uns!«

Jack zuckte mit den Achseln.

»Du zuerst.«

Connor sah durch die Tür mit dem Schild.

»Hier ist ein Gang«, sagte er. »Kommt mit!«

Während sie den Flur entlangliefen, bemerkte Jack in einer Ecke eine Überwachungskamera, deren rotes LED-Licht dreimal an- und ausging.

Er lächelte in sich hinein und entspannte sich ein wenig. Obi war wieder im Bunker der City Heroes und beobachtete, was geschah.

Am Ende des Ganges erreichten sie eine Tür mit einem runden Fenster.

Connor sah hindurch.

»Küche«, stellte er fest. »Auf der anderen Seite ist

eine Tür, die wahrscheinlich zu der Gasse führt, in der ich das Auto geparkt habe.«

Hector nickte ihm zu.

»Gehen wir.«

Connor stieß die Tür auf und sie betraten die Küche.

Die Küche mit ihren Arbeitsflächen aus Edelstahl war heiß und voller Dampf. Köche riefen einander Befehle zu und es herrschte ein ohrenbetäubendes Geklapper von Besteck, Töpfen und Pfannen.

»He!«, rief einer der Köche, an denen sie vorbeikamen. »Wer seid ihr denn?«

»Das kann Ihnen egal sein«, erwiderte Connor.

Ein weiterer Koch verstellte ihm den Weg.

»Es ist uns aber nicht egal.« Er deutete auf die Tür zur Treppe. »Gehen Sie zurück!«

Connor nickte zur Tür, die zur Gasse hinausführte.

»Wir gehen da raus.«

»Nein«, widersprach der Koch und richtete sich zu seiner vollen Größe auf. »Gehen Sie zurück, woher Sie gekommen sind!«

Seufzend sah Connor erst Hector an und dann den Koch.

»Das hier ist die Küche?«, sagte er und machte die Jacke auf, sodass man die Pistole im Halfter unter seinem Arm sehen konnte. »Sind Sie sicher, dass es kein Schießplatz ist?«

Der Koch riss entsetzt die Augen auf und blickte unwillkürlich zu einem Satz Messer auf dem Tresen.

»Das halte ich für keine gute Idee«, warnte ihn Connor und legte die Hand an die Waffe. »Das ist Ihre letzte Chance, aus dem Weg zu gehen und uns durchzulassen!«

Plötzlich flog die Tür zur Treppe hinter ihnen auf und zwei Polizisten stürmten mit gezogenen Pistolen in die Küche.

»Hände hoch!«, schrie einer von ihnen.

In einer einzigen gleitenden Bewegung drehte sich Connor um, zog die Pistole und schoss.

Die Kugel traf die Wand und verfehlte den einen Polizisten nur um Haaresbreite. Beide erwiderten das Feuer und ihre Kugeln schossen über Jacks Kopf hinweg.

Cloud und Monday zogen ihre eigenen Pistolen und gingen hinter den Küchenschränken in Deckung. Jack ließ sich flach auf den Boden fallen und legte die Hände über den Kopf.

Er hörte weitere Schüsse und wie Leute an ihm vorbeirannten. Dann sah er, wie einer der Polizisten über Funk Verstärkung anforderte.

Jack kroch auf die Tür zur Gasse zu und hielt den Kopf gesenkt, während die Beamten immer noch Schüsse mit Connor und Cloud tauschten.

Plötzlich packte ihn jemand am Bein.

»Wo willst du denn hin?«, fragte Monday.

Er zerrte Jack um die Ecke und stieß ihn gegen einen Stahlschrank. Dann sah er über den Tresen, gab zwei Schüsse ab und duckte sich wieder, als weitere Schüsse erklangen.

Monday lehnte sich zurück und lud ein neues Magazin in seine Waffe.

»Bleib hier!«, befahl er Jack und lief wild um sich schießend um die Ecke.

Plötzlich gingen alle Lichter aus und in der Küche wurde es stockdunkel. Schreie ertönten und Schüsse blitzten auf.

Jemand ergriff Jack am Arm und er wollte sich losreißen.

»Ich bin es!«, flüsterte Charlie an seinem Ohr. »Ich habe eine Nachtsichtbrille, ich kann sehen.«

Gott sei Dank, dachte Jack.

»Bist du verletzt?«, flüsterte Charlie.

»Nein.«

Jack kniete sich hin. »Hast du die Polizei gerufen?«

»Ja, aber so etwas hatte ich nicht erwartet.«

Zwei weitere Blitze kündigten neue Schüsse an.

Charlie führte Jack um den Tresen herum. Jedes Mal, wenn ein Schuss knallte, konnte er im Mündungsblitz die Tür zur Treppe erkennen.

»Falsche Richtung!«, zischte er.

»Nein«, widersprach Charlie.

Eilige Schritte erklangen direkt vor ihnen, und als sie an ihnen vorbei waren, schlich Charlie weiter. Schließlich stieß sie die Tür zur Treppe auf und schlüpfte aus der Küche.

Über der Tür zum Foyer leuchtete ein rotes Licht und sie blieben einen Augenblick lang stehen und atmeten tief durch. Gerade wollte Charlie die Tür aufmachen, als sie aufflog und drei weitere Polizisten hereingelaufen kamen. Sie leuchteten die beiden mit der Taschenlampe an.

»Verschwindet hier, Kinder«, riet ihnen der eine und zog seine Waffe. »Beeilt euch und dreht euch nicht um!«

»Danke«, sagte Charlie mit gespielt ängstlicher Stimme, nahm Jack an der Hand und trat durch die Tür ins Foyer.

Dort machten sich gerade weitere Polizisten und ein SWAT-Team bereit, die Küche zu stürmen.

Als einer der Polizisten Jack und Charlie sah, lief er zu ihnen und brachte sie schnell durch das Foyer und aus dem Hotel.

Auf der Straße blitzten unzählige Blaulichter und der Himmel war blutrot.

Der Polizist deutete hinter eine Absperrung.

»Geht da rüber!«

Andere Polizisten winkten Jack und Charlie weiter, als sie die Straße entlangrannten. Sie duckten sich unter dem Absperrband hindurch und verschwanden in der Menge. Hinter sich hörten sie deutlich weitere Schüsse knallen.

Neben ihnen tauchten plötzlich Slink und Wren auf.

»Geht es euch gut?«, fragte Jack.

»Klar doch«, erwiderte Slink. »Und dir?«

»Alles klar«, erwiderte er. »Danke für das mit dem Licht.«

Ohne den günstigen Stromausfall wäre Jack immer noch da drinnen. Höchstwahrscheinlich getroffen. Wahrscheinlich tot.

»Das war dieses Mal nicht ich«, erklärte Slink und deutete auf Wren. »Sie war die Einzige, die klein genug war, um durch den Lüftungsschacht zu passen.«

Wren reckte stolz das Kinn vor.

»Danke«, sagte Jack. »Ihr habt mir das Leben gerettet.«

Dann sah er in die Gasse neben dem Hotel.

»Ihr Auto!«, fiel es ihm plötzlich ein. »Wir sollten es unbrauchbar machen, damit sie nicht entkommen können.« Er wollte schon loslaufen, doch Charlie hielt ihn zurück.

Sie legte einen Finger ans Ohr.

»Obi sagt, Hector, Connor und Cloud seien bereits am Auto.« Und nach einer kurzen Pause fügte sie hinzu: »Sie fahren los. Wir sind zu spät.«

Jack fluchte.

In diesem Moment hörten sie mehrere Funkgeräte quaken, und Polizisten rannten zu ihren Autos, sprangen hinein und nahmen mit gellenden Sirenen die Verfolgung auf.

»Na, dann kommt«, meinte Jack und zog die Kapuze hoch. »Zeit, zu verschwinden.«

15

Eine Woche später saßen Jack und Charlie auf einer Bank in Covent Garden. Es war ein strahlender, wolkenloser Tag. Leute hasteten an ihnen vorbei, ohne sie anzusehen. Auf der Bank zwischen ihnen, teilweise von ihrer Tasche verborgen, hielt Charlie das Richtmikrofon. Sie steckten die Kopfhörer ein und richteten das Mikrofon auf das Café gegenüber.

Obi saß an einem Metalltisch und hatte gerade einen großen Schokobrownie bestellt. Er hatte darauf bestanden, dass Jack und Charlie mitkamen und das Gespräch mit anhörten.

Eine Frau Anfang, Mitte zwanzig kam zu ihm. Sie war schlank, hatte hellbraunes Haar und trug die Uniform eines Fast-Food-Restaurants.

Das musste Jessica sein, Obis Schwester.

Obi schluckte und wischte sich die Schokolade aus dem Mundwinkel.

»Hi! Wie geht's?«, fragte er.

Jessica ließ sich auf den Stuhl gegenüber fallen.

»Mir geht es gut.« Missbilligend betrachtete sie die Reste des Brownies. »Du solltest nicht so einen Mist essen.«

»Ja«, lächelte Obi schief. »Du weißt, dass es mir leidtut, nicht wahr?«

»Was denn?«, fragte Jessica stirnrunzelnd.

Obi nahm die Serviette und drehte sie verlegen in den Händen.

»Es war meine Schuld, dass du mit unserem Onkel gestritten hast.«

»Was soll das denn auf einmal?«, wunderte sich Jessica. »Darüber haben wir doch schon gesprochen. Es war nicht deine Schuld. Du kannst nichts dafür.«

Immer noch drehte Obi die Serviette in den Händen.

Jessica beugte sich vor und nahm sie ihm weg.

»Wieso glaubst du das?«

Obi holte tief Luft und sah sie an.

»Ihr habt euch meinetwegen gestritten. Du hast ihn angegriffen.«

»Er hat dich schlecht behandelt«, erinnerte ihn Jessica.

»Ja«, gestand Obi, »aber …« Er brach ab und zuckte mit den Schultern.

Einen Augenblick lang schwiegen sie beide, dann sagte Jessica: »Ich habe dir nie die Schuld daran gegeben, dass er mich aus dem Haus geworfen hat. Ich war alt genug, auf mich selbst aufzupassen.« Sie zeichnete mit den Fingern das Muster auf der Tischdecke nach. »Als ich erfahren habe, dass er dich in dieses Heim geschickt hat, habe ich versucht, ihn dazu zu bringen, dich zurückzuholen. Aber das wollte er nicht. Ich wünschte nur, ich hätte genug Geld gehabt, um mich selbst um dich zu kümmern.«

»Mir geht es gut«, meinte Obi.

»Wirst du mir irgendwann sagen, wo du wohnst?«

»Das würdest du doch nicht glauben.«

Jessica sah zur Seite und schien mit ihrem eigenen Gewissen zu ringen.

»Es ist nicht, dass ich es dir nicht sagen wollte«, begann Obi, »es ist nur, ich will nicht … ich wollte …«

Jessica sah ihn an und erkundigte sich: »Hast du Schwierigkeiten?«

Obi schüttelte den Kopf.

»Bist du sicher?«

Obi nickte.

»Bitte sag mir doch, wo du wohnst!«

»Ich wohne bei Freunden.«

»Wer sind sie?«, fragte Jessica und sah ihn streng an. »Was habt ihr vor?«

»Nichts Schlimmes«, beruhigte sie Obi. »Wir helfen Menschen.«

Jessica runzelte die Stirn.

»Vertrau mir, Jess. Eines Tages werde ich es dir erzählen. Versprochen.«

Jessica seufzte und sagte: »Na gut. Was gibt es Neues bei dir?«

»Ich habe etwas«, verkündete Obi, griff in den Rucksack neben seinem Stuhl und nahm den braunen Umschlag heraus, den er kurz ansah und ihr dann über den Tisch hinschob.

Jessica starrte ihn an.

»Was ist das?«

»Deine Zukunft«, erklärte Obi und holte tief Luft. »*Unsere* Zukunft.«

Jessica verschränkte die Arme.

»Sieh es dir an«, bat Obi. »Bitte!«

Sie nahm den Umschlag, betrachtete stirnrunzelnd die Handschrift darauf, dann nahm sie die Papiere heraus, faltete sie auseinander und begann zu lesen.

Obi sah sie intensiv an.

Die Sekunden wurden zu Minuten, und Jessicas Augen wurden immer größer. Vor Verwunderung klappte ihr der Unterkiefer herunter. Als sie schließlich fertig war, hielt sie die Papiere mit zitternden Händen und sah Obi wieder an.

»Das…« Sie brach ab und musste schlucken. »Ist das wirklich wahr?«, flüsterte sie heiser.

Obi nickte.

Sie neigte sich vor.

»Woher hast du das?«

»Aus dem Landhaus in Frankreich.«

Jessica zog die Brauen hoch. »Du warst in Frankreich?«

Wieder nickte Obi und sagte: »Meine Freunde haben mir geholfen.«

Jessicas Augen wurden feucht und sie sah abwesend in die Ferne.

»Jess«, sagte Obi, »weißt du, was das bedeutet? Du musst nicht mehr in diesem Laden arbeiten. Du kannst das Geschäft leiten. Mums und Dads Geschäft. Es gehört uns.«

Jessica sah ihn an. »Ich weiß aber nicht, wie man ein Geschäft führt.«

»Doch«, widersprach Obi. »Dad hat immer gesagt…« Er hielt inne.

Sie sahen einander an.

Endlich schien Jessica wieder zu sich zu kommen.

»Was ist mit dir? Wir könnten wieder eine Familie sein. Du kannst nach Hause kommen.«

»Das werde ich eines Tages«, sagte Obi. »Aber jetzt noch nicht.«

»Warum nicht?«

»Ich bin noch nicht bereit dazu.«

»Aber das Geld«, sagte Jessica. »Die Hälfte davon gehört dir.«

»Behalte du es, und ich sage dir Bescheid, wenn ich etwas brauche.«

Jessica zog die Augenbrauen hoch.

»Bist du sicher?«

Obi nickte grinsend.

Jessica griff über den Tisch nach seiner Hand und drückte sie. Dann ließ sie los, stand auf und hielt das Testament hoch.

»Das bringe ich zu einem Anwalt«, sagte sie, bevor sie ging.

»Hey, Jess!«, rief Obi ihr nach.

»Ja?«

»Du wirst das großartig machen, das weiß ich!«

Sie lächelte. »Sehen wir uns nächste Woche?«

»Klar«, antwortete Obi. »Du kannst die Brownies bezahlen!«

»Na gut«, stimmte Jessica zu. »Und du bist sicher, dass es dir gut geht?«

Obi nickte.

»Es ging mir nie besser.

Jessica zögerte einen Augenblick, dann drehte sie sich um und ging.

Jack sah zu Obi und hätte schwören können, dass er eine Träne entdeckt hatte.

»Gut«, meinte Charlie, packte das Richtmikrofon in die Tasche und zog den Reißverschluss zu. »Jetzt, wo die ganze Aufregung vorbei ist, können wir ja in die Realität zurückkehren.« Sie sah Jack an. »Wir haben keine Vorräte mehr, also wer geht einkaufen?«

Jack stöhnte auf und schlug vor: »Sollen wir eine Münze werfen? Kopf, du gehst, Zahl, ich gehe.«

Charlie sah ihn misstrauisch an.

»Okay.«

Jack warf die Münze in die Luft, doch bevor er sie wieder fangen konnte, schnappte Charlie sie ihm weg, betrachtete sie und fluchte.

»Du Idiot!«, rief sie und hielt sie hoch. Die Münze hatte zwei Kopfseiten. »Du hast mich hereingelegt!«

Doch auf einmal wurden ihre Augen ganz groß, als ihr klar wurde, dass Jack die Münze schon früher eingesetzt hatte.

»He, Leute«, sagte Obi, »wollt ihr was essen?«

»Ja, warum nicht«, antwortete Charlie und stand auf.

Auch Jack erhob sich und nahm einen USB-Stick aus der Tasche.

»Was ist das?«, wollte Charlie wissen.

»Der Virus. Mir war nicht wohl bei dem Gedanken,

ihn auf dem Server im Bunker zu lassen. Vielleicht hätte er noch mehr Schaden angerichtet und wäre wieder entwischt.«

»Was hast du jetzt damit vor?«, fragte Obi.

Jack sah den Stick einen Moment lang an, dann seufzte er. Die Macht, die er verlieh, war verlockend, doch er ließ ihn zu Boden fallen.

»Jack!«, warnte Charlie. »Nicht …!«

Doch es war zu spät, Jack stampfte auf den Stick und zerbrach ihn in tausend Stücke.

Charlie und Obi starrten ihn mit offenem Mund an.

»Was hast du denn da gemacht?«, stieß Charlie hervor.

»Ich habe ein Problem gelöst«, antwortete Jack.

»Was für ein Problem?«

»Ich weiß, dass ich, solange es den Virus gibt, in Versuchung wäre, ihn einzusetzen.«

Er lächelte schief und ging los. Charlie und Obi schwiegen verwundert und folgten ihm.

Als Jack, Charlie und Obi wieder in den Bunker kamen, sprangen Slink und Wren vor Aufregung förmlich an den Wänden hoch.

»Was ist denn los?«, fragte Charlie und stellte die Pizzaschachteln ab.

»Das werdet ihr nicht glauben!«, rief Slink, lief zu Obis Stuhl und drehte den Hauptmonitor zu ihnen herum.

Jack, Charlie und Obi gingen hinüber.

»Was ist das?«, fragte Jack stirnrunzelnd.

»Auf dem Bildschirm ist ein Signal von deinem Programm aufgetaucht. Du weißt schon, das, mit dem du den Virus gefangen hast. Nun, es hat einen direkten Zugang zum Bunker geöffnet und hat begonnen zu senden, doch dann wieder aufgehört.«

Jack sah Obi an.

»Das kann nicht sein. Ich habe es zerstört. Es sei denn ...«

Jack gefror das Blut in den Adern und alle Farbe wich aus seinem Gesicht.

»Es sei denn, was?«, hakte Charlie nach.

»Der andere Server in seinem Appartement«, sagte Jack tonlos. »O mein Gott!«

Jetzt ergab es einen Sinn.

Zu spät.

»Wovon redest du?«, fragte Slink.

Jack sah sie an und erklärte: »Hector. Er hatte einen zweiten Server in seinem Appartement. Ich habe mir zu dem Zeitpunkt nichts dabei gedacht.« Er schloss die Augen. »Jetzt verstehe ich.«

»Was verstehst du?«, fragte Slink.

»Hector hat den Virus geklont. Er hat ihn kopiert.«

»Moment«, wandte Charlie ein. »Hast du nicht gesagt, das sei gar nicht möglich?«

»Ist es auch nicht«, gab Jack zu und schlug die Augen wieder auf. »Oder war es zumindest nicht. Aber ich habe Hector die Möglichkeit gegeben, es zu tun. Es ist meine Schuld! Versteht ihr nicht? Ich habe den Virus in mein eigenes Programm eingebaut. Hector hat das ganze Ding kopiert. Und jetzt hat Cloud alle Zeit, die sie braucht, um sich in mein Programm zu hacken.«

Er sah auf den Bildschirm.

»Woher ist das Signal gekommen?«

Obi setzte sich auf seinen Stuhl.

»Sieht aus, als hätten sie die Verbindung jetzt gekappt.«

»Das ist logisch«, meinte Charlie. »Sie können nicht riskieren, dass der Virus wieder ins Internet entwischt.«

»Ich glaube, ich kann ihn trotzdem orten«, sagte Obi. »Ich sehe mal in den Logs nach.«

»Damit ich das recht verstehe«, sagte Charlie. »Hector hat also den Virus kopiert?«

Jack nickte langsam.

»Wir müssen Hector aufhalten, bevor er herausfindet, wie der Virus funktioniert, und ihn benutzt, um sich in jedes gesicherte System auf der Welt einzuhacken.«

Obi rief eine Karte auf und deutete darauf.

»Da ist das Signal hergekommen.«

Jack betrachtete einen roten Punkt in Amerika.

»New York«, stellte er fest und wandte sich an Charlie. »Wir müssen telefonieren.«

Peter Jay Black

CITY HEROES – Stoppt Proteus!

352 Seiten, ISBN 978-3-570-16288-0

Unter den Straßen Londons, verborgen in einem alten Bunker, leben Jack, Charlie, Obi, Skink und Wren. Die fünf sind nicht nur Freunde, sie sind die City Heros. Und sie haben Londons Mafia im Visier. Ihre Mission: das viele schmutzige Geld, das in dieser Stadt in dunklen Kanälen fließt, an die zu verteilen, die es wirklich nötig haben. Außergewöhnliche Fähigkeiten machen es möglich: Jack hackt jede Firewall, Charlie ist keine Maschine zu kompliziert, Skink meistert die waghalsigsten Klettereien, Wren schauspielert sich durch jede knifflige Situation und Mastermind Obi steuert alles von der Zentrale aus. Doch dann haben sie es mit einem schier übermächtigen Gegner zu tun: Supercomputer Proteus ...